TE ESPERARÉ EN VENUS

TE ESPERARÉ EN VENUS

VICTORIA VINUESA

NUBE **DE TINTA**

Te esperaré en Venus

Primera edición en España: julio de 2023
Primera edición en México: octubre de 2023

D: R. © 2023, Victoria Vinuesa, autora representada por Mandy Hubbard,
de Emerald City Literary Agency

D. R. © 2023, Penguin Random House Grupo Editorial, S. A. U.
Travessera de Gràcia, 47-49, 08021, Barcelona

D. R. © 2023, derechos de edición mundiales en lengua castellana:
Penguin Random House Grupo Editorial, S. A. de C. V.
Blvd. Miguel de Cervantes Saavedra núm. 301, 1er piso,
colonia Granada, alcaldía Miguel Hidalgo, C. P. 11520,
Ciudad de México

penguinlibros.com

ISBN: 978-607-383-666-1

Impreso en México – *Printed in Mexico*

Para mi único y gran amor.
Algún día, nos encontraremos en Venus

MIA

Nací con una fecha de caducidad corta. Imagino que esa es la razón por la que mi madre se marchó dos días después de mi nacimiento. Y como morir antes de saberlo no es una opción que esté dispuesta a considerar, no me queda más remedio que preguntárselo yo misma... aunque eso signifique cruzar el Atlántico y convertirme en una especie de fugitiva.

En cuanto oigo el repiquetear de los tacones de Katelyn, mi madre de acogida, alejándose por el pasillo y el chirrido de la puerta de entrada al abrirse y cerrarse, corro a mi habitación y busco debajo de mi cama. Sí, aquí sigue, mi maleta *vintage*, la que compré en un mercadillo hace un año. Las banderas que esconde su desgastado cuero verde me hablan de lugares increíbles que ni siquiera puedo pronunciar, lugares que nunca podré visitar. Pongo la maleta sobre la cama y, después de saquear mi mitad del armario, coloco en ella todas mis posesiones: dos pantalones, tres camisetas, mi chaqueta de la suerte y dos jerséis; algo de ropa interior, mis tres diarios, los rotuladores y mi más preciada posesión: la cámara. Me levanto y cojo la bufanda de lana rosa que tengo colgada detrás de la puerta como si fuese un adorno de Navidad. Me acaricio la mejilla con su suave tejido y, aunque sé que ya estamos en primavera y que nunca más la volveré a usar, me resulta imposible dejarla aquí, sola, abandonada. En cuanto la descuelgo de la puerta, noto que una sombra se desplaza por la habitación. Me vuelvo de golpe y me topo con mi aterrado reflejo mirándome desde el cristal de la ventana. Primero grito como una histérica y después me echo a reír aliviada. Se nota que soy nueva en esto del «fugitivismo».

Me gusta pensar que mi corazón eligió ser original, diferente de los demás, y que por eso nací con tres cardiopatías congénitas. Antes no me importaba, porque tenía un plan. Era un plan perfecto: en exactamente un año y dos días, al cumplir los dieciocho, viajaría a España y encontraría a mi madre. Un amigo de mi clase de fotografía, Noah, iba a acompañarme. Pero ahora, mi plan se ha vuelto totalmente impracticable.

Esta vez me han tenido en el hospital dos semanas enteras. Los médicos me han dicho que no puedo seguir retrasando la operación, pero yo no estoy de acuerdo, nunca lo estaré. No lo entienden, pero tampoco se lo explico. Supongo que forma parte de haber nacido con una fecha de caducidad corta, no temo a la muerte. Solo temo a las operaciones, a las intervenciones en las que te abren el corazón, sin tener a nadie a quien le importes a tu lado, sin tener a nadie a quien le importe que tengas el corazón roto en primer lugar. Lo siento, pero eso no es para mí.

Los Rothwell nunca me permitirían viajar y mucho menos a otro continente, lo que significa que en el momento en que me suba a ese avión el domingo, me convertiré en una especie de fugitiva. Además, solo me quedan dos días para encontrar alguien que quiera y pueda acompañarme. Mi corazón empieza a golpearme las costillas con fuerza. Y aunque en el hospital me han advertido que solo debo tomarme las nuevas pastillas en casos de emergencia, me trago una a toda prisa. No puedo arriesgarme a sufrir una nueva recaída, ahora no. Cierro la maleta y repaso mentalmente la lista de documentos que debo llevar: la autorización parental para viajar sola (falsificada): en la mochila; el certificado de nacimiento: en el bolsillo de la chaqueta; el pasaporte falso: escondido en el forro de la maleta; el pasaporte de verdad… ¡El pasaporte! Madre mía, casi lo olvido.

Me subo a la silla y desde allí paso al enclenque escritorio mientras rezo para que no se destartale del todo. Estiro el brazo y rebusco por encima del armario. Noah, que según el plan inicial iba a acompañarme en el viaje, lo escondió aquí para que mi familia no me lo pudiese confiscar. De puntillas, estiro el brazo aún más y voy palpando la parte alta del armario: nada, aparte de pelusas de polvo de un tamaño que asustan. Vale, me agacho sobre el escritorio y hago una montaña con mis libros de bachillerato que ya no necesitaré. Me subo en ellos con cuidado y estiro el brazo hacia el fondo. Cuando por fin empiezo a sentir la rugosidad del pasaporte en la punta de mis dedos, la puerta de la entrada chirría y luego se cierra dando un gran portazo. ¡Madre mía! Cojo el pasaporte a toda prisa y hago el recorrido en el orden inverso: libros, escritorio, silla, suelo. Unos pasos ruidosos avanzan a toda prisa. No logro identificar a quién pertenecen. Cierro la maleta y la tiro al suelo. Mientras la empujo bajo la cama con los pies, la puerta se abre de sopetón.

—¡Mia, Mia, no te vas a creer lo que ha pasado en el colegio! —grita Becca mientras irrumpe en la habitación como una exhalación. Becca no es solo mi hermana de acogida más pequeña y mi compañera de habitación, sino también mi persona favorita del mundo.

—Becca, me has dado un susto de muerte —digo, y respiro aliviada.

Tras tirar su mochila al suelo, cierra la puerta con el talón y se dirige hacia mí a toda prisa.

—Me he saltado la clase de recuperación. Tenía que contártelo todo. —Y empieza a hablar como si no hubiese un mañana—. ¿Te acuerdas de ese niña, la que me llamó tonta en cuarto? Pues hoy ha suspendido un examen de Lengua. Y…—Se queda petrificada al ver el pasaporte en mi mano. Me mira con sus pe-

11

queños ojos grises cargados de súplica y me pregunta—: ¿Vas a irte?

—Ya lo hemos hablado —le digo en el tono más tranquilo que logro fingir—, ¿recuerdas?

Niega con la cabeza y el brillo húmedo de sus ojos me deja claro que no, que no recuerda nada. Becca nació con un problema cognitivo y algunas cosas simplemente se le escapan. Supongo que por eso compartimos esta habitación en esta familia que no es la nuestra. Sus padres decidieron deshacerse de ella cuando su problema comenzó a notarse demasiado. Solo tenía cinco años. Cojo su suave y pecosa carita entre mis manos y le sonrío. Eso siempre la tranquiliza.

—Me voy a fotografiar las auroras boreales, ¿recuerdas? Es nuestro gran secreto, no se lo puedes contar a nadie, jamás.

Y entonces cruzo los dedos, me los llevo a los labios y asiento, nuestra señal, la que aprendí en St. Jerome, el centro de acogida en el que crecí. Becca sonríe, tan emocionada que me duele mentirle, pero hace años que entendí que algunos secretos solo están seguros si no son pronunciados. Además, ¿cómo decirle que no voy a volver? Pero supongo que da un poco igual, porque la atención de Becca ya está enfocada en otra parte: la calle.

—¡Mira! —dice mirando a través de la ventana—. ¡Es ese chico, el del equipo de fútbol! ¡El que mató a Noah!

Sus palabras despiertan unas lágrimas que logro reprimir.

—Becca, no digas eso —le digo frunciendo el ceño. No es la muerte de Noah lo que me entristece, sino el sufrimiento de los que nunca le olvidarán—. Fue un accidente. —Me pongo a su lado y veo al chico saliendo de la casa de enfrente. No puedo ni imaginarme cómo debe de sentirse. En realidad sí puedo, pues no he dejado de pensar en ello desde que ocurrió. ¿Cómo logrará vivir con ese peso?

Se llama Kyle y, aunque era el mejor amigo de Noah, no nos

conocemos. Mis padres de acogida solo me permiten salir para las visitas médicas, ir a la iglesia, las clases de fotografía y algún paseo matutino. Josh, el chico que vive en la casa, también iba en el coche ese día. Dicen que no ha salido muy bien parado.

Miro a Kyle ahí, inmóvil, con la mirada en ninguna parte, como si el tiempo se hubiese detenido solo para él y trato de imaginarme lo que han hablado, lo que puede haber pasado entre ellos.

—¿Qué hace? —me pregunta Becca tirándome de la manga—. ¿Por qué se queda ahí?

Si no estuviera tan lejos aseguraría que está a punto de llorar. Mira lentamente hacia la derecha, en dirección al pueblo; luego hacia la izquierda, hacia el bosque. Se gira hacia allí como un autómata y comienza a caminar con la mirada aún perdida al frente y su mochila al hombro. Parece que cojea un poco.

—¿Adónde va, Mia? ¿Qué va a hacer? ¿A qué ha venido?

Antes de que me pueda inventar una respuesta convincente para sus preguntas, un autobús se adentra en nuestra pequeña calle, pasa por delante de casa y se para justo ante él. Por un instante no logramos verle. Y cuando el autobús por fin se aleja, la acera está desierta. Becca me mira extrañada.

—¿Se ha subido al autobús? Mia, ¿para qué ha cogido ese autobús? Esa línea solo va a las cascadas. Nadie va allí a estas horas.

A no ser que piense hacer lo que espero que no piense hacer. Eso no se lo digo a Becca, claro, pero algo en mi interior comienza a temblar. Parecía tan desesperado… No, parecía más que desesperado. He visto esa mirada antes, en Urgencias, acompañando muñecas vendadas y estómagos vaciados. Tengo que asegurarme de que esté bien, he de hacerlo por Noah. Él no querría que le pasase nada. Me pego a la ventana y veo al autobús alejarse.

—¿Mia, jugamos un Scrabble?

La mente de Becca ya está en otra parte, pero la mía busca la forma de salir de casa sin ser vista. La puerta de la entrada no es una opción, así que abro la ventana y me subo a la repisa.

—¿Adónde vas? —dice Becca dando saltitos emocionada—. ¡Yo también quiero ir! ¡Quiero ir contigo!

Le vuelvo a sujetar la cara y la miro fijamente a los ojos.

—Becca, escúchame con atención: si no he vuelto para cenar, necesito que le digas al señor Rothwell que me han llamado del médico para hacerme unos exámenes y que no sé cuánto tardaré, ¿de acuerdo? Yo tengo que hablar con ese chico.

Becca asiente con aire solemne y frunce un poco el ceño, señal de que sí lo ha entendido y de que con un poco de suerte lo retendrá el tiempo suficiente para cubrirme las espaldas. Cruzo los dedos y le hago nuestra señal.

—Cuida del fuerte, ¿vale?

Becca asiente y en su cara se dibuja una sonrisa de satisfacción. En cuanto pongo los pies sobre el césped, cierra la ventana desde dentro y levanta el pulgar encantada. Yo estudio mentalmente mis opciones: no tengo coche y robar uno no me llevaría muy lejos, pues no sé conducir; caminando tardaría más de dos horas y el autobús solo pasa tres veces al día. Así que la bicicleta de Disney de Becca tirada sobre el césped parece ser mi mejor y única opción. Si alguien de la familia me ve persiguiendo un autobús en el bosque en una bicicleta con banderitas rosas y una canasta portamuñecas enviarán a todos los trabajadores sociales del estado para que me aten a la cama de un hospital, así que rezo por hacerme invisible. Levanto la bici del suelo, me subo y pedaleo sin volver la vista atrás ni un instante.

El autobús, que avanza muy por delante de mí, se pierde en una curva. Pedaleo aún más rápido, tanto como puedo, y le pido a mi roto corazón que aguante un poco más, solo un poco más. Le pido que me permita hacer algo realmente bueno, algo por lo que merezca la pena haber vivido antes de dar su último latido en este planeta.

Al final, va a ser que esto del «fugitivismo» no se me da tan mal.

KYLE

Soy el cabrón que mató a su mejor amigo hace un mes y dejó inválido a su segundo mejor amigo. Por cierto, de lo de Josh acabo de enterarme. Hace una semana que salió del hospital. Hasta hoy no había ido a verle (sí, lo sé, soy un auténtico capullo, pero en serio, no podía mirarlo a la cara). Su madre me acaba de decir que quizá no vuelva a caminar. Él todavía no lo sabe.

Supongo que eso explica por qué estoy ahora en este autobús: no puedo volver a casa.

Ni de coña puedo contárselo a mi madre. Esto terminaría de romperla. Además, no puedo seguir como si nada cuando he robado una vida y destrozado otra. Eso, simplemente, no funciona así.

Un bache me saca de mis apestosos pensamientos y me trae de vuelta aquí: al último asiento de la última fila de este autobús destartalado. Mi corazón vuelve a amenazar con estallar. Después de asegurarme, por quinta vez, de que el cinturón de seguridad de mi asiento funciona, intento convencer a mis dedos de que dejen de aferrarse al asiento con tanta fuerza.

Asomo la cabeza por el pasillo e intento ver hacia dónde nos dirigimos, pero en lugar de eso pillo al conductor mirándome por el espejo retrovisor. Sus ojos saltones bajo esas cejas superfruncidas no dejan de lanzarme miradas furtivas. Supongo que ser el único pasajero de todo el autobús, junto a los moratones y las cicatrices, no ayudan mucho a pasar desapercibido, pero vaya, que el hombre no se corta ni un pelo.

Me hundo en el asiento tratando de hacerme invisible y miro la hora en el móvil: son las cinco y media de la tarde. Hace exactamente treinta y un días, doce horas y veinticinco minutos que provoqué el maldito accidente. Mi antiguo yo odiaba las mates, pero ahora, en serio, no puedo dejar de hacer cálculos: cada segundo, cada minuto y cada hora que pasa es un segundo, un minuto y una hora que le he robado a Noah, y ahora también que Josh no volverá a caminar. Daría cualquier cosa por cambiar mi lugar con el de Noah. Y cuando la náusea vuelve a ensañarse con mi estómago, el móvil comienza a vibrar entre mis manos. Es Judith, otra vez, pero dejo que salte el contestador. No puedo hablar con ella, ahora no. Sé que suena a tarado, pero tendría la sensación de estar traicionando a mi antiguo yo, al antiguo Kyle. Judith era su chica, no la mía.

Tengo que hacer algo, necesito hacer algo para frenar la espiral de mi mente. Saco mi bloc de la mochila y dibujo un paria sentado en un autobús. Y así paso, no sé, cinco o seis minutos en los que logro mantener mis pensamientos a raya. El dibujo no es bueno, pero casi he logrado sentirme normal. Y cuando deseo, pido, ruego que este autobús siga avanzando para siempre, que nunca se pare, el conductor coge un desvío y comienza a decelerar. Últimamente, todos mis deseos se cumplen, solo que al revés. (Nota para mí mismo: buscar en internet maldición, mal de ojo, lámpara de Aladino a la inversa).

El autobús se para justo delante de uno de esos grandes carteles de madera que anuncia la entrada al parque que tantas veces he visitado: Black Creek Falls. Cojo mi mochila, meto el cuaderno y avanzo por el largo pasillo. El conductor, que solo ha abierto la puerta delantera, me mira fijamente sin ningún intento de parecer discreto. Consigue que me suden hasta las manos. Paso a su lado con la vista fija en las escaleras de bajada, pero él no parece tener la misma prisa en dejarme marchar.

—Eh, chico, ¿adónde vas a estas horas? ¿Van a venir a recogerte?

Le miro en plan «¿a qué viene tanta pregunta?».

—Es el último autobús del día. —Sus cejas superfruncidas logran juntarse aún un poco más y me dice—: ¿No lo sabías?

Hago un esfuerzo para parecer normal, aunque me siento como un alienígena en mi propia piel, y contesto:

—Ah, eso… No, no se preocupe, he quedado con unos colegas del equipo de fútbol. —Señalo mi mochila con una media sonrisa—. Vamos a dormir aquí.

Le señalo los puntos de sutura en mi ceja y le digo con una sonrisa bromista que pertenece al antiguo Kyle:

—Pero esta vez lo hemos pillado. Se acabó lo de pelear con osos con nuestras propias manos. Lección aprendida, tío.

El rostro del hombre permanece inmutable, congelado, serio, tanto que me da escalofríos. Vale, lo capto: no le ha hecho gracia. Noah y Josh se hubiesen reído. Nos hubiésemos partido. Eso es lo que hacíamos. Pero ya no lo haremos más. Noah ya no lo hará más. La náusea vuelve a dar volteretas en mi estómago.

Bajo las escaleras tan rápido como me lo permite la venda que aprisiona mi rodilla. En cuanto pongo los pies en el suelo y oigo el rugir de las cascadas a lo lejos, una lucidez increíble me invade, una lucidez desconocida. De repente lo veo todo claro, de repente sé que una fuerza invisible me ha guiado hoy hasta aquí para que pueda pagar por lo que he hecho. Por primera vez desde hace mucho tiempo siento que mis pulmones se llenan de aire nuevamente. Un pequeño cartel de madera anuncia: «Cascadas: 500 metros». Sigo la dirección de la flecha y comienzo a adentrarme en la parte más frondosa del bosque. El motor del autobús sigue allí, detrás, presente, al acecho. Pasa casi un minuto hasta que oigo el rumor de las ruedas al avanzar sobre la arena y por fin alejarse por la carretera.

Me abrocho la chaqueta de cuero. Para ser primavera, el aire es aún demasiado frío en Alabama, o quizá sea yo. Levanto la mirada. Los árboles que me rodean parecen mirarme, como si todos me señalasen con sus ramas, como si disfrutasen siendo los únicos testigos de mi condena. El rugido incesante de las cascadas me atrae como Magneto con sus superpoderes. Es curioso, pero a cada paso que doy me siento más decidido, pero también anestesiado, como si algo en mi interior ya hubiera muerto. Todo parece revelarse, como un puzle al que solo le faltaba una pieza para mostrar sus secretos más vergonzosos. Los brotes de hierba tiernos asoman bajo las ramas caídas y la hojarasca. Una vida empieza y otra acaba. Pienso en los que voy a dejar atrás. Josh lo entenderá, él haría lo mismo. Judith encontrará a alguien que vuelva a hacerle reír, alguien mejor que yo. Y mis padres…, bueno, al menos ya no tendrán que vivir cada día viendo la palabra «culpable» tatuada en cada centímetro de mi piel; aunque sé que ellos no estarían de acuerdo con mi veredicto. Ya no tendrán que llevarme a doscientos psicólogos que pretendan inútilmente que deje de sentirme como el mierda que soy. Es como intentar convencer a una pulga coja de que es un superhéroe, simplemente no funciona así. Soy un mierda y punto, lo demás es una pura mentira.

En el fondo sé que les voy a liberar. Además:

Quizá vea a Noah.

Quizá pueda pedirle perdón.

Quizá, si me ve allí, pueda perdonarme.

MIA

No sé cuánto tiempo llevo pedaleando, pero los rayos del sol ya bajo aún se filtran entre los troncos de los arces cuando por fin llego a la entrada del parque. Ya he estado aquí antes, en otoño, en un pícnic con los Rothwell. La trabajadora social decidió que nos vendría bien hacer ese tipo de «cosas en familia». Fue un auténtico desastre: los gemelos se metieron en una pelea, Becca se perdió y mientras todos la buscábamos, unos jabalíes acabaron con todas nuestras provisiones para el día. Pero, al menos, las dos horas que pasé buscándola me sirvieron para conocer el parque como la palma de mi mano. Dejo la bicicleta junto al cartel que indica la dirección hacia las cascadas y avanzo tan deprisa como puedo. Me tiemblan las piernas por el esfuerzo, la falta de costumbre y sobre todo el miedo.

Mientras camino, miro en todas direcciones, pero no hay ni rastro de Kyle. Le pido a mi corazón que se tranquilice un poco, pero no cesa de golpearme las costillas.

—¡Kyle! —grito con todas mis fuerzas y en todas direcciones.

Pero lo único que oigo por respuesta es el agua saltando en la lejanía. ¿Y si solo ha venido a dar un paseo? ¿Y si solo quería estar solo? ¿Y si ha venido a recoger espárragos silvestres? La señora Rothwell llegó hace unos días con un buen manojo. ¿Y si me ve aquí gritando su nombre como una loca y mañana salgo en los periódicos locales? Buf, cuando estoy nerviosa pienso demasiado, a veces hasta me canso a mí misma. Sigo avanzando. Me falta el aliento cuando el chillido estridente de un aguilucho me hace levantar la cabeza. Pasa por encima de mí, como avisándome de algo, como trayéndome un mal presagio. Una sensación de peligro que conozco bien me recorre desde los pies. Tengo un mal presentimiento y aunque correr es una de esas cosas que tengo total y absolutamente prohibidas, sobre todo después de la última visita al hospital, no puedo evitarlo. Rezando para que las nuevas pastillas hagan su efecto, empiezo a correr y grito su nombre una y otra vez.

—¡Kyle! ¡Kyle! ¡Kyleee!

Seguramente ni siquiera me oye. El estruendo de las cascadas es cada vez más intenso. Y entonces dejo de pensar y solo corro y corro hasta que por fin distingo el enorme salto de agua entre dos enormes hayas a lo lejos. Oh, Dios mío. Kyle está allí, inclinado en el borde, mirando al agua que cae, sujetándose solo con una mano a una enclenque valla. «No, no, no, por favor, no lo hagas». Me falta el aire. Me paro y cojo todo el que cabe en mis acelerados pulmones.

—¡No! —grito, pero no parece oírme.

Dios mío. Vuelvo a correr, pero temo no llegar a tiempo o simplemente no poder llegar. Tengo que hacer algo, algo radical, así que me paro, cojo aire y le pido al viento, a los árboles, al bosque entero que me ayuden, que lleven mi ruego hasta él, y entonces grito, grito como nunca lo he hecho, como nunca lo ha hecho ningún ser humano.

KYLE

Todo el mundo dice que el tiempo lo cura todo, pero lo que nadie te cuenta es qué pasa cuando el tiempo decide pararse, cuando hace que cada segundo dure horas y cada hora parece una vida entera. Miro hacia abajo. A treinta metros bajo mis deportivas, el agua aporrea las rocas con furia, como si quisiese convertirlas en arenisca. Su rugido ensordecedor se mezcla con el de mis pensamientos. Estoy temblando y no es del frío. Dios, ni siquiera sé qué me aterra más: convertirme yo también en arenisca o seguir vivo.

Mis pensamientos giran y giran a una velocidad vertiginosa; unos me gritan que lo haga, que me deje ir; otros me insultan y me llaman cobarde; otros me animan a pagar por lo que he hecho; pero mi mano debe de estar sorda, porque se empeña en seguir aferrándose a la valla de acero a mis espaldas. Y entonces pienso en todos a los que he destrozado. Noah, para siempre bajo tierra. Josh, en una puta silla de ruedas. Sus padres, los míos. Pienso en todos a los que ya no puedo mirar a la cara y comienzo a aflojar los dedos, lentamente, muy lentamente. Primero el meñique. Si existe un Dios le pido que me perdone. No, ¿qué digo?, si existiese un Dios le digo que se jubile. Dedo anular. Lo de crear mundos no se le da nada bien, o al menos mundos medianamente decentes. Levanto el dedo medio. Puedo oír el entrechocar de mis dientes. Y solo me queda separar las yemas del índice y el pulgar, solo eso y todo habrá acabado. Adelanto un pie, dispuesto a entregarme a la fuerza de la gravedad, y…

—¡Socorro!

Un grito desgarrador se mezcla con el estruendo de las cascadas. ¿Soy yo el que ha gritado? Mi mirada sigue clavada en el abismo bajo mis pies. Y entonces lo vuelvo a oír:

—¡Ayuda, por favor!

Las palabras me golpean como una bofetada y me sacan del túnel hipnótico en el que me había metido; me traen de vuelta aquí, al borde de este gigantesca cascada de la que solo me separan dos simples dedos. Pero ¿qué coño estoy haciendo? Mi mano vuelve a aferrarse a la valla. La otra se le une. Reculo hasta pegar la espalda contra ella y me doy la vuelta en busca del origen de la voz. A lo lejos, en un claro entre dos árboles, una chica se desvanece. Salto por encima de la valla y corro hacia ella tan rápido como me lo permiten mis temblorosas piernas.

Según me acerco la veo tirada en el suelo, con los brazos en cruz y las rodillas dobladas a un lado. Debe de tener mi edad, quizá un poco menos. Me agacho a su lado. El pelo cobrizo y brillante le cubre parte de la cara. Parece tan frágil.

—Eh… —le susurro, como si una palabra demasiado fuerte pudiera romperla en mil pedazos.

No reacciona. Le retiro el pelo de la cara y veo que aún respira. Lleva un pequeño colgante de oro en el cuello y su piel es tan pálida que casi parece irreal. Sus facciones son delicadas. De hecho, todo en ella es delicado, fino, frágil. Si sus orejas fueran puntiagudas, sería igualita a Arwen, la princesa elfo.

—Eh, oye… —vuelvo a susurrar—. ¿Puedes oírme?

No puede, pero tampoco me atrevo a tocarla. Solo le aparto el mechón de pelo que barre su frente. Inspira con dificultad y se encoge de dolor. Sus párpados comienzan a temblar y a levantarse lentamente, pero ella aún parece estar en otra parte. Mira hacia los lados confundida. Luego su mirada me traviesa como si pudiera ver a través de mí, como si aún no se hubiese percatado de que estoy a su lado.

—Eh —susurro de nuevo—, ¿estás bien?

Sus ojos superabiertos se encuentran con los míos. Parece confusa, yo diría que incluso se asusta un poco.

—Tranquila, tranquila, no pasa nada. Solo te has desmayado. Dime, ¿estás bien?

La elfo asiente.

—Vale, ¿puedes levantarte?

Tras apoyar un codo sobre la tierra y la hojarasca, trata de levantarse, sin éxito.

—Espera, déjame ayudarte.

Le paso el brazo por debajo de la nuca y, mientras la levanto con cuidado, sus ojos me evitan. Se mira la mano derecha que tiene apoyada en el suelo y de repente, así sin más, se pone de pie de un salto. Recula y da saltitos sacudiéndose la mano y gritando como una loca.

—Ah, quítamelo, por favor, quítamelo de encima.

Tengo que fijarme un par de veces para ver lo que le pasa: una lagartija aún más asustada que ella corretea por su brazo. El pobre bicho termina cayéndose al suelo y huye despavorido. La chica se queda muy quieta un instante y me mira como si no supiese qué hacer o decir.

—Lo siento, por lo general no soy tan histérica, pero es que cuando era muy pequeña una lagartija se metió en mi cama y… Bueno, ya sé que contado así parece una tontería, pero créeme, cuando tienes cinco años, de verdad, puede ser una experiencia aterradora y… —¿Cómo puede hablar tan rápido? Se lleva la mano al corazón como si le doliese—. No me siento muy bien, y por aquí no parece haber mucha gente a la que pedir ayuda, así que no me queda más remedio que pedirte que me acompañes hasta mi casa.

¿De qué va? Algo me huele a chamusquina.

—Te has recuperado un poco rápido, ¿no crees?

—Tienes toda la razón, seguro que por eso ahora me siento tan mareada.

—La gente no grita cuando se va a desmayar —le digo.

—¿No?

—No.

—Ya, bueno, es que tengo… epilepsia. —Increíble, se lo está inventado sobre la marcha, se ve a la legua—. Y siempre tengo un presentimiento justo antes de desmayarme, y como me da mucho miedo y eso, pues grito. Imagínate si no me hubieses encontrado, hubiese estado horas aquí tirada. Seguro que habría sido devorada por algún bicho salvaje. En el cartel de la entrada del parque pone que por aquí hay coyotes, gatos monteses, y hasta lobos y caimanes.

Mi abuela siempre dice que cuando no tienes nada agradable que decir es mejor no decir nada, así que me limito a mirarla con cara de pocos amigos.

—Por favor, no te lo pediría si tuviera otra solución, por remota que fuera. Además, no te conozco de nada y quizá seas un asesino en serie o algo, pero he venido en bicicleta y no puedo volver yo sola.

Si se llamase Pinocho su nariz ahora mismo habría tomado proporciones descomunales.

—Pues llama a tus padres —le digo tratando de mantener una calma que no siento.

—No puedo… Son muy pobres y no tienen teléfono.

Nunca he visto a nadie mentir tan mal, pero el caso es que su vieja cazadora y sus pantalones sí que parecen salidos de alguna asociación de beneficencia, y no creo que lo de que se vean sus calcetines a través de los agujeros de sus deportivos sea por moda.

—Llamaré a una ambulancia. Ellos te llevarán a casa.

—No, no por favor. —Parece aterrada—. Una ambulancia cuesta muchísimo dinero.

De nuevo, solo la miro.

—Por favor, solo hasta la entrada del pueblo, después le pediré ayuda a otra persona.

¿Qué narices quiere de mí? Estoy empezando a preguntarme si esta tía es real o algún tipo de ente extraño de esos que vagan por los bosques. Se le escapa una risita.

—¿En serio te parezco un fantasma?

Mierda, o la elfo esta es vidente o yo estaba pensando en voz alta.

La pillo mirando de reojo hacia las cascadas y me doy cuenta de que el punto exacto en el que se ha «desmayado» es el único sitio, en metros a la redonda, desde el que se ve la catarata. Bueno, para ser más preciso, es el único sitio desde el que se ve el lugar donde yo estaba hace un instante. Se da cuenta de que me he dado cuenta y se muerde el labio. Ya no me molesto en disimular mi cabreo. En serio, admiro su imaginación y supongo que su intención es buena, pero en estos momentos lo último que quiero es compañía.

—Hazte un favor. Vete a casa.

—¡No!

—Vale —digo, y echo a andar hacia las cascadas—, por mí puedes hacer lo que quieras, pero olvídate de que existo.

Necesito estar solo. Aún no tengo ni idea de lo que voy a hacer, ni adónde iré, pero lo que sí tengo claro es que regresar al pueblo no es una opción. Y cuando lo único que quiero es escuchar mis propios pensamientos, oigo sus pasos apresurados a mis espaldas.

—Espera, por favor.

Está empezando a cabrearme seriamente.

—¿Nadie te ha enseñado a meterte en tus asuntos?

—Tú eres mi asunto. ¿No lo entiendes? Si te dejase hacer lo que creo que estabas a punto de hacer, nunca podría perdonarme.

—Vete a casa.

La aparto y vuelvo a caminar. Soy bastante más alto que ella y no me resulta difícil dejarla atrás. Y cuando por segunda vez creo haberme librado de la elfa, me adelanta corriendo, se pone delante y me habla mientras camina de espaldas:

—Te lo advierto: si saltas, yo también saltaré. Y tú serás el principal responsable de todo el sufrimiento que les cause a mis siete hermanitos y a mis pobres padres.

Eso ha sido un golpe rastrero.

—Lárgate —le digo, ahora con desprecio— y tómate tus pastillas.

La aparto nuevamente de mi camino y sigo avanzando. La cascada está a solo unos pocos metros. Y así, de repente, la princesa elfo convertida en pesadilla se lanza a correr hacia ella.

Me quedo tan flipado que lo único que consigo hacer es pararme y mirarla.

MIA

Oh, Dios mío, pero ¿qué estoy haciendo? He corrido más esta tarde de lo que lo he hecho en toda mi vida. Según llego junto a la valla que separa el bosque del peligroso límite de la cascada, tengo serios problemas para respirar, como si dos enormes manos se empeñasen en estrujar mis pulmones. Miro hacia atrás y veo a Kyle inmóvil en el lugar donde lo dejé. Pero su mirada confusa y furiosa me dice que aún es pronto para cantar victoria. Si decidiese saltar, solo tardaría unos segundos en llegar a mi lado.

Vale, no me queda otra que seguir adelante, si no no me tomará en serio, así que me subo a la valla y me deslizo al otro lado. Me agarro al metal a mis espaldas con tanta fuerza que me duelen las manos. ¡Madre mía! La vista es tan espectacular como espeluznante: el agua cae con fuerza desde rocas de distintas alturas y se junta en un gigantesco multisalto justo enfrente de mí. El suelo a mis pies es muy estrecho, demasiado para mi gusto. Me bastaría un paso para caer al vacío.

Levanto la vista, solo un instante, pero me basta para descifrar su mirada. Sus ojos muy abiertos trasmiten ese extraño vacío propio de quien ya no ve salida a su desesperación, el mismo que he observado tantas veces en el hospital, cuando anuncian a unos padres que sus hijos no volverán a despertarse. ¿Quién sabe lo que puede estar pensando? Nada bueno, eso es seguro.

Lo miro desafiante, tratando de disimular el temblor que me sacude las piernas.

—¡Aléjate! —le grito, y mi voz queda atenuada por el rugir de la cascada.

Kyle niega con la cabeza, con el ceño muy fruncido y empieza a caminar en mi dirección.

—¡Para! —chillo, ahora con todas mis fuerzas—. ¡Si das un solo paso más saltaré!

Y es así; de repente, el suelo comienza a deslizarse bajo mis pies. Miro hacia abajo. El gran pedrusco sobre el que estoy apoyada comienza a ceder. Ay, Dios mío. Antes de que pueda echarme a un lado, el suelo entero desaparece, arrastrándome irremediablemente hacia el vacío.

—¡Aaah!

Me aferro tan fuerte como puedo a la valla, pero la caída me retuerce hacia un lado y mi mano derecha se desprende. Estoy colgando de un solo brazo.

—¡Socorro! —grito hasta desgarrarme la garganta.

Pero el rugido del agua hace que casi ni yo misma pueda oírme. No veo a Kyle, no veo nada, solo el agua y las rocas bajo mis pies. Mis pulmones amenazan con volverse a parar, así que aprieto mucho los ojos y rezo. Un grito ensordecedor brota de mi interior cuando pienso en mi madre, a la que nunca conoceré; en Becca, y estoy a punto de echarme a llorar cuando una mano me agarra del brazo. Siento que me elevo. Abro los ojos y al mirar hacia arriba veo los de Kyle. Me contemplan aterrados, confusos, desesperados, pero a la vez tan llenos de vida que duele.

—¡Dame tu brazo! —me dice.

Con el brazo que cuelga me agarro al suyo. Kyle tira de mí hasta posarme sobre el suelo firme. Uf.

Él se agarra a la valla para enderezarse.

—Vamos —me dice ofreciéndome la mano—, salgamos de aquí.

Se la doy. Me ayuda a ponerme de pie y a pasar al otro lado, a la zona segura. Una vez allí, me tiro en el suelo boca arriba y dejo que mis pulmones cojan aire a mil por hora. Kyle se deja caer también a mi lado. Lloro y río a la vez. Kyle solo jadea. En cuanto mi respiración se tranquiliza y mi corazón deja de galopar (gracias, pastillas mágicas), giro la cabeza hacia él.

Su mirada está perdida en el cielo y le tiembla la barbilla. Me gustaría ayudarle, hablarle de Noah, de lo que pasó, decirle que esta vida no es un camino de rosas pero que tiene sus cosas buenas, y que muchos darían cualquier cosa por estar en su lugar, por tener padres, por tener a alguien a quien le importes de verdad; pero después de mi superactuación de antes, no creo que yo sea precisamente la persona con la que le apetezca abrir sus labios y mucho menos su corazón.

Kyle se incorpora sin decir nada y, sentado, se rodea una rodilla con un brazo. Niega con la cabeza, con la mirada perdida al frente. Yo me siento a su lado.

Sacar el tema de Noah no me parece buena idea, así que en el tono más tranquilizador que logro encontrar le digo:

—¿Quieres que hablemos de ello?

Sus ojos, de un azul grisáceo que me recuerda al agua del Tennessee en un día nublado, me taladran.

—Vale, vale, lo entiendo, no quieres que hablemos, pero sabes que así no me dejas otra opción. De ahora en adelante tendré que vigilarte bien. —Sus mandíbulas se tensan, y mucho. Pero en fin, mejor cabreado que desesperado—. Bueno, solo hasta que decidas hablar conmigo, claro.

—Eres una maldita pesadilla —me escupe—, ¿lo sabes?

Me duele, no lo puedo evitar. Me recuerda, aunque solo un poco, que quizá para mi madre también lo fui. Se pone de pie y me mira como un gigante desesperado miraría a una pulguita que no deja de picarle.

—¿Qué quieres de mí?

Se me ocurren unas cuantas cosas que casi me sacan los colores, pero no se las digo. Me pongo de pie tratando de ganar tiempo. Él está desesperado y yo estoy desesperada por encontrar una solución, algo que evite que se haga daño. Y así, de repente, se me ocurre la idea más brillante y descabellada que pueda existir.

—¿Tienes pasaporte?

—¿Perdona?

Madre mía, no me puedo creer lo que estoy a punto de decir.

—Sí, bueno, me has preguntado qué quiero de ti y la verdad es que hasta ahora no sabía que quisiese nada, pero ya que lo preguntas quiero que vengas a España conmigo durante diez días.

—¿Qué?

—Se suponía que iba a venir un amigo, pero al final…

—Espera, espera un momento. Ni siquiera me conoces ¿y ahora quieres que cruce el charco contigo?

—No quiero, pero ¿acaso me dejas otra opción?

—Sí, la de meterte en tus propios asuntos.

—Bueno, hablando de asuntos propios, no te negaré que invitarte a este viaje no ha sido un acto meramente altruista. En realidad llevo semanas buscando a alguien que me acompañe y…

—Estás totalmente chiflada.

—Quizá, pero ¿tú qué harías en mi lugar? En dos días sale tu avión y no quieres contárselo a mis padres para no causarles más dolor. ¿Te irías sabiendo que en cualquier momento puedo volver a intentarlo?

—¿Intentarlo? —A su voz le falta la seguridad del que sabe mentir—. No sé qué película te has montado en la cabeza, pero…

—Sé lo del accidente, Kyle —le corto antes de que su nariz alcance proporciones «pinochescas»—. Vi tu foto en los periódicos.

Su estómago se encoge al tiempo que la ira incendia sus ojos.

—¡Tú no sabes una mierda!

—Sé que por mucho que lo intentase jamás podría ni imaginarme por lo que estás pasando. Pero también sé que no tienes derecho a quitarte la vida y destrozar a tu madre, a tu padre y a todos los que te quieren. —No lo tiene—. ¡No es justo!

Kyle se queda ahí, inmóvil. Sus ojos, brillando como cascadas que se acabasen de secar, parecen gritar socorro. Daría lo que fuera por saber qué hacer para ayudarle.

—Venga, piénsalo, todos los gastos pagados. Si después de diez días todavía quieres… hacerlo, no te lo impediré, te lo prometo. ¿Hay trato?

—Olvídalo.

—Vale, lo entiendo. No tienes que decidirlo ahora mismo. Consúltalo con la almohada y…

—¡No!

—Ah, y como te dije antes, mientras no cambies de idea, tengo que mantenerte vigilado, lo siento. Por cierto, me llamo Mia.

Estiro la mano, pero en lugar de estrechármela, se da la vuelta y se va. Al menos esta vez lo hace alejándose de las cascadas.

Me dan ganas de cantar y de dar saltos de alegría, pero me limito a seguirlo.

Le doy las gracias a mi imperfecto corazón por no dejar de latir. Hoy es un buen día.

KYLE

Llevo como una hora caminando. La tal Mia lleva como una hora siguiéndome desde el otro lado de la carretera. Por lo menos se ha dignado a mantener la boca cerrada, que ya es algo. Durante el camino, me he tenido que pellizcar un par de veces para comprobar que todo este día no fuera otra más de las pesadillas que llevo teniendo desde el accidente. Me he llegado a preguntar si la chica era real o algún tipo de entidad rara (consecuencias de ser el hijo del mayor fan de *Expediente-X* de la historia de la humanidad, sin duda). Hasta he tenido que fijarme para asegurarme de que yo no era el único que la veía. Unos camioneros me han sacado de la duda al pitarle y mofarse a su costa. No les culpo, una chica con la chaqueta del revés, montada en una bicicleta con serpentinas rosas y una bandera que dice «Supergirl» no es lo que se dice muy convencional.

No sé qué hora es; mi teléfono se ha quedado sin batería. Cuando llego al centro del pueblo el sol acaba de ponerse, con lo que no deben de ser más de las siete. La rodilla me está fastidiando, pero si no me doy prisa mis padres comenzarán a preocuparse, así que aprieto el paso.

Mis padres. De pronto pienso que en estos momentos podrían estar enterándose de que su único hijo se ha quitado de en medio y la idea me golpea como una bofetada. Pero ¿en qué coño estaba pensando? Vivo soy un puto estorbo y muerto soy…

ni siquiera sé lo que soy. El puño que me estruja el estómago vuelve a cerrarse con fuerza. No puedo quitarme la vida, pero ¿qué derecho tengo a quedármela tras haber destrozado tantas otras?

Miro a la tal Mia de reojo. Allí sigue, en la acera de enfrente, caminando junto a su bici. Se me sueldan las mandíbulas al pensar en lo que me ha dicho en la cascada. ¿De verdad tenían que publicar mi foto en ese puto periódico? Ahora no tengo forma de esconderme. ¿Hablaría en serio sobre lo de ese viaje? ¿Y sobre lo de no contárselo a mis padres? No tengo forma de saberlo, lo que sí sé es que he de deshacerme de ella. Quizá si me paso las vacaciones de Semana Santa en mi cuarto acabe cansándose y busque a otro a quien salvar. Aunque no parece de las que tiran la toalla tan fácilmente. Es capaz de acampar frente a mi casa o algo peor. Mientras mi mente divaga tratando de encontrar la mejor forma de deshacerme de ella, llego frente a mi casa, me giro y la miro con más dureza de la que siento. La chica se para, seria. Parece exhausta. Por un momento casi me produce compasión.

Ni de coña puedo dejar que me siga hasta la puerta. Avanzo sin perderla de vista ni un instante. Ella permanece allí, en la acera de enfrente, silenciosa, inmóvil, sin quitarme ojo. Saco las llaves de la mochila y las meto rápidamente en la cerradura, como si pudiese dar un supersalto y colarse en casa conmigo. Creo que tantas emociones fuertes (y tantas series de televisión por cable) me están afectando un poco al cerebro. Entro, cierro la puerta y me apoyo de espaldas contra ella.

Por un instante, me quedo ahí a oscuras, observando el ancho pasillo que desemboca en la escalera de caracol que conduce a mi habitación. A la izquierda está la puerta de la cocina y, a la derecha, justo enfrente, hay un espejo oval rodeado de rayos dorados. A mi padre le parece de lo más hortera, dice que le recuerda a un huevo frito, pero a mi madre le encanta, así que logró convencerle de que lo necesitábamos para que circulase mejor no sé qué energía. Hace calor y huele a tarta recién horneada y a algo con pollo, creo que son fajitas, pero sobre todo, por encima de la comida, huele a calor de hogar, al calor del hogar que yo he destrozado.

—Kyle, cariño —dice mi madre desde la cocina. Su voz rota me rompe en dos—, ¿eres tú?

Sabe que soy yo, ¿quién si no? Es su forma de decir: «Kyle cariño, me duele lo que has hecho, me duele mucho que te hayas alejado». Oigo los ruidos de sartenes, la puerta del frigorífico que se abre y se cierra. Mis piernas quieren avanzar, pero yo no tengo tan claro que les vaya a permitir hacerlo. No me lo merezco.

—¿Kyle? —dice mi padre asomándose por la puerta de la cocina. Una sonrisa le llena la cara.

La luz que se filtra por la puerta entreabierta destruye la penumbra que me protegía.

—Hola —saludo, tratando de aparentar que me siento medianamente normal. Le doy un abrazo rápido y entro en la cocina.

Mi madre, que odia cocinar, está sacando una tarta del horno. Casualmente, es de arándanos, mi favorita. Le doy un beso evitando mirarla a los ojos.

—¿Qué tal tu día? —dice colocando la tarta en la encimera con una fingida serenidad.

Mi boca parece sellada, así que encojo los hombros. Mi padre me pasa una fajita por delante de la nariz como si quisiera tentarme y luego me dice bromeando:

—No sé si te voy a dar.

Casi logro esbozar una sonrisa. Dios, no soporto que se esfuercen tanto por hacerme sentir bien, por aparentar una normalidad que no sienten. Sé que lo hacen por mí, para aliviar mi culpabilidad, pero yo lo único que consigo es sentirme como un mierda. Soy una carga y lo sé. Además, por mucho que finjan, sé que están fatal. Mi padre lleva el jersey al revés y sus ojeras ya parecen cráteres lunares. Y mi madre, en los treinta y un días desde el accidente, ha perdido tanto peso que flota en sus vaqueros. Esta mañana la vi tomándose una de esas cápsulas bicolores, las que le recetaron cuando murió la abuela y tuvo que quedarse en casa dos meses por depresión.

—¿Qué tal te ha ido con Josh? —me pregunta mamá, mientras papá lleva las fajitas a la mesa—. ¿Cómo le has visto?

Me quedo congelado en el sitio. Soy un idiota, debería haberme preparado una respuesta. Me miran expectantes esperando una respuesta que pueda aliviar su sufrimiento, pero ¿cómo decirles que por mi culpa Josh quizá no vuelva a caminar?

—Está bien —respondo intentando aparentar que no estoy mintiendo—, mejor, creo.

No se lo han tragado, porque mi padre viene con un par de sillas, las pone a mi lado y se sienta en una.

—Kyle, hijo, ¿quieres que hablemos de ello? —me dice.

Daría lo que fuese por hacerlo, por hablar como lo hacíamos antes los tres, pero en lugar de eso niego con la cabeza.

—Ya he comido algo en casa de Josh —miento. ¿Para qué preocuparles aún más?—, y…

—No tienes hambre —me corta mi madre, molesta—, sí, sí, nos lo sabemos.

Mi padre le coge la mano. Ella se calma y los dos me miran tratando de sonreír, pero sus ojos los delatan; sus ojos me dicen: «Nos duele por ti, Kyle; ya no sabemos qué hacer; déjanos ayudarte». Pero lo que no entienden es que ya nadie puede ayudarme, lo que no entienden es que no hay nada que se pueda hacer para borrar que he matado a mi amigo. Me giro rápidamente, ya que lo último que quiero es que me vean romper a llorar como un niño, y camino hacia la puerta.

—¿Por qué no te quedas un rato con nosotros? —me dice papá.

—Voy a darme una ducha… —contesto y carraspeo tratando de evitar que mi voz se quiebre—. Anoche no dormí muy bien y…

—Pero… —comienza mi madre, pero papá la corta.

—Claro, hijo, no te preocupes, te guardaremos algunas fajitas para mañana, ¿vale?

Asiento sin girarme. Al salir al pasillo, mi reflejo me mira desde el espejo huevo. Me dan ganas de hacerlo pedazos, de hacerme pedazos. Antes de que la puerta termine de cerrarse, veo el reflejo de mi madre sentándose en el regazo de mi padre. Hunde la cara en su hombro. Él la abraza y le besa el pelo. Cuando la puerta se cierra me quedo allí plantado en la penumbra, mirando mi odioso reflejo en el espejo. Lo mataría. Mi madre llora, la puedo oír. Corro escaleras arriba, me meto en mi cuarto y arrojo la mochila sobre la cama. Quiero romper algo; no, ¿qué digo? Quiero romperlo todo, echarlo todo abajo. Dios, quiero gritar. Muerdo la almohada y ahogo mi grito en ella.

Necesito hacer algo, algo que no sea molerme a palos, así que cojo mi bloc de dibujo y me tiro en la cama. Pero solo me vienen las mismas imágenes que me siguen a todas partes: los ojos aterrados de Noah, la cara ensangrentada de Josh, las lágrimas de Judith, los coches chocando en la curva, el metal aplastado, los cristales hechos añicos. ¡Basta! Me esfuerzo por ver otra imagen y me viene la de la princesa elfo, o mejor dicho la elfo-pesadilla. No, me niego a que se meta también en mis pensamientos y en mi cuarto. La cascada. Sí, eso es, con tal de no quedarme dormido, dibujaré el bosque entero si hace falta. En realidad no he pegado ojo desde el martes. Tras el accidente, el sueño decidió abandonarme. Al principio lo intenté todo: contar ovejitas, contar hacia atrás, hasta me puse a escuchar nanas…, pero nada, lo máximo que lograba dormir era un par de horas. Después, me di cuenta de que dormir se había convertido en un acto de máximo riesgo. Cada vez que cierro los ojos, una pesadilla al acecho viene y me los abre. Así que me preparo para otra noche en vela.

MIA

Cuando llego a casa, los Rothwell ya están terminando de cenar. Al entrar en el salón les saludo, pero su atención ya ha sido abducida por la caja boba. Parece que mi plan ha funcionado; no tienen pinta de sospechar nada. Un dolor palpitante me aprisiona el pecho y todo mi cuerpo me pide a gritos que lo tumbe, pero si no como algo sé que me voy a desmayar. Y dado que cenar en la cocina no es una opción (por mucho que lo haya intentado), me siento con ellos a la mesa. El plato ya vacío de Becca descansa sobre el mantel y los gemelos hoy están en su sesión semanal de terapia de control de la rabia.

Mientras engullo uno a uno mis macarrones con queso bajos en sal y grasas saturadas con la voz de Sean Hannity de fondo, no dejo de pensar en Kyle. ¿Qué estará haciendo? ¿Habrá cenado ya? ¿Estará hablando con sus padres o viendo la tele o en su habitación? Ay, solo espero que no haga ninguna locura antes de que logre convencerle de que viaje a España conmigo. Estoy tan ensimismada en mis macarrones y en mis pensamientos que, con el repentino cambio de melodía al entrar los anuncios, doy un salto en mi silla. Katelynn, mi madre de acogida, me mira como si me acabase de materializar enfrente de ella.

—Por Dios, Mia, qué susto me has dado —protesta. Y cuando se tranquiliza un poco, añade—: ¿Qué te han dicho en el hospital?

Extraño. Un «pásame la sal» o «¿Quién quiere dar las gracias hoy?» es lo máximo que solemos compartir en la mesa. Supongo que el hecho de que en una semana tenga programada una operación en la que mi corazón tiene un cincuenta por ciento de posibilidades de no volver a latir le ha despertado un súbito interés por mi persona.

—Me han dicho que todo está bien, muchas gracias.

El señor Rothwell, que es como nuestro padre de acogida, nos pide que le llamemos, me mira con el ceño fruncido por encima de sus gafas y me dice:

—Me parece una falta total de seriedad. —Incluso baja el sonido de la tele, y eso ya de por sí es una muy mala señal—. Nos aseguraron de que ya te habían hecho todas las pruebas necesarias. Por Dios santo, la operación es la semana que viene. ¿A qué juegan?

—No, no pasa nada, en serio —le aseguro con mi mejor pose de «todo está bien»—. Solo eran unos análisis de sangre para comprobar que todo sigue en orden.

—Katelynn, pásame el teléfono —le pide a su mujer—, voy a llamar al doctor Rivera, ahora mismo. Quiero que me expliquen qué está pasando.

Mi madre de acogida asiente y se levanta arropándose con los bordes de su chaqueta.

—¡No, no, por favor, no lo hagan! —digo con más énfasis del necesario. Lo sé en cuanto veo sus miradas de «aquí hay gato encerrado».

Si se enteran de que he estado toda la tarde por ahí se lo contarán a mi médico y este hará que me ingresen, echando al traste todos mis planes de escape. «Sobre todo nada de esfuerzos», me advirtió en la última revisión. A mis niveles de oxígeno les da por bajar de repente y hacen que monte numeritos como mi inoportuno desmayo en el bosque. Los Rothwell llevan semanas deseándolo, incluso les he oído pedirle al doctor que me dejen ingresada hasta el día de la operación. No los culpo, entiendo que

tengan miedo de que me muera mientras estoy bajo su responsa-
bilidad legal. Demasiado papeleo, dicen. Me miran sin pestañear. Tengo que inventarme algo urgentemente.

—Fui yo la que llamé al hospital —explico, y niego con la
cabeza con gesto de profundo pesar—. Esta tarde empecé a sentirme mal y…

Respiro profundamente como si me faltase el aire, aunque, a
decir verdad, me falta, y mucho.

—Es cierto —dice Katelynn con la cara de «gato encerrado»
desdibujándose de su rostro—. Tienes muy mal aspecto.

—No quería preocuparles —sigo—. Por eso no dije nada y
ahora, de verdad, siento mucho haberles disgustado.

—Sí, vale, déjate de monsergas —empieza el señor Rothwell sin
dejar de fruncir el ceño—, a mí lo que me interesa saber es lo que te
han dicho. ¿Por qué no te han dejado ingresada? Eso es lo que deberían hacer, deberían haberlo hecho hace mucho tiempo.

Y para sellar sus palabras da un puñetazo sobre la mesa.

—No, no… Me han dicho que es normal —me invento—,
que es por los nervios de la operación y eso.

Katelynn se lleva un bocado de pan a la boca sin dejar de
mirarme, como si yo fuese otro de sus personajes de la tele.

—Solo me han aconsejado salir un poco a pasear por las
mañanas. Dicen que mi sangre necesita oxigenarse.

Se miran extrañados. Mi padre de acogida niega con la cabeza, coge el mando y vuelve a subir el volumen de la tele. Ella
vuelve a observarme, como si esperase mi actuación final.

—¿Les parece bien si mañana me doy una vuelta por el pueblo? —sugiero, sirviéndome un poco de ensalada para parecer
casual—. No iré lejos, solo un par de horas por la mañana.

Katelynn mira a su marido. Él solo se encoje de hombros sin
apartar la vista de la pantalla.

—Bueno, si te lo han aconsejado los médicos —dice ella—,
no veo por qué no.

Es una de las conversaciones más largas que hemos tenido en estos tres años. No es que sean mala gente ni nada de eso. Supongo que su intención es buena y que en el fondo quieren ayudar, pero no sé quién necesita más ayuda. Mi experiencia, de una vida ya vivida, me ha enseñado que los adultos solo son niños que han aumentado de tamaño.

Sean Hannity ha vuelto a recuperar toda la atención de la mesa, así que me concentro en terminar mi plato. El punzante dolor en el pecho aumenta por momentos.

Ya en el cuarto, Becca me asalta con un millón de preguntas. Me tumbo en su cama y, acurrucada en mi brazo, me pide que le cuente una y otra vez lo ocurrido en el bosque, o mejor dicho, la versión maquillada, en la que omito todo lo relativo al intento de suicidio de Kyle. Cuando por fin se queda dormida en el hueco de mi brazo, la arropo y le doy un beso en la nariz. Eso siempre la hace reír. Ojalá siempre pudiera hacerla reír.

Me tumbo en mi cama y, aunque mis párpados luchan por cerrarse, mi cerebro aún trabaja a toda velocidad. Vale, incluso si logro convencer a Kyle, ¿qué padres en su sano juicio permitirían que su hijo, en su estado, viaje solo con una huérfana y desconocida a Europa? Además, si descubren quién soy y hablan con los Rothwell, sería el fin. Supongo que no me queda más remedio que recurrir a Bailey, mi anterior hermana de acogida.

Cojo mi tableta del escritorio y me siento en la cama. Mientras espero los dos minutos largos que tarda en encenderse, busco mis pastillas en el cajón de la mesilla, las redondas. Un sudor frío me recorre todo el cuerpo y por primera vez en mucho tiempo siento pánico. Morir no me da miedo, pero morir cuando me queda tan poco para conocer a mi madre sería un sinsentido, uno que no pienso permitir que ocurra.

La tableta se enciende y marco el número de Bailey tratando de desviar mi atención de mi pobre corazón. Bip, bip, bip. Bailey contesta al cuarto bip. Su imagen aparece en la pantalla con un uniforme rosa de camarera. Al fondo, tras ella, hay una *jukebox*.

—¡Hermanita! —me dice muy sonriente, y un segundo después frunce mucho el ceño—. ¿Te pasa algo? ¿Estás bien? ¿Te han hecho algo? ¿Quieres que vaya a buscarte?

—No, no, estoy bien —contesto, riendo—. Solo es que…

—Espera, entonces termino de atender esta mesa y estoy contigo, ¿vale?

Asiento. Bailey deja su teléfono sobre lo que me parece una mesa y en la pantalla veo cómo le sirve tortitas con nata a una familia de seis con una sonrisa que llena la sala. Bailey es una de esas personas que te cambian la forma de ver el mundo, al menos a mí me la cambió. Gracias a ella aprendí a dejar de quejarme de mi suerte y a ver siempre el vaso más lleno que vacío. Mis padres me abandonaron al nacer, sí, pero los suyos ni siquiera tuvieron la decencia de hacerlo. Su madre a menudo confundía su espalda con un cenicero en el que apagar sus porros y su padre bebía tanto que tenía problemas para distinguir a quién obligaba a meterse en su cama. Bailey es una luchadora nata. A diferencia de mí, no permite que nada ni nadie le haga daño (excepto los tontos de sus novios, pero ese es un tema aparte). Es mi ejemplo a seguir, mi Superwoman particular.

—Ya estoy contigo, cariño —me dice cogiendo el teléfono y echando a andar—. Cuéntame, ¿cómo estás? ¿Qué pasa? ¿No irás a decirme que has tenido otro ataque?

Acerca mucho la cara como si quisiese estudiarme bien. Los surcos bajo sus preciosos ojos esmeralda son aún son más profundos que antes.

—Bailey, pero ¿tú estás bien? —intento—. ¿Sigues con ese… cómo se llamaba…?

—Ya hablaremos de mí en otro momento, ahora cuéntame qué te pasa. ¿Por qué me has llamado?

—Bueeeno, vale —protesto un poco—. Necesito tu ayuda. Es un asunto de vida o muerte.

Bailey se ríe.

—Para ti todos son asuntos de vida o muerte.

—No, no, en serio, esta vez es verdad.

—Venga, suéltalo.

—Vale. —Me apoyo bien en mi almohada—. ¿Todavía se te da bien eso de imitar voces?

—Algunos talentos nunca se pierden, jovencita —me dice imitando la voz de Bart Simpson. Me hace reír, Bailey siempre me hace reír.

—Vale, entonces ¿podrías hacerte pasar por mi madre mañana?

—Por supuesto, cariño. ¿Qué no haría una madre por su hija? —me dice con el tono maternal de una mujer madura. No puedo evitar pensar en mi madre, en cómo sonará el timbre de su voz—. Pero antes, empieza por ponerme al día.

Se lo cuento todo: lo de Kyle, lo de mi viaje, lo de mi huida y mi operación; y está al cien por cien conmigo. Aunque solo convivimos dos años, Bailey es lo más parecido a una madre que he tenido. Fue en mi anterior casa de acogida y era genial. Pero al cumplir los dieciocho la obligaron a marcharse. Una chica más pequeña necesitaba su cama. Y así, de un día para otro, Bailey se vio en la calle con solo doscientos dólares en el bolsillo. Se fue a Atlanta a trabajar y desde entonces casi no nos hemos visto.

Media hora después, con el corazón más lleno y más caliente, colgamos. Las pastillas también han hecho su efecto, pues las manos invisibles que me apretaban los pulmones parecen haberse ido a descansar. Miro por la ventana y las estrellas brillan más que de costumbre. Venus me contempla desde lo alto. Sonrío por dentro. Hoy he podido hacer algo bueno. Quizá si logro salvar una vida, no importe tanto que no quiera salvar la mía. Estiro la mano para coger mi diario, pero mis párpados ya están cediendo a la fuerza de la gravedad.

KYLE

Estoy en medio del bosque y busco algo, no sé qué. Huele a azufre y a quemado. Intento echar a correr, pero por más que lo intento, mis piernas no quieren moverse. Trato de correr, gritar, huir, pero no puedo. Me giro y veo a Noah. Está delante de mí, con pantalones y jersey negros y una chaqueta de cuero roja. Me está mirando fijamente, inmóvil, sin parpadear. Sonríe, pero sus ojos rojos escupen rabia. Negando con la cabeza, da un paso más hacia mí, sus cara a pocos centímetros de la mía. Sin abrir los labios me dice: «¿Por qué, Kyle, por qué lo has hecho?». Su cara se deforma como una pintura a la que le echases agua y poco a poco va tomando la forma de Josh. Está cabreado, cuando le tiembla la ceja derecha siempre está cabreado. «Me has jodido la vida, cabrón», me dice, y al abrir los labios se le escapa una espuma gris. Todo arde a mi alrededor. El suelo, el aire, los árboles, todo está en llamas. Y otra vez es Noah. Me dice: «Tienes que pagar por lo que nos has hecho. Ven. Te estoy esperando». Y me miro las manos: también están ardiendo, y por más que las agito no logro apagar el fuego que las consume. El dolor es insoportable.

Un alarido me despierta y solo al cabo de unos segundos me doy cuenta de que soy yo el que ha gritado. Abro los ojos. Todo está oscuro. Estoy jadeando y cubierto en sudor.

—¿Todo bien, cariño? —grita mi madre desde la otra esquina de la casa.

—Sí, sí, estoy bien —le digo. Últimamente esa parece ser mi respuesta a todo.

Mierda. No debí quedarme dormido. Enciendo la luz de la mesilla y veo la hora: las cinco de la mañana. El dibujo de la cascada está arrugado junto a mi almohada. Me fijo en cada detalle: en el agua que cae, en la espuma que esconde las rocas, en la arenisca, en la valla, en cada jodido detalle. Y en este momento lo vuelvo a tener claro: tengo que poner fin a esta pesadilla. Mañana no fallaré, aunque tenga que atar a esa chica a un árbol.

KYLE

Hasta las seis y media de la mañana he estado dando vueltas y más vueltas en la cama, mi mente como un tornado. Y ahora, tras pasar una hora buscando información en mi móvil sobre la muerte y la vida después de la muerte, mi cuerpo ha decidido soldarse a la cama. Debo de pesar una tonelada. Por un instante, me imagino lo que sentiría Hulk sin sus superpoderes. El mero hecho de abrir los ojos supone un esfuerzo colosal.

Un escalofrío me recorre al pensar que mi hora se acerca. Pero por alguna extraña razón, me siento anestesiado, vacío, no sé, como lleno de nada. Mis padres se marcharán pronto. Los sábados van a Birmingham a comprar provisiones para la semana. Mi madre dice que una visita al Trader's Joe y al Sprouts compensa los cincuenta kilómetros que nos separan de la Ciudad Mágica. Por eso tengo que esperar mi momento. Ni de coña quiero arruinarles su día.

Mientras espero a que se vayan, me dedico a escribir mentalmente cartas de despedida (cuando consiga moverme las plasmaré en papel). Supongo que eso es lo que se hace en estos casos. No cartas en plan *Por trece razones*, sino más bien cartas en plan «Lo siento, sé que os he fallado, pero me estoy quemando vivo y en lo único que puedo pensar es en apagar el fuego tan rápido como sea posible. No es culpa vuestra. Por favor, no estéis tristes. Os quiero». En total escribo tres: una para mis padres, la más difícil; otra para Josh; y la última para Judith, la conozco bien y no quiero que se pase meses preguntándose qué podía haber hecho para ayudarme. También escribo una nota para los padres de Noah. Se merecen una explicación, unas disculpas, algo. Aún no he tenido el valor de ir a verlos. Sé que quieren saber qué pasó exactamente, en qué me equivoqué, en qué la jodí, qué hice para estrellar mi coche contra el de Noah; pero no puedo ayudarles. Mi mente lo ha borrado todo desde el momento en que tomamos la jodida curva. Y Josh había bebido tanto que no recuerda nada de aquella noche.

Toc, toc, toc. Por el sonido, está claro que es mi madre la que llama a la puerta.

—¿Kyle? —dice.

Espera unos segundos y, cuando por fin abre la puerta, finjo dormir. Si la viese flaquearía, no podría hacerlo; pero tengo que hacerlo. Hacerles sufrir me duele a rabiar, pero ser un puto peso para el resto de sus vidas… Eso no lo voy a permitir. Tras cerrar la puerta con mucho cuidado, desciende las escaleras.

Una brisa húmeda se filtra por la ventana entreabierta cuando por fin oigo el familiar chirrido de la puerta de entrada al abrirse. Mamá siempre dice que tenemos que ponerle aceite y papá siempre dice que lo hará al día siguiente. Y entonces distingo la voz de mi madre.

—Necesita tiempo, Connor, eso es todo… Tiempo y cariño.

—Por favor, Lisa, ya ha pasado un mes —dice papá—. Y cada día está peor. No come, no duerme… ¡Ya ni siquiera nos habla!

Quiero correr hacia la cascada, desaparecer, no tener que oírlos nunca más hablando de mí, pero no consigo moverme.

—Quizá deberíamos probar con otro psicólogo, no sé…

Bip, el coche de mi madre se abre.

—No, Lisa, te lo digo. Las últimas semanas han sido tremendamente estresantes: la policía interrogándole, los test de drogas y alcohol, el miedo a que los padres de los chicos quisieran denunciarle… Ahora que todo se ha aclarado y la pesadilla ha terminado, es hora de que retome su vida. Y para eso necesita alejarse de aquí, alejarse de todo, incluidos nosotros.

Y por mucho que me tapo los oídos, sigo oyendo cada palabra.

—¿Y qué propones, que le enviemos lejos como si fuera un paquete?

—Sabes que le vendrá bien pasar unos días con tu hermana y sus primos en Florida. Necesita un cambio de aires.

—Por Dios santo, Connor, ahora nos necesita más que nunca. ¿No lo entiendes? No le pienso abandonar.

—¿Quién habla de abandonarle? Eres tú la que no lo entiendes. Se está ahogando aquí, Lisa. ¡Le estamos perdiendo!

Demasiado, demasiada información. Meto la cabeza debajo de la almohada y la aprieto con fuerza. Y cuando mis tímpanos amenazan con estallar, la oigo, la última voz que deseo oír en estos momentos:

—Hola, buenos días. Soy Mia, una amiga de Kyle. ¿Está en casa?

Me levanto tan de sopetón que me estampo contra el armario. No puede ir en serio. Corro hacia la puerta, pero mi pie derecho no me sigue y me caigo al suelo. La rodilla me duele a rabiar. Me giro y veo que se me ha enroscado un pie en las sábanas. Tiro y tiro hasta liberarlo y, cojeando y descalzo, salgo de mi cuarto y bajo los escalones a la velocidad del rayo. Cuando salgo, me encuentro con mis padres de espaldas y, frente a ellos, mirándome con carita de niña buena, a Mia pesadilla. Me dispongo a gritarle cuatro cosas, pero ella dispara más rápido.

—Hola, Kyle, estaba a punto de poner a tus padres al día.

Sus palabras me congelan en el sitio. Mis padres se giran y me miran flipados. Y como mi cerebro no logra arrancar, les ofrezco mi mejor cara de póquer. Vuelven a girarse hacia ella que, con su sonrisa de «no he roto un plato en mi vida», les dice:

—Ayer, cuando estábamos saliendo de la casa de Josh, Kyle me dijo que necesitaba irse unos días, así que mi madre le ha invitado a pasar la Semana Santa con nosotros en España. Si les parece bien, por supuesto. Salimos mañana por la mañana.

¿Qué? No puede ir en serio.

Y entonces, como si lo tuviesen ya coreografiado, los tres pares de ojos se plantan en mí. Abro la boca, pero no logro que salga nada, o al menos nada coherente. Y entonces Mia corre hacia mí y, riendo en plan histérico, me la tapa y suelta:

—No, no… No me digas que les vas a contar a tus padres cómo nos conocimos. —Suelta una risita tonta—. Fue de lo más vergonzoso.

Deseo con todas mis fuerzas que las miradas pudiesen matar, asesinar, estrangular. Pero no me queda otro remedio que seguirle el rollo a esta psicoelfa disfrazada de niña buena, así que me encojo de hombros y hago un megaesfuerzo por sonreír. Mis padres están tan flipados que se han olvidado hasta de pestañear.

—Hijo, ¿es en serio? ¿De verdad quieres viajar ahora? —me pregunta mi padre con un atisbo de esperanza en la voz. Al menos mi madre no parece haber caído en su trampa; su ceja derecha levantada la delata.

Permanezco en silencio.

—Venga, Kyle… —sigue la elfo—. Cuéntales lo que me dijiste ayer sobre que querías visitar España y todo eso…

No lo hago, así que continúa:

—Vale, entonces se lo contaré yo…

¡Mierda! Niego con la cabeza tratando de ganar tiempo, de encontrar una forma de deshacerme de esta chica, pero mi cerebro no arranca.

—Sí… —empiezo—, es verdad. Llevo queriendo visitar España desde hace un tiempo. Papá, tú siempre me has hablado de su arquitectura y… Bueno… —Las palabras se quedan atascadas en el nudo que ahoga mi garganta. Carraspeo—. Noah solía hablarme de lo genial que es aquello.

—Mia, ¿conocemos a tus padres? —pregunta mi madre, mientras su ceja aún apunta al cielo.

—No estoy segura… John y Ellie Faith… ¿De la iglesia, quizá? —sugiere. Mi madre niega con la cabeza, así que la chica sigue—: Es profesora de Psicología postraumática en la Universidad de Alabama. Por las tardes trabaja en el hospital. Y mi padre es fotógrafo para una revista de naturaleza. Estoy segura de que si se conocieran se llevarían fenomenal.

Por Dios, es una trola, se ve a la legua. Pero a medida que mi madre asiente, su ceja comienza a descender.

—Pero es que… Todo es tan precipitado… Ojalá tuviéramos más tiempo para hacernos a la idea —dice mamá.

—No, por favor, no se preocupen por nada, Kyle estará en las mejores manos. Además… —la chica pesadilla me mira con una megasonrisa—, estoy segura que todo esto ha sido cosa del destino. Ayer, justo después de que mi primo me avisara de que no podría viajar conmigo, me encontré con Kyle y, ya ven…, todo ha cuadrado perfectamente. ¿No es mágico?

No, ¡es una maldición! Mis padres me interrogan con la mirada. Haciendo un esfuerzo titánico, logro esbozar algo que se parece a una sonrisa. Y ya es oficial: he perdido la batalla.

—Supongo que entonces no hay tiempo que perder —dice papá—. Tendremos que hablar con tus padres para organizarlo todo…

—Por supuesto, mi madre les llamará para ultimar todos los detalles. Pero antes… quería conocerles en persona. Ya saben, hay tanta gente rara por ahí… —«Vaya, no me digas»— que, bueno, quería asegurarme de que ustedes eran… normales.

Mi padre sonríe encantado. Él también ha sucumbido a su hechizo élfico.

—Kyle, cariño, ¿estás seguro? —Es mi madre la que pregunta.

Asiento, tratando de disimular el deseo de salir corriendo y nunca mirar atrás. Mi padre da un paso hacia mí con los brazos abiertos y me envuelve en uno de sus abrazos de oso. Fulmino a Mia con la mirada y con los labios le digo: «Estás muerta».

Por un instante me parece que palidece, que se encoge ligerísimamente como si le hubiese asestado una patada en el estómago, pero está claro que sabe disimular: sigue mirándome con una media sonrisa. Juraría que sus ojos no estaban tan brillantes hace un segundo. Mientras mi padre me libera de su abrazo, mi madre se acerca a Mia con un aire de lo más maternal y, estirándole la camiseta, le dice:

—Cariño, creo que te la has puesto del revés.

Mia se mira la ropa fingiendo sorpresa.

—Vaya, qué despiste —dice—. ¡Gracias! Me pasa a menudo. —Me mira y algo en sus ojos casi logra conmoverme—. Bueno, ya no les molesto más.

Antes de irse, me dice tan tranquila:

—Oye, Kyle, no te olvides, mi madre va a necesitar tu pasaporte y esas cosas.

Creo que voy a cometer un elficidio. Sonrío. La tía se aleja caminando de espaldas con el codo pegado al cuerpo y moviendo la mano en el aire como si fuese una aristócrata inglesa. Dios, esa chica me saca de quicio, pero lo que más me saca de quicio es ver a mis padres mirarla embobados. Esto es de locos. Pero entonces mi madre me mira y en sus ojos veo algo distinto, algo que no veía desde hacía tiempo, algo que se parece a la alegría, o quizá a la esperanza.

—Kyle, ¿seguro que estarás bien? —me pregunta—. No sé, me parece un poco pronto para…

—Todo irá bien, Lisa —dice mi padre, cogiéndola entre sus brazos.

Pero mamá sigue mirándome, aún esperando su respuesta.

—Mamá, en serio, voy a estar bien… No quiero que os preocupéis, pero… necesito cambiar de aires. Sí… necesito alejarme un tiempo. Es como si…, como si me estuviese ahogando aquí.

Usar las palabras de mi padre parece dar resultado, porque de inmediato comparten una mirada de alegre complicidad. Entonces, mamá estira el brazo para incluirme en su abrazo… y esconder sus lágrimas.

—¿Te vienes con nosotros? —me dice—. Podemos comprar algunas cosillas para tu viaje.

Papá también me mira, y sus ojos brillan de emoción. El tiempo se detiene, todo se detiene. Me miran expectantes. ¿Cómo decirles que no puedo, que tengo otros planes menos… apetecibles? Imposible, no lo hago y termino pasando el día con ellos en Birmingham, la Ciudad Mágica. Lo dicho, mi lámpara de Aladino va de perlas, solo que al revés.

MIA

Ya es de noche y las luces de la casa Rothwell se van apagando una a una; las últimas puertas se cierran y los últimos pasos se alejan. Miro a Becca mientras duerme plácidamente en su cama. En sus labios aún se dibuja la sonrisa de nuestros últimos momentos juntas. Aparte del rato que he pasado con los padres de Kyle y de la llamada con Bailey, no me he separado de ella ni un minuto. Ha sido genial; agotador, pero genial.

Me siento al escritorio y le dejo una nota de despedida, una nota en la que le digo que la quiero y que no importa adónde vaya, ni lo que haga, ni lo que decida hacer con su vida, porque siempre habrá alguien que se alegra de que exista, que sí se alegra de que ella haya nacido. Becca sabrá a qué me refiero. Arrastro mi maleta de debajo de la cama y de su interior saco mi bufanda rosa. Siempre le ha encantado. Se la dejo doblada formando un corazón sobre su mesilla de noche junto a la nota antes de darle un último beso en su redonda naricita. Levanto la ventana con cuidado y deslizo la maleta hasta el césped. Entonces, salgo con la mochila a la espalda y mientras vuelvo a bajar la ventana miro a Becca una última vez y le pido a todas las estrellas del firmamento que cuiden de ella.

Cuando llego al parque, el que está junto al barrio de Kyle, busco un banco seguro en el que pasar la noche. Escojo uno bajo las ramas de un gran arce blanco y, tras asegurarme de que no tengo más compañía que las ardillas y algún ciervo, me acurruco en el banco y trato de dormir. Pero todo lo que está pasando es demasiado emocionante como para perderme ni un segundo durmiendo, así que saco mi diario de la mochila y empiezo a ponerlo al día.

Cuando nos hicieron leer *El diario de Anna Frank* en el cole, me impactó tanto que decidí empezar a escribir el mío. No tienen nada que ver, claro, pero pensé que cuando encontrase a mi madre quizá querría saber cómo había sido mi vida. No sé, tal vez me pediría que le contase todos los momentos que se había perdido. Así que empecé a inmortalizarlos, solo para ella. Y, bueno, supongo que, si al final me muero antes de conocerla y algún día decide buscarme, será lo único que quede de mí en este planeta; bueno, eso y mi fotoblog. En total he escrito tres diarios enteros. Los llevo en la maleta.

KYLE

Esta mañana, a esa hora en la que los colores del amanecer confunden a muchos haciéndoles creer que esta vida merece la pena ser vivida, Mia ya estaba en casa, plantada frente a la puerta de la entrada, con una mochila de lana al hombro y una maleta que parece haber viajado mucho más que ella.

Mi padre se ha ofrecido a llevarnos al aeropuerto. Parece que por fin se han cansado de intentar convencerme de que vuelva a coger el volante. Mi madre quería venir, pero la llamaron de la clínica. Un caballo del rancho Sullivan necesitaba una operación urgente y no había otro veterinario disponible. Ayer no dejó de sonreír en todo el día. En cuanto regresamos de Birmingham, papá y ella estuvieron hablando con la madre de Mia durante más de una hora. Por lo visto, el padre de Mia, el fotógrafo, lleva ya en España un par de semanas trabajando en un reportaje para no sé qué revista de naturaleza. También les dijo que nos estarán esperando en el aeropuerto de Madrid y que desde allí nos dirigiremos a nuestro hotel en un lugar de Andalucía cuyo nombre no recuerdo. Así que los padres extremadamente pobres de Mia no solo tienen trabajos geniales que les obligan a cruzar el Atlántico, sino que además pueden pagarse una semana de vacaciones en el extranjero e incluso invitar al rehén de su hija a ir con ellos. Y si a esto le sumamos que en las cascadas me dijo que iba a viajar con un amigo que la había dejado plantada, el resultado la convierte en la persona más mentirosa de todo el estado de Alabama. Está claro que la chica tiene un problema de los que no se curan con una simple pastilla. Pero, sea como sea, los billetes de avión son auténticos y la sonrisa de mi padre es real, así que opto por no preguntarle nada, al menos por ahora.

No tengo ni idea de lo que me puede esperar al conocer a sus padres (ser secuestrado por su psicótica familia, llevado para siempre a una secta o abducido por la nave de sus padres alienígenas), pero en realidad me da igual. No será nada comparado con lo que me tengo merecido, con lo que a menudo me dan ganas de hacerme.

Papá, que tampoco ha dejado de sonreír en toda la mañana, pone una de sus canciones y mientras avanzamos por la Interestatal 65 canturrea *Glory Days* de Bruce Springsteen, que según él es el cantante más cañero de todos los tiempos. Observo a Mia por el espejo retrovisor. Tiene los brazos cruzados sobre la ventanilla a medio bajar. El aire sacude su pelo mientras saca fotos con una cámara vieja y lo mira todo fascinada. Parece un animalillo que saliese de su madriguera por primera vez. Me fijo en su ropa; está muy arrugada, casi como si hubiese dormido con ella puesta. Hasta tiene un poco de musgo en la parte de atrás de su cazadora vaquera, que para no variar lleva del revés. Me dan ganas de quitárselo, pero claro, no lo hago. No sé cuánto tiempo llevo ya observándola cuando me doy cuenta de que papá me está mirando de reojo con una sonrisa pícara. Genial, lo único que faltaba es que crea que me puede gustar una tía como Mia. Carraspeo, saco el móvil de la mochila y finjo buscar algo en internet. En realidad, lo hago; escribo: «Formas de palmarla en un avión».

Unos minutos después y un par de canciones de Bruce más tarde, llegamos a un cruce. Mi atención sigue fija en la pantalla del móvil y cuando mi padre toma la curva un poco más bruscamente de lo que me hubiese gustado, de repente, toda la mierda vuelve a mí, así sin avisar. Uno a uno, los flashes de aquel día cabrón me golpean la memoria, me ciegan, me ensordecen, me aniquilan. Todo está oscuro. Cuando por fin consigo distinguir algo, un coche se enfila hacia nosotros. Es el de Noah. Vamos a chocar. Mi corazón va a mil. Dejo de respirar. Y entonces siento una mano en mi brazo, una mano que no parece pertenecer a ningún sitio.

Abro los ojos, ni siquiera me había dado cuenta de que los tenía cerrados. Respiro. Mis manos agarrotadas se aferran al asiento. Miro a mi padre. Ha dejado de sonreír. Su mano me coge el brazo. Me mira y asiente, como si quisiese decirme que todo está bien, que ya pasó, que de alguna forma me entiende. Aún confuso, vuelvo la vista al frente esperando encontrarme con Noah, con su coche hecho añicos y en lugar de eso, veo la torre de control del aeropuerto de Birmingham. No entiendo nada; todo parecía muy real. Tengo la sensación de que Mia me observa, pero me falta el valor y sobre todo las ganas para mirar hacia atrás.

—¿Es ahí? —pregunta ella con una dosis exagerada de entusiasmo—. Ese es el aeropuerto, ¿verdad?

Papá asiente recuperando parte de su sonrisa. Cuando por fin logro tranquilizarme un poco, ya estamos adentrándonos en la carretera en forma de C que bordea el edificio de Salidas. Según vamos pasando por cada puerta Mia lee uno por uno todos los carteles que anuncian los nombres de las aerolíneas. Su silencio era demasiado bonito para durar.

—¡United! Es aquí, es aquí —grita al llegar frente a nuestra entrada.

Mi padre, riendo ante su exceso de euforia, para el coche a un lado. Mia se baja, saca un par de fotos y se apresura hacia la fila de carritos portaequipajes.

—Me alegro mucho por ti, hijo, parece una buena chica.

Asiento, ¿qué otra cosa puedo hacer? Mi padre me mira por unos instantes sin decir nada. Me da la sensación de que trata de leer en mi interior. Me vuelvo hermético. Después baja los ojos y asiente, como si se estuviese contestando a una pregunta que solo él conoce. Me sonríe y sale del coche. Mi reflejo me observa desde el espejo retrovisor con el gesto asqueado, cargado de reproches.

Cuando salgo, veo a Mia tratando de sacar su antigualla verde del maletero.

—Déjame ayudarte —dice papá mientras llega a su lado.

—No hace falta, gracias, ya puedo yo.

Papá la ayuda de todas formas y coloca la maleta sobre el carrito. En la sonrisa de Mia hay agradecimiento y también algo que no tengo muy claro cómo definir, algo como incredulidad o sorpresa.

—Muchísimas gracias por todo, señor Freeman —dice estirando el brazo.

Pero papá, en lugar de darle la mano, se acerca a ella amenazando con envolverla en uno de sus megaabrazos. Por unas décimas de segundo, el cuerpo de Mia se tensa, incluso recula un poco. Me mira y en sus ojos suplicantes veo algo más intenso que el miedo. Instintivamente, me acerco a ella, pero en cuanto papá la rodea con sus brazos parece calmarse. Cierra los ojos y se deja hacer. Saco mi bolsa sin quitarle ojo. Cuando mi padre la libera, le tiembla ligeramente la barbilla. Sonríe sin poder esconder su sobredosis emocional. Se da la vuelta y, tras despedirse con un gesto rápido, se aleja empujando su carrito.

Miro a papá, quiero hablarle, quiero contárselo todo, decirle lo mucho que siento todo por lo que les he hecho pasar, haber mancillado el apellido de nuestra familia para siempre, pero las palabras no brotan de mis labios. Me coge por los hombros, algo que nunca ha hecho, y me dice con una solemnidad que no le conocía:

—Hijo, sé que lo que estás viviendo no es fácil y que en estos momentos estamos muy lejos el uno del otro. A veces, me da la sensación de que el accidente ha levantado una muralla infranqueable entre nosotros y… —Niega con la cabeza, sus ojos clavados en los míos. Tiemblo—. Solo te pido que en este viaje trates de encontrar la forma de derruirla. Tu madre y yo te echamos mucho de menos, hijo mío… Vuelve a nosotros.

Cada palabra, cada sílaba repiquetean en mi interior. Me dan ganas de echarme en sus brazos y llorar, pero siento que si empezase, no podría parar, así que solo asiento, como un imbécil insensible, solo me muerdo la lengua y asiento.

—Señor, por favor, circule —dice un policía que pasa a nuestro lado. Con el dedo apunta hacia una señal de «prohibido detenerse».

—Sí, sí, deme un momento, por favor —dice mi padre. Entonces se saca la cartera a toda prisa y me ofrece una de sus tarjetas de crédito.

—Papá, no hace falta, en serio —intento.

—Cállate, venga —insiste, y mete la tarjeta en el bolsillo de mi chaqueta—. Quiero que disfrutes tanto como puedas. Y si no lo quieres hacer por ti, al menos hazlo por tu madre y por mí. Nos darás una alegría.

Asiento. El policía sigue mirándonos con cara de pocos amigos.

—Ya voy, ya voy… —le dice papá. Me da una palmadita cariñosa en la cara y se apresura hacia la puerta del conductor.

Quiero gritarle, decirle que le quiero, que le voy a echar de menos, pero de nuevo no lo hago, solo le observo mientras se aleja. Después busco a Mia entre la gente. Por qué será que no me extraño al ver todas las miradas clavadas en ella. Está allí, frente a la puerta que da acceso al aeropuerto, con los brazos en alto y los ojos cerrados, dando vueltas sobre sí misma. Su alegría es dolorosa, punzante, hiriente. Creo que estos días van a ser más duros de lo que me había podido llegar a imaginar.

MIA

Estamos volando por encima de un mar de nubes rechonchas y juguetonas. Es la sensación más increíble que he tenido jamás. Me dan ganas de tocarlas, de tirarme encima y flotar. Por un instante me recuerdan a la enfermera del Jack Hughston Memorial y sus algodones de colores. El sol parece seguirnos en nuestro viaje, brillante, a un lado, como un guardián vigilando el espacio. ¿Será así cuando deje este cuerpo? ¿Atravesaré las nubes? ¿Saludaré al sol? ¿Jugaré con las estrellas?

En el asiento de al lado, Kyle sigue con su afición favorita: ignorarme. Básicamente, no me ha dirigido la palabra en toda la mañana. En cuanto nos hemos sentado, ha hojeado todas las revistas y periódicos del avión. Después de despegar ha estado viendo un aburrido documental sobre unos pingüinos en el Ártico. Y ahora lleva un buen rato leyendo un cómic que ha sacado de la mochila. Supongo que lo entiendo; yo en su lugar tampoco tendría muchas ganas de conversación. Por undécima vez, mira la hora en su reloj, el que lleva en la muñeca derecha. Es uno de esos que se estilaban hace mucho, con la correa de cuero y una esfera en azul oscuro con tres esferitas más pequeñas en el interior. Es bonito, le da un toque elegante, casi carismático. Me fijo en las agujas, marcan las doce en punto, la hora a la que cada domingo, llueva, nieve o haga sol, los Rothwell asisten a misa. Se estarán preguntando dónde me he metido y, si no lo han hecho ya, no creo que tarden mucho en denunciar mi desaparición a la policía. Pero a estas alturas ni la policía ni nadie podrá encontrarme; nada ni nadie podrá obligarme a operarme.

Por primera vez en toda mi vida, soy libre. Y todo gracias a Bailey. Sin ella no podría estar en este avión. Su último novio se dedicaba, entre otras cosas, a ayudar a personas inocentes a falsificar su identidad para salvar las barreras de una burocracia corrupta e injusta, o al menos eso es lo que solía decir. Hasta que lo conocí no tenía ni idea de que se pudiera falsificar un pasaporte con tanta facilidad, bueno, no tenía ni idea de que se pudiese falsificar un pasaporte, punto. En el mío, junto a mi foto, pone Miriam Abelman. Miriam me encanta, hace que me sienta un poco más europea.

Un par de azafatas se acercan por el largo pasillo empujando un carrito de metal, que por el olor, debe de llevar comida. Me muero de hambre. No he probado bocado desde anoche. Los pasajeros al otro lado del pasillo tienen unas bandejas colgando delante de ellos. No recuerdo haber visto la mía por ningún lado así que la busco debajo del asiento, nada. En el lateral, tampoco. En el respaldo, vaya idea. Busco en la pantalla de televisión que hay en el asiento delantero por si tiene instrucciones o algo así, pero no hay nada. Por mucho que busco no veo dónde puede estar la dichosa bandejita y las azafatas están a punto de llegar. Y así, sin previo aviso, la mano de Kyle pasa por delante de mis ojos y, girando una pequeña palanquita en el asiento de delante, hace aparecer la escurridiza bandeja.

—Gracias —le digo y, sin tener en cuenta el hecho de que ya está de nuevo absorto en su cómic, continúo—, pero en serio, ¿quién se iba a imaginar que fuera tan fácil? Estando en un avión como este hubiera esperado algo mucho más... sofisticado. ¿Tú no?

Niega con la cabeza, en plan «esta chica es tonta». Bueno, muy lumbreras no he sido, la verdad, pero en serio, me esperaba algo más, no sé, más más. Las azafatas llegan a nuestro lado. Una de ellas, con un vestido monísimo azul marino y con un hombro morado, se agacha elegantemente hacia mí y me pregunta:

—¿Qué va a tomar la señorita, carne o pescado?

—Ni carne ni pescado, gracias, soy vegetariana.

—Lo siento mucho, señorita, pero los platos especiales han de ser solicitados con un mínimo de veinticuatro horas de antelación.

—Oh, vaya, bueno, pues entonces pescado, al menos los peces han podido nadar en libertad antes de… —recorro mi garganta de lado a lado con los dedos índice y medio—. Ya sabe.

La azafata me mira como si no lo supiera, pero sonríe de todas formas. Me da una bandejita con algo que se parece a comida y después se dirige a Kyle.

—¿Y el señor qué tomará?

Kyle niega con la cabeza y con la mano le indica que pasa. No me extraña. El aspecto de este pescado me hace echar de menos hasta la comida de la señora Rothwell. Miro a Kyle de reojo. Cierra su cómic. Es el momento perfecto para volver a intentarlo.

—Bueno —empiezo—, ya que vamos a pasar toda esta semana juntos, creo que deberíamos conocernos un poco mejor. Dime qué quieres saber de mí y te lo contaré todo. Venga, dispara.

No dispara, solo se inclina hacia delante, guarda el cómic en su mochila y empieza a rebuscar algo. Al incorporarse lo veo: son sus auriculares. Vale, buena jugada, pero no me voy a rendir tan fácilmente.

—En serio, ¿no quieres saber adónde vamos, ni para qué, ni nada de nada?

Espero, pero permanece inmutable, así que sigo.

—No pensarás pasarte toda una semana sin hablarme, ¿verdad? No creo que mi frágil salud lo pueda soportar.

Kyle debe de padecer una sordera transitoria, pues en lugar de contestarme se coloca los auriculares, cierra los ojos y se cruza de brazos. Bueno, al menos así puedo mirarle más de cerca.

No me extraña que las chicas estén locas por él. Su pelo negro cae haciendo onditas sobre su preciosa cara salpicada de pecas aquí y allá. Sus labios están tan bien perfilados que, si no fuese por esas mandíbulas bien cuadradas y sus brazos musculados, le darían un aspecto demasiado femenino. Y entonces la veo, justo por debajo de donde termina la manga de su camiseta, una herida profunda cerrada por puntos, como fiel metáfora de su sufrimiento. Ojalá sus otras heridas también pudiesen curarse con unos cuantos puntos de sutura.

Me dejo la mitad de la comida y después, mientras observo el maravilloso espectáculo que me ofrece la ventanilla, trato de imaginarme mi primer encuentro con mi madre. Al instante mis pensamientos empiezan a acelerarse. ¿Pensará en mí alguna vez? ¿Me habrá olvidado por completo? Bum, bum, bum, mi corazón me golpea advirtiéndome de que el cupo de emociones fuertes del día ha sido superado con creces. Le hago caso: me apoyo contra la ventanilla y trato de dormir un poco. Mañana es mi cumpleaños y mi primer día de libertad total, así que quiero estar bien despierta para disfrutarlo al máximo.

KYLE

En el parking del aeropuerto, el sol pega con tal fuerza que me cuesta mantener los ojos abiertos incluso con las gafas de sol. Supongo que las veintiuna horas que llevo despierto tampoco ayudan mucho. Me he pasado casi todo el viaje fingiendo dormir mientras en mis auriculares batía la música más cañera que he podido encontrar. Ni de coña podía arriesgarme a quedarme dormido y despertar a todo el avión con mis alaridos postpesadilla. Hubiera dado un espectáculo de los buenos. Y encima me he tomado cuatro cafés bien cargados, así que ahora no solo me siento agotado, sino que también estoy como una moto.

Mia avanza por el aparcamiento empujando un carrito con su equipaje. Parece buscar a algo o a alguien. Lee algo en una hoja impresa que lleva en la mano. Yo me limito a seguirla a una distancia prudencial. No tengo ni idea de lo que estamos haciendo aquí, pero tampoco se lo pregunto. Cualquier cosa con tal de evitar una conversación con la elfa. No parece haber ni rastro de sus padres. Aunque, a decir verdad, ya me da igual, lo único que me importa ahora es llegar cuanto antes al hotel y pillar la cama.

Me da la impresión de que saluda a alguien a lo lejos, pero lo único parecido a una persona que veo es a un tío descalzo y sin camiseta con el cuerpo cubierto de tatuajes, el pelo a lo rasta, una barba de cabra loca y un vaquero tan desgastado que por trozos se transparenta. Según nos acercamos me empiezo a dar cuenta de que a su lado hay una de esas furgonetas camper de la época *flower power*, como las que usaban los hippies en el siglo pasado. La mitad es fucsia, la otra mitad verde fosforito y, para rematarlo, está adornada con un montón de margaritas gigantes de colores chillones. En el lateral, alguien ha pintado a mano: «La vida es el viaje, no el destino». No sé de qué va todo esto, pero desde luego no tiene buena pinta, para nada.

—Hola —le dice Mia en cuanto llegamos a su lado. Alarga el brazo en una pose de adulta responsable.

—Eh —dice él con un fuerte acento—. Namasté.

El tío se acerca y le da un abrazo rápido.

—Namasté —responde Mia con aire divertido.

—Oye, ¿no tendrás por ahí el contrato por casualidad? —pregunta el tío, rascándose la cabeza. Seguro que bajo esa maraña de pelo se podrían cultivar patatas—. No sé qué he hecho con mi copia, la debo de haber dejado por algún lado.

Mia asiente y le enseña su hoja impresa. El tío la coge y la lee detenidamente.

—Ah, sí, claro, eres tú, ¡Miriam Abelman! La chica que reservó a Moon Chaser con dos años de antelación para luego adelantar la reserva un año. Has tenido mucha suerte de que estuviera disponible.

Y ahora se llama Miriam, está claro que es una mentirosa compulsiva. Mia, Miriam o como se llame sonríe ligeramente sonrojada y le dice:

—Sí, soy una chica con suerte.

Oh, vamos, lo único que me faltaba es que ahora se ponga a ligar con ese tío.

—Ya te digo… —responde él riendo. Y de repente me mira como si acabase de darse cuenta de algo superimportante.

—Hola, tío —me saluda, ofreciéndome su mano. No sé por qué, pero se la estrecho y por un instante me mira frunciendo el ceño muy serio.

—Te veo mal… Tu aura está cubierta de una nube oscura.

Mia carraspea nerviosa. Mi puño se cierra con ganas de plantarse en su bocaza.

—Siento que hay algo, no sé —sigue el tío—, algo kármico que…

—Bueno —le corta Mia—, tenemos un poco de prisa, si no te importa…

—La prisa mata —responde el rasta, muy serio.

—No, tío —respondo al límite de mis nervios—, lo único que mata es estar aquí perdiendo el tiempo con tus chorradas kármicas.

En lugar de molestarse se echa a reír a carcajadas.

—Vale, vale, venga, voy a por las llaves y me piro.

Y mientras se aleja hacia la puerta del conductor, me giro hacia Mia. Está buscando algo en su móvil. Siento el fuego brotar de mis ojos.

—¿De qué coño va todo esto?

Mia, con la mirada fija en el móvil, finge no haberme oído.

—Oye, que te estoy hablando.

Levanta la cabeza con aire inocente y me dice:

—¿Perdón? ¿Me has dicho algo?

¡Será…! Niego con la cabeza en plan «tú de qué vas».

—Oh, creía que no querías hablar conmigo.

—Pues ahora sí. Dime qué coño estamos haciendo aquí y sobre todo dime qué significa esto —digo señalando la furgoneta.

Según pronuncio estas últimas palabras, el tarado de las rastras sale, coloca unos papeles encima del carrito y le dice:

—Firma aquí, preciosa.

Mia firma donde le dice.

—Vale, ahora es toda vuestra.

¿Nuestra? Le da las llaves a Mia. No puede ir en serio. Ah, ya lo entiendo, me he dormido, aún estamos en el avión y voy a despertarme gritando de un momento a otro. Pero entonces el tío me da una palmadita en el hombro, y la sensación es bien real. No es ninguna pesadilla, es peor.

—Nos vemos aquí en diez días, ¿vale? —dice antes de despedirse formando una V con dos dedos y alejarse caminando descalzo por el asfalto ardiente.

Mia, encantada, abre la puerta de atrás para meter su maleta.

—Debes de estar loca si crees que voy a subirme a esa cosa y debes de estar más loca aún si crees que voy a subirme en nada que conduzcas tú.

Se vuelve hacia mí muy despacio y me dice con una voz tan calmada que dan ganas de sacudirla.

—Oh, no, no tienes que preocuparte por eso, no tengo el carnet.

—¿De qué coño estás hablando?

¡¿De qué coño está hablando?!

Se encoge de hombros con aire inocente.

—Ah, no, no, no. Ni lo sueñes, no pienso conducir ese trasto a ningún sitio.

KYLE

Y aquí estoy, conduciendo este trasto en medio de una autopista, siguiendo las direcciones que mi secuestradora ha puesto en el GPS de mi móvil. Si no le sigo el rollo es capaz de contarle a mis padres lo de la cascada. Los coches que me adelantan —o sea, todos— me pitan, me hacen luces o las dos cosas a la vez. No me extraña, no he logrado que este cacharro vaya a más de cuarenta kilómetros por hora. Lo que no entienden es que con cada kilómetro que aumenta la velocidad, también suben mis pulsaciones. Ahora mismo debe de ir por los dos mil latidos por minuto, en serio. Mis dedos se aferran al volante con tal fuerza que casi no los siento. Apenas respiro. Mi atención pasa de un espejo retrovisor al otro y de ahí de vuelta a la carretera, y así una y otra vez. Solo muevo los ojos como si el menor movimiento de la cabeza fuese a desestabilizar el vehículo entero. Esto es peor que mi primer día en el equipo de hockey.

Sudores fríos me recorren a intervalos regulares. Mi espalda ya empapada se pega al viejo asiento de cuero. Mia lleva unos minutos callada, pero lejos de quedarse quieta. No sé qué trajina, pero por lo que mi limitado campo de visión me permite ver, parece estar haciendo algo con su móvil.

—¡Ya está! —exclama como si hubiera llegado a la cima del Everest—. He comprado una tarjeta SIM en el aeropuerto.

Se supone que el *roaming* es supercaro… ¿Quieres comprar una tú también?

Mi mente está demasiado ocupada para procesar sus palabras. No logro deshacerme de la sensación de que nos vamos a estrellar, de que en cualquier momento algo aparecerá delante de nosotros y chocaremos sin remedio. Dios, la tensión es insoportable.

—Vale, como quieras —me dice—, pero luego no me pidas compensaciones cuando te llegue la factura del móvil.

Un deportivo lujoso me adelanta pitando como un poseso. Y aunque mi atención sigue fija en mis tres puntos cardinales —espejo, espejo lateral, carretera—, me parece que me hace un gesto con el dedo al pasar.

—Oh, Kyle, ¡mira, mira! —grita Mia. En serio, por su tono histérico, hasta me salto uno de los espejos para mirarla de reojo. Está señalando algo en el arcén—. ¡Una tortuga nos está adelantando!

Yo a esta tía me la cargo. Me muerdo la lengua y guardo los insultos para cuando lleguemos adonde sea que vayamos.

—Pensándolo mejor —dice—, creo que deberíamos renegociar los términos de nuestro acuerdo. A esta velocidad necesitaré un mes para llegar a todos los lugares que quiero visitar.

—¡Olvídalo! —le suelto con una voz de trueno tipo Thanos en sus peores momentos.

—¡Has hablado! ¡Qué ilusión! Pero no te he oído bien, ¿podrías repetirlo?

Como le repita lo que me pasa por la mente, se va a enterar. No insiste y, después de unos minutos escasos de silencio, la oigo removerse en el asiento de nuevo. Además de chiflada debe de ser hiperactiva. Me parece que ha apoyado la espalda contra la puerta. Siento su mirada clavada en mí. Es lo único que me faltaba, espectadores para mi penosa actuación al volante. Bufo.

—¿Te molesta? Si quieres dejo de hacerlo, pero es algo que

me enseñaron en St. Jerome. ¿Sabes?, los mayores decían que si fijas tu atención mucho tiempo en algo que deseas de verdad, lo terminas consiguiendo, y yo quiero conseguir dos cosas: que hables conmigo y que vuelvas al mundo de los vivos.

¿St. Jerome? Y ahora resulta que es huérfana. Me planteo seriamente llevarla a un psiquiátrico.

—Oh, venga, ¿en serio? ¿De verdad no vas a preguntarme nada de este viaje, ni de mí, ni de nada de nada? ¡Pregúntame adónde vamos al menos!

No lo entiende. Estoy al borde de perder el control y quiere que nos pongamos a charlar como colegas. Vuelve a moverse, no sé muy bien qué hace. Solo veo que pone su móvil en el salpicadero. Estamos llegando a un peaje. Comienzo a escuchar *Adore You* de Harry Styles. Era una de las favoritas de Judith. Es precisamente lo que no necesito en estos momentos. Decelero y, al pararme por completo frente a la barrera del peaje, la miro. Tiene los ojos cerrados y baila en el asiento abrazada a una pareja imaginaria. Dios.

Tengo que abrir y cerrar la mano varias veces para que mis entumecidos dedos atinen a meter la tarjeta por la ranura de pago. Mientras espero a que se abra la barrera, aprovecho para quitar la maldita canción. Mia abre los ojos indignada y, desafiándome con la mirada, vuelve a darle al *play*.

Guardo la tarjeta y, antes de arrancar, trato de acabar de nuevo con la tortura acústica, pero Mia me golpea la mano en el aire, me la coge con firmeza y la coloca de nuevo en el volante. Por alguna extraña razón, el tacto de su mano me produce un cosquilleo que recorre mi brazo y termina conquistando el centro de mi pecho. Seguro que es por la falta de sueño o de comida, sí, por supuesto, no hay otra explicación.

—Nadie, nunca, apaga a mi cantante favorito en el mundo —me dice con la mano levantada en un gesto amenazante.

Espero que este sea su lado más salvaje, lo único que me faltaría es que también fuera agresiva. El coche de atrás me pita, así que arranco. Mia me vigila. Vale, me resigno a seguir soportando esa bazofia sentimental como telón de fondo de nuestro inminente accidente. ¿Hay algo que pudiera ir peor? No lo creo.

MIA

Hace dos horas que salimos de Madrid y ya he hecho tantas fotos que creo que voy a tener que comprarme una nueva tarjeta SD. El paisaje es una pasada. Ahora mismo, a mi derecha hay un mar de olivos centenarios atravesado por un riachuelo de aguas claras. A la izquierda, un monasterio de piedra que debe de tener varios siglos. Y suspendidos en los campanarios de las iglesias, en algunos árboles e incluso en las torres de la luz, veo enormes nidos de cigüeñas. Es como un cuento de hadas, solo que mucho mejor: no hay brujas, ni príncipes, ni nada ni nadie que pueda estropear la magia.

Kyle no lo está disfrutando tanto. A pesar de haberse pasado casi todo el vuelo dormido, parece agotado. Además, está apretando el volante con tal fuerza que hasta tiene los dedos blancos. Por un instante recuerdo que esas manos en otro volante son las que causaron la muerte de Noah. Haría cualquier cosa por ayudarle, pero ya no se me ocurre qué. He intentado hacer bromas, ponerme seria, cantar, bailar, silbar, leer en voz alta, todo. Por lo menos he conseguido que vuelva a conducir, que ya es algo. Lo leí en una guía de internet para gente que ha sufrido accidentes traumáticos. No se lo digo, pero es un paso importantísimo para su curación.

Me giro hacia él y le hago una foto, pero lo único que consigo es que apriete aún más las mandíbulas. Su perfil es aún mejor que el resto. Su nariz parece diseñada por un artista de la época clásica. Una pequeña cicatriz en el centro de su redondeada barbilla le da un toque interesante, misterioso. Pero lo mejor son sus pestañas. Muchas chicas matarían por tenerlas tan largas y curvadas como él. Si existiese un concurso de perfiles, sin duda, ganaría el primer puesto. Le hago otra foto. Es demasiado bonito para no inmortalizarlo. Resopla.

—Seguro que te estás preguntando por qué hago tantas fotos —le digo. No responde, así que sigo—: Bueno, te lo diré: son para mi fotoblog: «Fecha de caducidad».

¿Nada? En serio, no lo entiendo, yo me moriría de curiosidad.

—Fecha de caducidad…, como en una metáfora.

Sigue inmutable. Está claro que necesito un cambio de estrategia.

—Vale, a ver así… Me muero de hambre, ¿y tú?

Tomo el rugido desesperado de sus tripas como una respuesta. Desde que empezamos el viaje solo ha comido un par de barritas de cereales y una bolsa de cacahuetes. Lo que no sé es cómo no se ha desmayado todavía. Tengo que encontrar un lugar donde pararnos a comer y no estoy dispuesta a que sea uno de esos restaurantes en la autopista junto a las gasolineras. Quiero algo especial, algo más auténtico, más de aquí. Desde que descubrí que mi madre era española, he intentado empaparme de todo lo que he encontrado sobre este país: sus costumbres, sus comidas, su gente… Y ahora que mi vida ha llegado a su recta final y que no sé si me quedan días, semanas o con suerte algunos meses, no pienso irme de este país. No sé, es como si, estando en la tierra de mis antepasados, me sintiera más cerca de ella, más cerca de mí.

Un cartel en la autopista anuncia la próxima salida: «Alcázar de San Juan, 1 Km». Vale, busco el pueblo en internet. El sitio no solo es precioso, con sus edificios antiguos y sus estrechas calles empedradas, sino que además tiene varios restaurantes bien puntuados. Perfecto. Escojo uno.

—Coge la siguiente salida —le digo a Kyle—. Hay un restaurante con cuatro coma siete estrellas a un par de millas de aquí.

Pero no parece oírme, está como ido, con la mirada fija en la carretera.

—¿Kyle? —digo más alto—. Estamos llegando a la salida. Kyle, ¡es aquí!

No reacciona. Está muy pálido. Parece mareado. Nos vamos a pasar el desvío.

—¡Kyle!

Cojo el volante y lo giro yo hacia la salida. Oh, Dios mío, la furgoneta está a punto de salirse de la carretera.

—¡No! —grita mientras trata de enderezar el volante. Cuando lo ha conseguido, respira agitado y furioso. Después, con voz de trueno, me escupe su rabia, recalcando cada palabra—: No vuelvas a hacer eso. ¡Jamás!

No lo puedo evitar. El veneno en su voz me corta la respiración. Tiemblo por dentro.

—Lo siento mucho, de verdad, pensé que…

—¡No! —me escupe aferrado al volante, con la vista aún clavada en la carretera—. Hazme un favor y deja de pensar, deja de hablar, ¡deja de existir!

Eso me ha dolido, y mucho; mucho más que mucho. Me encojo en mi asiento y miro por la ventanilla mientras avanzamos por una pequeña carretera junto a un río. Y así paso, no sé, por lo menos dos minutos, hasta que veo a una cigüeña alzar el vuelo desde un nido. Es una señal, estoy segura, es la vida recordándome que ahora soy libre, que ya nadie puede hacerme daño, que no tengo por qué aguantar nada que yo no quiera. Y si hay algo que no quiero, es sentirme así, de modo que pienso en mi madre y en la alegría de conocerla pronto. Pienso en Becca, pensar en ella siempre me hace sonreír. Pienso en Bailey; ella no dejaría que ningún comentario le amargase el día y mucho menos el de su cumpleaños, así que obligo a mis labios a sonreír. Quizá así logre convencer a mi corazón para que deje de llorar.

MIA

Mientras Kyle conduce por el camino de arena que lleva hasta el restaurante y aparca bajo la sombra de un chopo, aprovecho para sacar más fotos: del edificio, encalado en blanco con contraventanas de madera azules; de las dos tinajas de barro a ambos lados de la enorme puerta de madera tallada; de las hojas del árbol que, bañadas por el sol, producen un reflejo plateado, y de un molino de viento, uno de esos antiguos cuya base es un cilindro blanco y su techo, un cono negro. En serio, me da la sensación de haber sido transportada a otra época, o más bien a otro mundo, a uno de ensueño.

Me pasaría lo que queda del día sacando fotos, atrapando momentos, capturando belleza. Fue así como conocí a Noah, coincidimos hace un par de años en un curso de fotografía del ayuntamiento. Era muy bueno. Noah sabía capturar ese algo especial de las personas, de los lugares e incluso de las cosas. Habíamos organizado este viaje al dedillo, lo teníamos todo perfectamente planeado, menos su muerte.

Kyle apaga el motor, pero no hace amago de salir. Baja la ventanilla dejando que la brisa penetre y mira hacia fuera. Quizá es su forma de decirme que le deje solo un rato.

—Iré a pedir algo —digo con mucho tacto—. ¿Qué te apetece? ¿Tienes alguna preferencia, alguna intolerancia o alergia?

—Sí, a este viaje.

Bueno, al menos es ocurrente.

El restaurante es aún más bonito por dentro. A Noah le hubiese encantado. Del techo, formado por vigas de madera oscura, cuelgan jamones enteros. A un lado, junto a la entrada, un expositor exhibe unos quesos que dicen «cómeme». En la sala, mucha gente come y habla animada en mesas rústicas de madera cubiertas por manteles de cuadritos azules y blancos. Pero lo mejor es el olor. No sé lo que es, supongo que una mezcla de los quesos, los jamones y los platos de comida, pero sea lo que sea, no puedo evitar salivar.

Me acerco a la barra y cojo uno de los menús: un papel plastificado que por un lado pone «Raciones» y por el otro «Bocadillos». La puerta se abre. Es Kyle. Mi corazón brinca contento. Estoy segura de que este lugar, con su gente, su alegría y sus olores, no le dejará indiferente, le hará reaccionar, salir, aunque sea un poco, de su apatía. Pero cuando pasa a mi lado fingiendo que no existo y se aleja hacia los baños del fondo, entiendo que no va a ser tan fácil. Daría lo que fuese por saber qué está pensando, por saber qué decirle, cómo ayudarle. Le miro hasta que desaparece tras la puerta de los baños de hombres.

Al otro lado de la barra hay siete u ocho camareros, todos con pantalón negro y camisa blanca de manga corta. Unos preparan cafés, otros sirven cerveza y otros salen de una puerta llevando varios platos que sirven en las mesas. El ritmo es frenético.

Me acerco mucho a la barra y levanto el brazo tratando de llamar la atención de alguno. Debo de estar haciendo algo mal, algo que desconozco, pues no me hacen ni caso.

—Perdone —le digo a uno.

Nada.

—¡Perdone! Le digo a otro camarero, en voz muy alta.

Ni caso. Está claro que tengo que hacer algo más radical, así que me subo en uno de los taburetes y con los brazos en alto grito:

—¡PERDONE!

Un camarero joven, con el pelo muy corto y de punta, se da la vuelta y me sonríe.

—No hace falta gritar, señorita, no estamos sordos.

—Disculpe, es que no sabía cómo… —Me mira con insistencia—. ¿Podría ponerme dos bocadillos de jamón y queso, por favor? Este bocadillo está en el puesto número cinco de mi lista de «Cosas que probar en España».

—Marchando —dice muy sonriente. Se gira hacia la puerta de la cocina y en voz muy alta dice—: Dos bocatas, Tere; de jamón y queso.

Se vuelve de nuevo hacia mí.

—¿Algo para beber?

—Sí, agua, por favor, y ¿tienen tarta de Santiago?

Me mira levantando una ceja.

—No, preciosa, esto es La Mancha, la tarta de Santiago es del norte, de Galicia. Pero tenemos una tarta de limón que hace mi madre. —Se acerca a mí como si me fuese a contar un gran secreto y me dice—: La receta lleva trescientos años en la familia.

—Vale —digo divertida—, si no tienes miedo de que la copie y la venda a una gran cadena de Estados Unidos, me encantaría probarla.

El chico se ríe a carcajadas mientras se aleja hacia un frigorífico en el otro extremo de la barra. Aprovecho para sacar fotos de todo: de los barriles de vino, de la puerta de madera con su cerradura de hierro en forma de corazón, de las fotos de toreros, de la gente, de una guitarra. Enfoco el objetivo hacia los camareros. Uno de ellos me mira y, dándole un codazo a otro de sus compañeros, dice algo en español que no entiendo. De repente, todos posan divertidos delante de mí. Me río y les hago tantas fotos como puedo antes de que vuelvan a su anterior ajetreo.

El camarero del pelo de punta regresa con la porción de tarta. Es tan bonita que le saco una foto: tiene nubecitas de merengue por toda la superficie y la crema amarilla de debajo desprende ese olor ácido y dulce tan adictivo. No sé si podré resistirme a una segunda porción.

Mirando la tarta me invaden de nuevo las ganas de llorar, pero no me dejo. Siento enfado, pero no lo muestro. Otro cumpleaños sin saber si le importo a alguien. No, me niego a caer ahí. Aumento el *zoom* para captar cada detalle de la tarta, cuando siento que alguien, a mi izquierda, camina hacia mí. Me giro tan deprisa que termino viendo una versión aumentada de «Kyle cabreado» por el visor de la cámara. Me mira con el ceño seriamente fruncido. ¡Oh, oh!

KYLE

Increíble, la dejo sola un minuto y ya está tonteando con la mitad del personal. Y ahora encima me enfoca con esa cámara vieja de la que no se separa ni para ir al baño. Tapo el objetivo con una mano, ¿quién sabe lo que hará con tanta foto? Si no como algo me voy a desplomar aquí mismo, así que en mi interior suena un aleluya cuando veo a un camarero acercarse con un par de bocadillos y una botella de agua. Mientras Mia saca un billete de su cartera, aprovecho para pedirle al camarero puercoespín algo más fuerte para hacer bajar el bocadillo.

—Una cerv… un zumo de naranja —corrijo.

El chico sonríe y me dice:

—Lo siento, la máquina se nos ha estropeado, pero le puedo poner un mosto si quiere.

No tengo ni idea de lo que es, pero asiento.

—Por favor, amable camarero —me dice Mia en voz baja y con un tonito aleccionador.

Tengo demasiada hambre para responderle. Cojo uno de los bocadillos y, como si fuera el fin del mundo, le pego un mordisco. Mia toma el suyo con mucha tranquilidad.

—Me muero de hambre —dice y abre la boca en grande. Entre las dos mitades del pan crujiente, veo asomar la prueba de un nuevo delito: finas lonchas de jamón serrano.

—¿No se supone que eras vegetariana? —le digo. Se queda

muy quieta con el bocadillo entre los dientes, y me mira—. Dios, ¿hay algo de todo lo que dices que se asemeje ligeramente a la verdad?

Deja el bocadillo en el plato y me responde:

—Eso depende de con quién hablo. Y no, no soy vegetariana, pero solo como animales que no hayan tenido que sufrir para ser nuestro alimento. ¿Alguna vez te has parado a pensar que la mayor parte de la carne que comes procede de animales que han vivido enjaulados, hacinados o explotados? —Y sin dejarme tiempo a responder, cosa que de todas formas no pensaba hacer, me dice—: Pero, como te puedes imaginar, y si no puedes te lo explico, no es plan de ir contándoselo a todas las personas con las que me cruzo. La gente no quiere oír la verdad. Y para tu información, este jamón es ibérico, y los cerdos ibéricos se crían en libertad en las dehesas del centro de España, lo he leído en mi guía.

Ya está con sus discursos raros e interminables. Ni respondo. Ataco el bocadillo mientras espero a que me traigan el mosto ese. No quiero palique, así que miro fijamente la colección de botellas de vino colocadas como trofeos en estantes en la pared. Junto a ellas, un espejo me devuelve la imagen de Mia dándole un mordisco a su bocadillo. Cierra los ojos y mastica muy lentamente, como si estuviese degustando la mayor exquisitez del mundo. Está tan extasiada que parece a punto de un orgasmo. Observo mi bocadillo antes de volver a hincarle el diente. Es verdad que huele bien. Le pego un buen bocado y mastico más despacio, tratando de descubrir cada sabor, cada textura. Me lo acerco a la nariz y aspiro sus aromas. Pero ¿qué coño estoy haciendo? No me fastidies que encima lo de Mia va a ser contagioso. Saco la cartera del bolsillo y rebusco un billete de diez euros. ¿Eran los azules o los rojos? Mia me para, poniendo su mano sobre la mía.

—Te dije que yo me ocupaba de las comidas.

Vuelvo a sentir el cosquilleo en la mano, solo que esta vez millones de veces más fuerte. ¿Qué me está pasando? En cuanto el camarero me trae la bebida, en un afán de preservar la poca cordura que me queda, me piro afuera. Camino con la mano ligeramente apartada de mi cuerpo y los dedos abiertos, como si estuviese impregnada de una sustancia altamente venenosa. Me termino el bocata de pie, lo más lejos posible del trasto *flower power* en el que viajamos. Mi móvil vibra. Es un mensaje de mamá, preguntándome qué tal el viaje. Dudo qué hacer: mandarle una foto de la furgoneta para que juzgue por sí misma o contarle una mentira piadosa. Opto por lo segundo y le envío tres emoticonos: uno con el pulgar hacia arriba, otro con un beso y por último un corazón azul. Miro la hora: son casi las tres y, según el GPS, nos faltan aún dos horas para llegar a nuestro destino. Ni siquiera he mirado adónde vamos, lo único que me importa es llegar y meterme en la cama (y con un poco de suerte no levantarme más). Me termino el mosto de un trago y entro a por Mia.

Y en el preciso instante en que cruzo el umbral del restaurante, la vida me da un bofetón de los grandes, uno que me tengo bien merecido. Veo a Mia, sola en la barra, sentada en un taburete alto, con los hombros ligeramente encorvados sobre su porción de tarta. Una vela de cumpleaños, tan solitaria como ella, espera encendida. Me parece que canta. Me acerco un poco, sin que me vea, y la escucho.

—... te deseamos todos, querida Amelia —canta susurrando, con la voz rota—, cumpleaños feliz.

Me quedo clavado en el sitio. Parece tan frágil, tan sola... Veo su cara en el espejo. Sus ojos brillan como una presa que intentase retener las lágrimas acumuladas en toda una vida. Su cuerpo frágil y menudo parece un campo de minas, minas que alguien debe de haber ido plantando a lo largo de los años. Hay algo en toda la escena que me hiere como un puñal en el estómago, algo que hace que mis lágrimas supliquen que las deje brotar. Hasta este mismo instante, no la había mirado a ella de verdad, solo había visto lo que mi propio cabreo me permitía ver. Reculo muy lentamente, como si el menor ruido pudiera romperla, como si la menor alteración pudiera hacer pedazos la esfera de fino cristal que la aísla del mundo. Mientras salgo de espaldas por la puerta, sopla la vela y la oigo:

—Feliz cumpleaños, Amelia.

Es el «feliz cumpleaños» más desgarrado, más cargado de dolor que he escuchado jamás. No es la voz de una chica joven, sino la de una anciana que ya se ha cansado de luchar, una anciana a la que ya le pesa demasiado el corazón para seguir adelante.

Me quedo fuera mirando la puerta cerrarse delante de mis narices, inmóvil, impotente y a la vez con una sensación nueva, como si algo vibrase en mi interior. Dios, cómo es posible que mi propio dolor haya podido cegarme hasta el punto de no poder ver el de los demás. ¡Ese no soy yo, mierda, ese no soy yo!

MIA

Abro los ojos y me siento confusa, como si una cortina de humo estuviese nublando mi memoria. Y aunque no recuerdo qué hago aquí sentada, sí recuerdo vagamente haberme tomado una de mis pastillas, las de los días difíciles. Siempre me dejan KO. Estoy sentada de lado, con las rodillas dobladas y la cabeza apoyada en el respaldo. Y así, mientras el mundo pasa de izquierda a derecha ante mis ojos, comienzo a recordar: el viaje, la furgoneta, el restaurante, Kyle... ¡Kyle! Al salir del restaurante me lo encontré dormido sobre el volante. No quise despertarle, así que, tras poner mi diario al corriente de todo, yo también me dejé arropar por los brazos de Morfeo. Pero parece que su Morfeo le ha abrazado con menos ganas que el mío. Ni siquiera me he enterado cuando se ha puesto en camino.

Debo de haber dormido un buen rato, pues el sol empieza ya a esconderse tras los picos de las montañas tiñendo el cielo, en su descenso, de un fucsia intenso. Por un momento me golpea la duda: ¿se estará dirigiendo a nuestro destino o se estará dando a la fuga? Hasta a mí me da la risa: si se tratara de lo segundo, yo sería la última persona a la que se llevaría de acompañante. Además, para ser un fugitivo va un pelín despacio. Justo ahora un ciclista nos está adelantando por el arcén, y no parece que esté teniendo que hacer un gran esfuerzo.

Me enderezo un poco y levanto los hombros para aliviar mi

cuello entumecido, pero no me giro ni un ápice. Prefiero seguir de espaldas a mi simpático chófer. Me conozco bien: si lo veo voy a querer hablarle y, sinceramente, no me apetece seguir escuchando sus borderías o lo que es peor, su silencio. Cojo el teléfono y busco el último vídeo de Harry Styles. Le doy al *play* y, en lugar de escuchar el sexy timbre de su voz, oigo el aún más sexy timbre de la de Kyle:

—En serio, ¿no vas a contarme de qué va todo este viaje?

Me quedo muy quieta tratando de poner orden en mis pensamientos: ¿realmente ha dicho lo que creo que ha dicho, o es que lo deseo tanto que mi imaginación ha decidido hacerme un regalo de cumpleaños?

—¿Mia?

Me giro hacia él de sopetón, y con los ojos muy abiertos, le toco la frente.

—Oh, Dios mío, ¿estás bien? —le digo muy alterada—. Debes de estar delirando. Espera, llamaremos a una ambulancia.

Mientras finjo marcar un número en mi móvil, Kyle levanta la comisura del labio y niega ligerísimamente con la cabeza. Luego, sin girarla ni un milímetro, apunta sus ojos grises en mi dirección por una fracción de segundo. Debe de tener la peor tortícolis de la historia.

—Qué —insiste—, ¿me lo vas a contar o voy a tener que suplicarte?

—Suplicarme suena bien, sí —contesto, tratando de sonar molesta—. ¿Por qué no empiezas tú por contarme a qué se debe tu repentino cambio de actitud?

Vale, quizá por dentro esté saltando de alegría, pero no puedo ponérselo tan fácil. Le veo tragar saliva como quien intenta tragarse sus propias palabras o quizá algunas lágrimas.

Y siguiendo con mi pose de ofendida le digo:

—¿Y qué pasa si ahora soy yo la que no quiere hablar contigo? A lo mejor ya no me apetece contarte nada, a lo mejor se me han quitado las ganas de hacer este viaje contigo.

Creo que me he pasado un poco, aunque Kyle está demasiado ocupado vigilando a un camión que nos está adelantando como para darse cuenta.

—Bueno, vale, te lo contaré —termino diciendo. No puedo evitarlo, soy demasiado blanda—. Este viaje va de encontrar a mi madre.

Kyle asiente lentamente, como el que trata de encajar la información.

—¿Y a qué madre estás buscando, exactamente: a la psicóloga, a la que es pobre y ni siquiera puede comprar un teléfono, o a la que te dejó huérfana? —me suelta

—A ninguna de las tres, en realidad.

—Entiendo… —dice retomando su balanceo de cabeza: arriba, abajo, arriba, abajo—. Entonces, quizá sea a la otra madre, la que se iba a poner tan triste si te murieses por mi culpa.

Me estiro con dignidad.

—Prefiero pensar que sí se hubiera puesto triste… —replico.

—¿«Prefiero pensar…»? Entonces ¿está muerta? No me digas que nos hemos hecho miles de kilómetros para buscar una tumba.

—En realidad…, no la conozco. Tuvo que marcharse dos días después de que yo naciera.

Al ver su expresión me doy cuenta de que no soy la única a la que se le han quitado las ganas de reír. El lenguaje corporal es más honesto que el que pronuncian los labios. Supongo que con los años me he convertido en una experta en el tema. Cuando observas a la gente, cuando la observas de verdad, te das cuenta de muchas cosas; como cuando una enfermera te dice que te vas a poner bien, pero se gira para que no veas que le tiembla la barbilla. O cuando un médico te dice que la operación es sencilla, pero sus manos sudan sin parar. O cuando tu recién estrenada madre adoptiva te dice que lo siente muchísimo, que les ha surgido un terrible imprevisto y que ya no te van a poder acoger más, mientras sus pupilas delatan su mentira. Observar me ha ayudado a sobrevivir, sí, aunque también tiene sus inconvenientes, como el de darte cuenta de que la mayoría de los «te quiero» son meros formalismos sin emoción y los «te odio» solo son gritos desgarrados que dicen: «Odio que no me quieras».

Kyle carraspea antes de volver a la carga:

—Vale, entonces, para que lo entienda bien: tu madre tuvo que marcharse en plan «marcharse por trabajo» o en plaaan... —alarga mucho ese último «plan», como esperando a que yo termine su frase.

—No lo sé —le digo, casi deseando que vuelva al modo «Kyle ignora a Mia»—. Eso es lo que pretendo averiguar.

—¿Y has sabido algo de ella o de tu familia en estos años?

Niego con la cabeza. Nunca le había hablado a nadie de mi madre, aparte de a Bailey, y comienzo a pensar que hubiera sido mejor dejarlo así.

—Bueno, entonces —sigue— ¿te ha enviado una carta, o llamado, o algo?

—Basta —le digo, tapándole la boca—, ya sabes todo lo que necesitas saber.

Retiro la mano despacio, esperando que no diga nada, y me fijo en sus mejillas sonrojadas. No me extraña: aunque el sol ya está bajo, el termómetro aún marca veinticinco grados Celsius, que serían unos setenta y siete grados de los nuestros. Va a decir algo, pero lo ignoro y disparo yo primero:

—Además, ¿sabes qué? Hoy es mi cumpleaños. ¿No sería increíble encontrarla el mismo día en que nací?

—¡Feliz cumpleaños! —exclama y pone el intermitente. Cogemos una salida y entramos en una carretera secundaria—. ¿Y puedo saber cuántos años tiene la psicópata que me ha secuestrado? No quisiera estar viajando con una menor.

—No te preocupes, acabo de cumplir los dieciocho —miento—. Y aquí en Europa, eso significa que soy una adulta libre e independiente.

—¡Buf, qué alivio!

—Había traído una vela por si querías cantarme el *Cumpleaños Feliz* y eso, pero… llegas demasiado tarde, ya la he soplado. Te has quedado sin tarta, amigo.

Su estómago se vuelve a encoger, pero esta vez se repone un poco más rápido.

—Nunca es demasiado tarde —dice fingiendo tranquilidad.

—Te aseguro que sí —le respondo tocándome la barriga—. Te has perdido la mejor tarta de limón de tooodo el país. —Y hago que ese «todo» suene interminable.

—Lástima… Bueno, dime, ¿dónde vive esa madre tuya?

—Ni idea…

—¿Qué?

Kyle me mira totalmente flipado (no sé si por haber girado la cabeza o por lo de mi madre) e inmediatamente vuelve a centrarse en la carretera.

—¿Y dónde narices se supone que estamos yendo entonces? Por Dios, ¿puedes hablar claro por una vez y contarme qué estamos haciendo aquí?

—Vale, vale, tranquilo, no te alteres, es malo para el corazón. Empezaré por el principio. Hace dos años conseguí hacerme con los papeles de mi adopción y así averigüé dos cosas: el nombre de mi madre, María Astilleros, y su nacionalidad, española. Por suerte, Astilleros no es un apellido muy común, así que mientras esperaba cumplir los dieciocho, he buscado a todas las mujeres entre los treinta y seis y los sesenta y seis años con ese nombre. Al final, he hecho una lista con doce posibles candidatas a madre.

—¿Candidatas a madre?

Su tono hace que suene de lo más ridículo. Lo ignoro y continúo:

—La primera madre de mi lista está en Granada, una ciudad de la región de Andalucía, en el sur.

—Pues entonces la vas a conocer muy pronto —dice señalando hacia un cartel en la carretera. Oh, Dios mío, el cartel pone: «Granada, 15 km».

—No puede ser —digo rozando la histeria. Miro el GPS: solo faltan diez minutos para llegar a nuestro destino—. Oh, Dios mío, oh, Dios mío, oh, Dios mío, y yo con estas pintas. ¿No podías haberme avisado? ¿No podías haberme despertado? Tengo que peinarme, tengo que vestirme. ¿No lo entiendes?, no puedo aparecer vestida así.

Por su cara de embobado está claro que no lo entiende. Me levanto y ruego por que el tiempo se detenga, al menos unos minutos. No me puedo creer que haya llegado la hora. Toda una vida no me ha bastado para prepararme para este momento. Oh, Dios mío.

KYLE

Mia se levanta como un torbellino y, apoyando la mano en mi hombro, se dispone a pasar a la parte trasera de la furgoneta. Mi cuerpo entero vuelve a vibrar y por un instante deseo que nunca quite la mano. Mientras se desliza entre los asientos y desaparece, intento hacer desaparecer también ese absurdo pensamiento de mi cabeza. Vale, necesito urgentemente hacer algo para que mi cerebro vuelva a funcionar en modo «Kyle», así que centro mi atención en la carretera. No sirve de nada, el cosquilleo que me recorre ha decidido hacerse eterno. Vuelvo a llenar mis pulmones con la esperanza de que, al soplar, también se vaya la dichosa sensación, pero ni por esas.

Un minuto más tarde, la ciudad antigua de Granada aparece en lo alto de una colina: un impresionante palacio de piedra de estilo árabe bordeado por una muralla y varias torres. Tras la ciudad amurallada, como si de unos guardianes gigantes se tratara, unos picos nevados se levantan majestuosos en un cielo sangrante. El lugar es increíble. En una revista del avión leí algo sobre este sitio. Creo que se llamaba la Alhambra o algo así. En fotos era bonito, pero en vivo es alucinante. Es como si te transportara a otro tiempo, a otro lugar, a uno donde los amigos no mueren por tu culpa y las tragedias no te sacuden sin avisar. A mis padres les encantaría. A Noah le hubiese encantado.

De repente me percato de algo muy extraño: Mia lleva más de un minuto callada.

—¿Mia? ¿Va todo bien por ahí atrás?

No responde.

—Te estás perdiendo lo mejor; este lugar es increíble.

Sigue sin responder y eso empieza a ser preocupante. No logro imaginármela perdiéndose una oportunidad de hablar, así que la miro por el espejo retrovisor central. Está de espaldas, desnuda de cintura para arriba. Me atrae como un imán y por mucho que le ordeno a mi mirada que se aparte del espejo, no me obedece. Es bonita, más de lo que quiero admitir. Levanto el pie del acelerador aún más. Se agacha y coge una camiseta de su maleta. Un coche me pita. Vale, miro hacia delante. Cuando vuelvo a mirarla, ya tiene puesta la camiseta, del revés claro, y está cogiendo una chaqueta de punto. Estoy tan embobado que ni siquiera me percato cuando empieza a girarse hacia mí. Mierda. Aparto la vista tan rápido como puedo. Dios, no sé lo que me pasa, deben de ser efectos de la ida de olla de la cascada o algo. Tengo que buscarlo en internet, quizá sea un síndrome, como el de Estocolmo: quizá se sientan cosas extrañas por las personas que te impiden quitarte la vida. Ni idea. Pero, sea como sea, cuando se sienta a mi lado mis mejillas están ardiendo.

—¿Tienes calor? —me dice con una inocencia devastadora, mientras se abotona la chaqueta—. ¿Quieres que suba el aire acondicionado?

—No, claro que no, no quiero que pases frío. En serio, no hace falta que te pongas la chaqueta; por mí puedes quitarlo.

—No, no es eso. Solo es que… me gusta llevar esta chaqueta… Me hace sentir segura.

La miro de reojo. Con el gesto preocupado, intenta esconder los bordes de su descolorida camiseta bajo el cuello y las mangas de su chaqueta. Nos paramos frente a un semáforo en rojo. El GPS anuncia: «En tres minutos llegará a su destino».

La respiración de Mia se altera, incluso empieza a jadear un poco. Se frota las manos contra el pantalón vaquero y hace un intento por respirar hondo. Baja el espejo del copiloto y se recoge el pelo, después se lo suelta y por fin se lo vuelve a recoger. En menos de un segundo, carraspea, se vuelve a mirar en el espejo, se rasca la cabeza y me observa sin decir nada. La miro. Está aterrada. Me coge la mano, me gira la muñeca, mira la hora en mi reloj.

—Quizá sea muy tarde, ya —dice a toda velocidad—. Sí, claro que es muy tarde. No son horas para visitar a nadie y mucho menos sin tener una invitación, ¿no crees? Además, seguro que están cenando y…

—Oh, venga, todavía es de día… —digo en un tono tranquilizador—. Además, he leído que la gente aquí cena bastante tarde.

—No, no, no… —replica mientras coge mi móvil del salpicadero y escribe algo—. Ha sido un día muy largo y… estoy agotada. Sí, mañana será otro día…

Es cierto que de repente parece agotada. Aparte de estar pálida y con la piel ligeramente azulada, dos surcos oscuros se han formado bajo sus ojos. Vuelve a dejar mi teléfono en el salpicadero y veo que ha puesto una nueva dirección.

—He reservado un camping para esta noche —me anuncia—. Solo tienes que preguntar en recepción.

Antes de que pueda decir nada, desaparece entre los asientos. El semáforo se pone verde y arranco. La observo por el espejo. Sus hombros vuelven a parecer cargados con más peso del que pueden soportar. Con esfuerzo, abre la cama y se tumba vestida.

Un nudo se ata en mi garganta. Acelero un poco. Lo único que quiero es llegar y con un poco de suerte que me deje acompañarla.

KYLE

Cuando por fin llegamos al camping y aparco en la parcela que nos han asignado, Mia está profundamente dormida. Empieza a oscurecer y las primeras estrellas se vislumbran en lo alto. La parcela es amplia, protegida por arbustos y árboles de hojas muy verdes y pequeñas flores blancas. A Mia le va a encantar. Me giro hacia ella.

—Mia —digo con suavidad, pero parece estar en algún lugar muy lejano.

Ya hace horas que hemos comido. Cuando se despierte estará muerta de hambre, así que salgo para pillar algo en el restaurante y de paso estirarme un poco. En cuanto abro la puerta y pongo los pies sobre el césped, oigo el canto de cientos de pájaros acompañado de una orquesta de grillos, cigarras, música y risas de niños. La brisa me trae un olor dulce y penetrante a naranjos en flor. Me hace pensar en mi abuela y su casa en Florida. Cuando la visitábamos en esta época del año, la casa entera olía a azahar y a sus galletas de canela, su especialidad. Una sonrisa se dibuja, ella solita, en mis labios al imaginar a Mia cuando se despierte y vea esto. ¿En serio estoy pensado en ella otra vez? Intento convencerme de que quizá sea el síndrome sin nombre el que hace que el cerebro se vuelva monotemático. Desde luego, al mío solo le interesa un asunto: Mia.

Salgo de la parcela y avanzo por un camino de piedras y arena. A los lados, arbustos y olivos protegen de la vista las tiendas de campaña de las formas más variadas y alguna que otra caravana. Por supuesto, con las paredes fucsias y verde lima, nada ni nadie nos gana en indiscreción. En algunas parcelas hay familias con niños; en otras, parejas; y en otras, grupos de amigos hablando y riendo. Paso junto a una tienda de un rojo fosforito con tres tíos bebiendo cerveza, escuchando rock y riéndose a carcajadas. Voy más despacio y así, sin avisar, la ira se apodera de mis mandíbulas provocándome unas ganas increíbles de gritar, de romperlo todo, de parar la puta música y, sobre todo, de borrar las estúpidas sonrisas de sus caras. Dios, ¿es que nadie se da cuenta de la mentira? ¿Cómo pueden reírse cuando es la vida la que terminará riéndose de ellos? Respiro hondo y entonces recuerdo a Mia en el restaurante frente a su pedazo de tarta, la recuerdo dormida en la furgoneta y todo mi cabreo se transforma en vergüenza. Mierda, a veces me da la sensación de que me estoy volviendo loco. Aunque quizá sea que ahora despierto de la locura, la locura de vivir como si nada fuera a cambiar nunca, de vivir dándolo todo por hecho cuando ese todo se puede desintegrar en una fracción de segundo barriendo a su paso el suelo bajo los pies. Aparco mis amagos filosóficos por un instante y, con palabras sin voz, miro discretamente a los tíos y les pido perdón por lo que acabo de hacer. Después aprieto el paso. Lo que menos deseo es que Mia se despierte y le entre otro ataque de nervios o peor aún, que crea que me he largado y la he dejado sola.

La terraza del restaurante, con sus mesas de madera azules y los manteles de cuadritos, está abarrotada. Por suerte, en el interior no hay nadie, aparte de un presentador en la tele cuya única audiencia es él mismo. Una señora mayor con un delantal amarillo entra desde la terraza y camina hacia mí sonriendo con amabilidad.

—¿Puedo ayudarle, joven? —me dice la mujer en español.

—Vaya, lo siento —le digo—, no hablo español. ¿Habla inglés?

—Un poquito solo.

—Vale. —Empiezo despacio—: Busco algún plato para una amiga a la que le gustan las cosas típicas de aquí. No sé si puede recomendarme algo.

Por su ceño fruncido y la forma en la que se muerde el labio me doy cuenta de que su «poquito» inglés es realmente muy poquito.

—Típico español —le digo en un inglés muy lento. Llevándome una mano a la boca como si comiese, repito—. Típico. Comer.

—Ah, típico, ¡claro! —Asiente encantada.

La mujer me hace un gesto para que la siga junto a la barra y allí señala hacia una especie de gran torta amarilla.

—Tortilla. Patatas. Buena —me dice. Y hace un gesto como si quisiese añadir que me va a encantar—. ¡Buena! ¡Buena!

Asiento y con gestos le pido que me ponga dos raciones y también dos trozos de una tarta de queso que hay en el expositor de los postres. No es de limón y seguramente no sea la mejor tarta de todo el país, pero al menos es una tarta y podremos celebrar su cumpleaños, aunque sea un poco tarde. Mientras la señora lo prepara todo y me lo pone en una bandeja, hago unas cuantas fotos con el móvil y se las envío a mi madre. Cinco segundos más tarde me llega un selfi de ella y papá enviándome un beso junto a un par de corazones rojos. Sonrío por dentro.

Ya ha oscurecido cuando llego junto a la furgo Moon Chaser, con la bandeja en las manos. Así, a oscuras, el fucsia de este lado parece más discreto y las flores no resaltan tanto. Cuando empiezo a pensar que quizá no sea tan ridícula después de todo, un flash la ilumina por completo. Me giro flipado y veo que una pareja le hace fotos como si fuera una atracción turística. Me saludan con la mano como colegas de toda la vida y se largan encantados. Me río por dentro, sorprendido de que este pequeño incidente no me haya cabreado. Otro síntoma del síndrome, seguro.

—¿Mia? —digo acercándome mucho a la puerta lateral. Espero unos segundos en silencio, pero no hay la menor señal de movimiento. Vale, apoyo la bandeja sobre la rodilla buena y deslizo la puerta como puedo. Mia está dormida en la misma posición fetal que cuando me marché. Entro por el estrecho espacio que queda entre la cama y los asientos delanteros y dejo la bandeja sobre el mueble que hace las veces de cocina.

—Mia…, he traído algo de cena… —digo susurrando.

No hay respuesta.

¿Cómo puede alguien dormir tan profundamente? La brisa que entra por la puerta empieza a ser más fresca, así que abro todos los armaritos hasta encontrar algo con lo que cubrirla. La arropo con cuidado con un par de mantas finas y le retiro el pelo que le cae sobre la cara.

Por alguna extraña razón, el simple hecho de mirar a la elfa me tranquiliza, me hace olvidar por un instante que soy el cabrón que mató a Noah. Sentarme a su lado toda la noche viéndola dormir me parece demasiado pringado, incluso padeciendo un síndrome, así que me levanto y cierro la puerta tratando de no hacer ruido. Al darme la vuelta a oscuras, me tropiezo con su maleta abierta que sobresale por debajo de la cama. Me agacho para apartarla y al hacerlo me percato de que toda su escasa ropa es igual de vieja. Además, no es del tipo que una chica como ella escogería, eso está claro. Junto a la ropa, a un lado, hay tres diarios, de esos de cuero que se cierran con una cinta. Cojo uno. En la portada pone: «Diario I. Por Amelia Faith». Lo abro por la primera página. Está decorada con corazones y unicornios dibujados con bolígrafos de colores. Un título pone: «Cosas que voy a preguntarte cuando te encuentre».

No puedo estar haciendo esto. Cierro el diario volviendo a sentir vergüenza de mí mismo y lo dejo donde estaba. Al hacerlo, veo un puñado de bolígrafos de colores sujetos con una goma y tengo una idea, una idea que pensada así en frío puede parecer de lo más descabellada, incluso un poco cruel, pero que puede ser la única forma de solucionar el tema de su vestimenta y de paso hacerle un regalo que compense haberla tratado como un capullo.

Dejo la maleta abierta, tal y como estaba, y enciendo la luz de la campana extractora. Quito la tapa de plástico que protege las bombillas y, cogiendo los bolígrafos con una mano, acerco sus puntas al calor de una de las bombillas. Ahora ya solo toca esperar.

MIA

Un rayo de sol juguetea con mis párpados, pero aún espero un rato antes de abrir los ojos. El día que empieza es demasiado maravilloso para no saborear cada uno de sus instantes, incluyendo este, haciendo el vago en la cama. Puede que hoy conozca a mi madre. ¡Dios mío! Me levanto de sopetón. Me siento descansada y con más vitalidad que en meses. Y para celebrarlo, corro a asomarme por la ventanilla. Al ver el paisaje estoy a punto de caerme al suelo. Este lugar es una auténtica maravilla. Bajo un poco la ventanilla y respiro. Huele a flores y a fresco y a felicidad, y a todo lo bueno. Kyle tiene que ver esto.

—¿Kyle? —digo girándome hacia el interior.

No responde. No me extraña, debe de estar agotado. Empujo con cuidado la cama hasta que vuelve a quedar recogida como un sofá. Con un pie cierro la tapa de mi maleta y la empujo a un lado. Anoche estaba tan agotada que la dejé así, abierta de cualquier manera en el suelo. Kyle pensará que soy un desastre. A un lado, sobre la cocina, veo un plato de papel con un trozo de algo que, por el aspecto (y según mi guía de viaje), debe de ser tortilla de patata y otro con un pedazo de tarta. Me muero de hambre. Toco la tortilla. Está fría, pero aun así desprende un olor irresistible. Debió de traerlo Kyle anoche. Se quedaría sin hambre y por eso está ahí, por si lo quería yo. Por un instante me ronda la idea de que pudiera ser realmente para mí; no para mí porque ha sobrado, sino para mí, para mí. Qué tontería, aunque no puedo evitar que mis ojos se humedezcan un poco.

Reculo unos pasos para verlo en su cama bajo el techo, pero está vacía.

—¿Kyle? —lo llamo, asomándome hacia el asiento del conductor. No hay nadie.

Bueno, intento tranquilizarme pensando que habrá ido al baño o a desayunar, pero no puedo evitar sentir un hueco en el estómago. ¿Y si se ha ido y me ha dejado aquí? A fin de cuentas, fui muy dura con él, le obligué a venir a este viaje conmigo contra su voluntad. Lo chantajeé y lo manipulé para que no pudiera quedarse solo. Aunque mi intención era buena, quizá me he pasado un poco, o incluso un poco mucho.

Mi corazón va a mil por hora. ¡No, no, no! Corro hacia la parte de atrás y miro en el maletero. Su bolsa no está. ¡Se ha ido! Soy una tonta, no sé qué me esperaba. Todos terminan yéndose siempre. Y en este caso no es que fuéramos amigos ni nada, apenas nos conocíamos. Hoy iba a ser el mejor día de mi vida y de repente me encuentro sola, tirada en medio de la nada con una furgoneta que no sé conducir. Se me acelera la respiración.

No tengo tiempo para lamentaciones, he de encontrar un plan y he de encontrarlo ya. Me siento en el sofá y cojo el móvil. Vale, tengo una furgoneta y mi lista de madres, lo único que me falta es saber conducir. Millones de personas lo hacen todos los días, conque no puede ser tan difícil. Seguro que hay algún tutorial en internet. Mientras mi móvil se termina de encender empiezo a imaginarme todos los posibles escenarios. Y uno de ellos, uno catastrófico, tira mi plan por la borda: si la policía me pillase conduciendo sin carnet, me identificarían y mandarían de vuelta a Alabama y de allí directa al hospital. Vale, necesito un plan alternativo. No va a ser tan complicado. Solo debo encontrar a alguien que quiera ser mi chófer durante unos días sin cobrar nada. Y justo en el momento en que creo que mi corazón va a estallar de angustia, oigo forcejeos al otro lado de la puerta.

Lo único que me faltaría ahora, que alguien intentase atracarme. Agarro la manilla dispuesta a decirle cuatro cosas a quienquiera que esté intentando entrar y deslizo la puerta de golpe.

—Eh, por fin —dice Kyle con una sonrisa totalmente ajena a mi paranoia—, ya creí que no te ibas a despertar nunca.

Me quedo un instante pasmada, sin saber muy bien si enfadarme o llorar de alegría. Tiene el pelo mojado, su bolsa de viaje colgada de un hombro, dos bolsas de papel grasientas que huelen de maravilla en una mano y dos vasos con algo que parece chocolate caliente en la otra.

—¿Dónde estabas? —le pregunto, sonando más histérica de lo que desearía—. ¿Por qué te has llevado tu bolsa? ¿Qué estabas haciendo?

Me mira con una ceja levantada y gesto divertido. No entiendo qué puede parecerle tan gracioso.

—Guau, buenos días, Mia Faith. He ido a ducharme —lo dice como si fuera lo más evidente del mundo—, y de paso nos he pillado algo para desayunar. —Me enseña lo que lleva en las manos—. ¿Tienes hambre?

—¿Con todas tus cosas? ¿Quieres que me crea que te has ido a la ducha llevándote todas tus cosas?

—Pero ¿qué mosca te ha picado?

Ni yo misma lo sé, así que niego con la cabeza.

—Estabas superdormida —explica—. No quería ponerme a sacar ropa y todo lo demás aquí. Hubiese hecho mucho ruido.

—¿En serio?

—¿Te parece tan increíble?

No contesto enseguida.

—Entonces ¿no pensabas marcharte y dejarme aquí tirada?

Por su gesto veo que le duelen mis palabras, que le duelen… ¿por mí?

—Pues claro que no —responde con algo que se parece mucho al cariño—. Un trato es un trato, ¿no?

Me entran ganas de llorar y de reír, de cantar y de gritar y de todo a la vez. Y en lugar de hacerlo, me bajo de un salto y le abrazo con fuerza. Se ríe y levanta las manos.

—¡Gracias! —exclamo—, gracias por quedarte. Sé que he sido odiosa contigo, pero de verdad, solo quería ayudar y…

—¡Eh, cuidado! —me advierte riendo—, ¡que lo tiras!

Me separo un poco y veo que he derramado la mitad de uno de los vasos de chocolate en la manga de mi preciosa y única chaqueta.

—Vaya, lo siento mucho —me dice y sus ojos me confirman que lo siente de verdad.

—No pasa nada… —«supongo»—, además, no ha sido culpa tuya.

Kyle está aquí y eso es ahora lo único que me importa. Y tengo la extraña sensación de que no solo me importa por no quedarme tirada. Me da vértigo pensar que empiezo a acostumbrarme a su compañía.

—Te he traído esto —dice enseñándome los paquetes de papel grasientos—. Lo llaman churros. Los he probado y están buenísimos.

—Churros. Según mi guía están hechos con una mezcla de harina, agua y sal, frita en aceite vegetal que se espolvorea con azúcar después. Es una combinación indigesta, muy alta en colesterol, en azúcares y nefasta para el corazón. —Él me mira levantando la comisura del labio en un gesto de lo más cómico—. Pero me moría de ganas de probarlos. ¡Gracias!

Se encoge de hombros en plan «lo que tú digas». Cojo una de las bolsas y el medio vaso de chocolate y entro en la furgoneta a toda prisa. Kyle se ríe, pero no me sigue.

—¿No vienes? Me muero de hambre.

—No, ya es un poco tarde. Además, hoy es martes y es la

hora perfecta para visitar a tu primera candidata a madre, ¿no crees?

Asiento como si flotase en una nube de todos los colores bonitos.

—¿La misma dirección que ayer? —me pregunta enseñándome su móvil con una sonrisa que hace que mis piernas pierdan su solidez.

Vuelvo a asentir, aún flotando en mi refugio de nubes pastel.

—Vale, pues te dejo que te cambies.

Estoy tan «ennubecida» que ni siquiera contesto. Kyle me vuelve a sonreír y desliza la puerta hasta cerrarla por completo. Me quito la chaqueta a toda prisa y observo la dimensión de la catástrofe: la mancha ha traspasado hasta la camiseta. Kyle se sienta en el asiento del conductor y arranca. Lo miro y, por alguna razón, ya no me importa tanto presentarme ante mi madre con cualquier cosa. A fin de cuentas, nunca he oído de ninguna madre que dejara de querer a sus hijos por su aspecto o por su ropa. Respiro hondo para que mi mente se crea lo que estoy pensando. Me pondré la camiseta azul, la que tiene un arcoíris descolorido en el pecho; del revés no se nota tanto.

Me agacho y, al abrir la maleta, mi corazón da un triple salto mortal. ¡No puede ser! ¡No, no, no! Toda mi ropa está manchada de tinta de colores. Siento un grito que aflora desde mis profundidades más profundas.

KYLE

A eso de las cinco de la mañana ya estaba totalmente despierto y despejado. He dibujado un rato y después he buscado en el móvil tiendas de ropa decentes en el camino por el que nos llevará el GPS esta mañana. Sé que me he pasado un poco al tirarle el chocolate encima y hacerle creer que ha sido culpa suya, pero bueno, supongo que esta es una de esas veces en las que el fin sí justifica los medios. Además, en mi defensa puedo decir que antes de hacerlo me he dado dos largas vueltas por el camping soplando los vasos para asegurarme de no quemarla.

Antes de arrancar, coloco el espejo retrovisor de modo que pueda verla sin tener que girar la cabeza cuando esté sentada a mi lado. Conduzco hasta la salida del camping y allí, siguiendo las indicaciones del GPS, giro a la derecha. Y cuando empiezo a adentrarme en una carretera que nos conduce al casco antiguo de la ciudad, oigo a Mia gritar como si hubiese visto a Thanos en persona.

—¡Ahhh!

Dios, el grito es tan estridente que logra ponerme los pelos de punta. Por un instante hasta me creo que Thanos está realmente ahí atrás. No me atrevo a mirarla por el espejo. Me podía imaginar que lo de su ropa iba a alterarla un poco, pero ni de coña hubiese pensado que unos cuantos trapos viejos pudieran tener un efecto tan devastador sobre ella. La culpa forma un gran nudo en mi estómago cuando Mia pasa entre los asientos y se desploma en el asiento de al lado.

—¡Mira! —me dice con el tono más cabreado que le he oído emplear.

La miro rápidamente poniendo mi mejor gesto de «yo no he sido» y vuelvo a mirar a la carretera. Con los dedos tira de los extremos de su camiseta para enseñármela en todo su esplendor: tiene manchas de tinta por todas partes.

—Bueno —bromeo—, al menos esta la llevas del derecho.

—Soy un desastre…

—No digas eso.

—Pero lo soy —resopla, frustrada—. Me dejé los bolígrafos dentro de la maleta con mi ropa. ¡Con toda mi ropa! Y ahora mira —dice, enseñándome la camiseta.

Mia mantiene la vista al frente y frunce el ceño, pensativa. Después niega con la cabeza y añade:

—No lo entiendo, ayer los usé y estaban bien. Además, no ha hecho tanto calor como para que se salga la tinta.

—Ya…, bueno —contesto, haciendo un gran esfuerzo para que no se note mi mentira—, a mí me ha pasado un par de veces. Quizá hayas dejado la maleta al sol o muy cerca del motor, ¿quién sabe? O quizá sea por lo del calentamiento global y esas cosas.

Me mira como si fuera idiota. Porque soy idiota. ¿Calentamiento global? ¿En serio? Mi cerebro debe de estar en modo desconexión automática. Sin embargo, el nudo de mi estómago sigue apretando con fuerza. Solo espero que mis manos sudorosas no me delaten. Mia se agacha y saca de su mochila una cartera con unicornios. La abre mientras se muerde el labio inferior. Está realmente nerviosa. Mi intención era darle una sorpresa y que se sintiese más segura de cara a conocer a su madre, pero de momento mi plan está fracasando estrepitosamente.

Estamos entrando en el casco histórico de Granada, plagado de edificios antiguos de piedra y casas blancas con balcones; es una pasada. A Noah le hubiese encantado, es el tipo de cosas que le gustaba fotografiar. Por unos minutos casi vuelvo a sentirme como el Kyle de antes, el Kyle que aún no había matado a nadie, que no había roto a tantas personas. La náusea me recuerda que no tengo derecho a sentirme así. Pero no es momento para comenzar a lamentarme, así que miro a Mia: está contando su dinero con una mano y mordiéndose las uñas de la otra.

—Venga, en serio —le digo en tono tranquilizador—, no es para tanto, le podía pasar a cualquiera.

La calle de las tiendas está cerca, pero aún no le comento nada.

—¿No es para tanto? ¿Y qué voy a hacer ahora? No puedo presentarme delante de mi madre con este aspecto.

¡Bingo! Me lo ha puesto a huevo.

—¿En serio vas a montar un drama por algo tan insignificante? Vale, se te ha salido la tinta de los bolígrafos y tu ropa parece un cuadro de arte cubista, pero quizá ha ocurrido por algo bueno, quizá iba siendo el momento de renovar tu vestuario. Pararemos a comprarte algo de ropa y ya está. Fin del problema.

La observo por el espejo mientras niega con la cabeza y cuenta su escaso dinero por tercera vez. La voz estridente y mandona del GPS me dice que gire a la derecha, pero yo sigo recto con una sensación de satisfacción por poder desobedecerla aunque solo sea una vez. Uf, empiezo a sonar muy tarado.

—Pero ¿qué haces? —dice Mia levantando la cabeza bruscamente—. El GPS ha dicho que gires a la derecha.

—Tranquila, que aún conservo mis oídos, pero he visto que hay unas tiendas ahí delante y…

—No, por favor, solo sigue conduciendo.

Finjo no haberla oído y freno delante de una tienda moderna en un edificio que debe de tener varios siglos. El contraste es tan increíble que me dan ganas de sacar mi bloc y comenzar a dibujarlo. Mia no parece tan entusiasmada. Mientras aparco en la única plaza libre de toda la calle, no deja de mirarme fijamente con los brazos bien cruzados.

—Oh, venga —suelto con aire cómico—, no me mires así. Tú misma lo has dicho, no puedes presentarte con esas pintas a conocer a tu madre.

—Ya se me ocurrirá algo.

—¿«Ya se me ocurrirá algo»? Si estás pensando en pedirme ropa prestada, ya puedes empezar a olvidarte.

Mia hace un amago de sonrisa, pero enseguida baja los hombros y juguetea con las manos.

—No puedo, ¿vale? —dice muy despacio—. No ando sobrada de dinero.

—¡Genial! —exclamo con una sobredosis de entusiasmo—. Eso nos resuelve un problema a los dos.

Me mira como si comenzase a dudar de mi cordura. Cojo mi mochila del suelo, la pongo entre los dos asientos y saco la tarjeta de crédito que me dejó mi padre. Se la enseño.

—Mi padre, también conocido como «señor oso repartidor de abrazos» —esto la hace sonreír—, me dio su tarjeta para este viaje y me pidió, no, ¿qué digo?, me imploró que la usara hasta el límite. Si no compro algo pensará que estoy fatal. En serio, es capaz de enviar a una patrulla de psicólogos a buscarme.

Me parece que ha palidecido un poco.

—No querrás que llame a la embajada para que me encuentren, ¿no? —añado. No soy dado a exagerar, pero la ocasión lo requiere—. Porque es muy capaz de hacerlo.

Niega con la cabeza —sus grandes ojos color avellana muy abiertos—, como si acabase de oír algo terrible.

—Además —sigo—, puedes considerarlo como un regalo atrasado de cumpleaños.

Me mira, pensativa. Por un momento creo que va a aceptar, pero en cuanto levanta la barbilla veo que no puedo estar más equivocado.

—Gracias, pero no puedo aceptarlo —dice con aire un tanto altivo.

—Por supuesto que puedes.

Mia niega con la cabeza, su mirada fija al frente.

—Venga, no seas estirada.

Me ignora.

—Vale —digo encogiéndome de hombros—, pero luego no te quejes si lo que te pillo no te gusta.

Meto la tarjeta en un bolsillo, cojo un par de churros (menos mal, ya me había comido una bolsa entera a las siete de la mañana) y salgo de la furgoneta. Deseo que me siga, pero lo único que me sigue es su mirada. Ella no se da cuenta, pero la estoy viendo reflejada en el escaparate de la tienda y, por alguna razón, lo que veo me gusta cada vez más.

MIA

Apoyada en la mochila de Kyle lo miro hasta que desaparece tras la puerta de la tienda. ¿De verdad va a hacer lo que ha dicho que va a hacer? Si necesita usar la tarjeta de su padre, ¿por qué no se compra algo para él? No tiene sentido. Además, aunque sé que es una idea absurda, no me parece que hayamos llegado a esta tienda por casualidad. Kyle miente fatal. Bueno, supongo que yo tampoco me quedo atrás: ni siquiera le he contado aún que Noah era quien iba a acompañarme en este viaje. Prefiero no pensar en ello. Si empiezo a darle vueltas no podré parar, y saber que en unos minutos puede que conozca a mi madre ya supera el cupo de emociones fuertes que mi corazón puede soportar en un solo día.

Necesito distraerme, así que miro la ropa del escaparate y lo que veo me hace sonreír. Es bonita, muy bonita, como si algo o alguien la hubiera puesto ahí solo para mí. Me enderezo en mi asiento y al hacerlo golpeo sin querer la mochila de Kyle con el codo. Su contenido se desparrama sobre el asiento del conductor. Oh, oh. Es una de esas mochilas con cintas de cuero marrón y muchos bolsillitos.

Recojo sus cosas a toda prisa: un paquete muy insano de chicles, unas gafas de sol, una caja de lápices, dos gomas de borrar, un sacapuntas, una gorra azul, una cartera de cuero y el cargador de su móvil. En el suelo, junto a los pedales, hay un libro y lo que parece un bloc de dibujo. Cojo el libro. En su desgastada portada de piel, en letras doradas pone: «Poemas completos de Rabindranath Tagore». Acariciando su suave cubierta, me lo acerco a la nariz. Huele a biblioteca, a viejo, a íntimo. Lo abro. En sus hojas amarilleadas por el paso de los años hay varios versos subrayados. Me fijo en uno que dice:

No guardes solo para ti el secreto de tu corazón, amiga mía, dímelo, solo a mí, en secreto.
Tú que tienes una sonrisa tan dulce, susúrrame tu secreto; mis oídos no lo oirán, solo mi corazón.

Es como si las letras formaran algo más que palabras y las palabras algo más que meras frases, algo que me habla más allá del lenguaje. Creo que he juzgado mal a Kyle, no me imaginaba que fuera de los que leen este tipo de cosas. Vuelvo a leerlo y deseo que lo haga, que me abra los secretos de su herido corazón. Echo un vistazo a la tienda, pero aún no hay ni rastro de él. Meto el libro en la mochila y cojo el bloc. Es uno de esos como los que usábamos en clase de dibujo en el colegio. Está abierto por la última hoja que ha utilizado. Es un dibujo a lápiz de una chica elfo de espaldas. Lleva unos vaqueros, la espalda desnuda y el pelo recogido. La observo bien. Me da la sensación de que se parece a mí. Si no fuese totalmente imposible, hasta aseguraría que soy yo. Madre mía, no debería estar haciendo esto. Mi corazón empieza a palpitar con fuerza.

De nuevo miro hacia la tienda, y aunque no puedo evitar sentirme un poco culpable, me pongo a hojear el bloc. Los dibujos son preciosos; algunos deprimentes, otros más alegres, pero todos preciosos. Desprenden algo distinto, algo que va más allá de las formas. Los árboles, las rocas y hasta los edificios parecen estar unidos por una misma alma. Las miradas están llenas de sentimiento, llenas de secretos que desean ser contados. Vuelvo a mirar el dibujo de la chica y deseo intensamente ser ella. Mi corazón se acelera aún más, como si presintiese un peligro, quizá el peligro de enamorarme de este Kyle que estoy descubriendo. Pero cuando una sombra se coloca delante de la ventanilla dándome un susto de muerte, me doy cuenta de que el peligro es otro.

—¡Ah! —No puedo evitar dejar escapar un gritito histérico.

Una mujer con un uniforme azul marino me mira imperturbable desde la acera. Oh, Dios mío, espero que en España no haya una policía de la indiscreción. La miro sin disimular mi culpa y cuando me hace un gesto para que baje la ventanilla, obedezco sin rechistar.

—Está en una zona regulada —me dice en español.

—¿Qué? Perdone, pero —y en mi terrible español le digo—, no hablo su idioma.

Después de pasar todo un año aprendiendo español con tutoriales de YouTube, «no hablo español», «muchas gracias» y «de nada», son casi las únicas cosas que consigo pronunciar. Parece ser que no solo mi corazón tiene defectos genéticos. Mi lengua también.

La mujer señala un parquímetro azul unos metros más allá y frota los dedos índice y pulgar.

—Oh, sí, perdone —le digo aliviada—, qué torpe he sido, no hemos puesto el ticket, ¿es eso, verdad?

La «agente antiindiscreción» asiente haciendo un amago de sonreír y camina hacia el siguiente coche sin quitarme el ojo de encima. Guardo el cuaderno y el libro en la mochila a toda prisa y me sacudo las manos como si así pudiese borrar la prueba del delito. Después cojo mi cartera y salgo a la calle. La mujer no deja de mirarme hasta que he metido las monedas en el parquímetro. Me entra un escalofrío al pensar que podría ser ella. Mientras espero a que se imprima el ticket, observo a otras mujeres que circulan en la abarrotada calle. Cualquiera de ellas podría ser mi madre, podría estar aquí a mi lado en estos momentos.

¡Ay! Una punzada en el pecho me recuerda que debo dejar de pensar. El doctor Bruner, el psicólogo de la Unidad infantil del Hughston Memorial, siempre me decía que pensar constantemente provoca mucha ansiedad: la enemiga número uno de toda cardiopatía. Me enseñó a dejar la mente en blanco en momentos así. Sé que tenía toda la razón y que es lo mejor para mí, pero es que mi mente siempre está llena de demasiados colores.

Le escribo una nota a Kyle en el ticket del aparcamiento diciéndole que volveré en unos minutos y lo dejo en el salpicadero. Después, con la cámara al hombro, me mezclo con la gente que deambula por la calle. Por primera vez en toda mi vida soy y me siento total y absolutamente libre, aunque por alguna razón no se parece nada a como me lo había imaginado. En lugar de sentirme feliz, o incluso eufórica, me siento extraña, simplemente extraña. Una tristeza asfixiante me recuerda que no podré disfrutar de esta libertad durante mucho tiempo y por un instante deseo poder prolongarlo. ¡No! Ese deseo está totalmente fuera de lugar. He vivido suficiente, mucho más que suficiente. Y en cuanto conozca a mi madre, lo único que quiero es dejar de sufrir, dejar de luchar. Estar viva en este planeta es agotador.

Necesito salir de este estado, así que lleno mi mente de colores bonitos y me centro en recorrer el casco antiguo haciendo fotos de todo lo que me llama la atención (que básicamente es todo) para publicarlo de noche en mi fotoblog. Capturo con mi cámara las estrechas calles empedradas, las tiendas típicas donde venden objetos artesanales de cuero y cestas de mimbre, varias iglesias centenarias de piedra y el río que bordea la ciudad. También saco fotos de las palomas que revolotean al ritmo del pan que les tiran los turistas, de las puertas de madera rústicas, de las empinadas calles y de las casas blancas de cuyas paredes y balcones cuelgan macetas de colores. Respiro profundamente el aroma de las muchas flores y por fin empiezo a sentir los latidos de mi corazón más calmados.

Miro la hora en el reloj de agujas del campanario de una iglesia. ¡Ya ha pasado media hora! Mi reloj interno debe de haberse estropeado, pues me parece que solo hace cinco minutos. El ticket del aparcamiento debe de estar a punto de caducar, así que doy media vuelta y regreso tan rápido como puedo por el entramado de callejuelas.

Cuando por fin empiezo a bajar la empinada cuesta que desemboca en la calle donde estamos aparcados, veo a Kyle saliendo de otra tienda con un montón de bolsas en ambas manos.

¿Se ha vuelto loco?

Admito que siento más curiosidad que enfado, así que, sin dejar de fruncir el ceño, camino tan rápido como puedo.

KYLE

Al final, he pagado con mi tarjeta; menos mal que ayer la había dejado en el vaquero después de pillar la cena. Mis padres insisten en que no la meta en los bolsillos, pero no logro acostumbrarme a eso de llevar una cartera. Y aunque en media hora me he fundido todos mis ahorros de un año sirviendo mesas en el Cheesecake Factory, me da igual. La ilusión que le va a hacer a Mia no tiene precio. Mis padres se hubieran inquietado, y mucho, al pensar que le he comprado ropa a una chica cuyos pudientes padres me han invitado a pasar las vacaciones con ellos en España. Este viaje hubiera terminado antes de comenzar de verdad.

En cuanto pongo un pie fuera de la óptica, donde he tardado como diez minutos en escogerle unas gafas de sol que le puedan gustar, veo que Mia se acerca como un torbellino. Meto la cartera en la bolsa de la óptica y la tiro rápidamente entre los asientos de delante. Y antes de que pueda meter las otras bolsas atrás, llega a mi lado, con el ceño más que fruncido. En un susurro que suena a grito, me dice:

—¿Estás loco? ¿Qué has hecho, saquear la tienda entera?

No puedo evitar reírme. Está lívida, pero yo diría que es más por el cansancio que por otra cosa. Además, el brillo de sus ojos nada tiene que ver con su supuesto enfado.

—Lo siento —respondo—, no conseguía decidirme.

Mira las bolsas una a una como si las estuviese contando.

—Todo esto no es para mí, ¿verdad? Dime que no lo es.

—Hombre, si quieres me lo pruebo, pero en serio, no creo que me favorezca mucho.

—No seas tonto.

—No creía estar siéndolo. Bueno, qué, ¿quieres ver lo que te he escogido?

Sus ojos me gritan que sí, pero su cabezonería la puede. Con la barbilla levantada niega ligeramente con la cabeza, mientras dispara miradas furtivas a las bolsas. Deslizo la puerta lateral de la furgoneta y meto las bolsas dentro, junto al sofá.

—Vale —le digo encogiendo los hombros—, si de verdad prefieres ir a ver a tu madre con esas pintas…, allá tú.

Se mira la camiseta como si se hubiese olvidado de la enorme mancha de tinta que tiene en el pecho. Cruzando los brazos en un intento vano de ocultarla, mira a la gente que pasa, avergonzada.

—Venga —le digo tratando de sonar convincente—, se nos está haciendo tarde. Entra de una vez y pruébatelo todo. Si algo no te gusta o no te va, venimos a cambiarlo esta tarde en cuanto hayamos visitado a tu primera «candidata a madre».

—¿Qué parte de «no puedo aceptarlo» no logras entender? —me dice con una mezcla de frustración e intento de parecer enfadada.

—Lo que no logro entender es que te empeñes en rechazarlo cuando sabes que no te queda otra opción. Además, tampoco es como si te hubiese comprado un palacio. —Y con una mueca cómica añado—: Por cierto, te recuerdo que solo has contratado a tu maravilloso chófer por diez días, así que si quieres seguir perdiendo el tiempo…

Abre la boca sin saber muy bien qué decir. Resopla, se mete en la furgoneta y, antes de cerrar la puerta, me dice:

—Pero te lo devolveré… —Y mientras la puerta se cierra en mis narices la oigo gritar—: ¡Hasta el último centavo!

Me río. Por alguna extraña razón, Mia logra hacerme reír. Pero su hechizo élfico se desvanece en cuanto ocupo el asiento del conductor. La náusea y el miedo me golpean de nuevo el estómago. No quieren que me olvide. Dios, como si pudiera hacerlo. Lo peor es saber que esta mierda nunca se va a terminar. Cada día me despierto de una pesadilla solo para darme cuenta de que la pesadilla es real, que nunca va a desaparecer. Daría lo que fuese por no tener que conducir más, por no tener que subirme a un coche más, por no tener que despertarme más. Pero un «Madre mía, qué pasada!» de Mia me devuelve al mundo de los que aún quieren seguir vivos.

Meto la dirección en el GPS del teléfono y escojo la ruta más larga; así tendrá tiempo para prepararse. Durante unos minutos la oigo exclamar «ah», «oh», «qué chulo», «me encanta, me encanta, me encanta» y unos cuantos «madre mía». Cuanto más la oigo, más sonrío y más consigo que la náusea sea soportable.

—No me lo puedo creer —me dice pasando entre los asientos—, todo me queda como un guante…

Noto algo parecido a «sentirse bien»; es la primera vez en mucho tiempo. Entonces se sienta y, en cuanto se empieza a abrochar el cinturón de seguridad, un chaval aparece corriendo de la nada. Se nos cruza delante persiguiendo un balón. ¡Nooo! ¡Le voy a atropellar! Me mira aterrado. Protejo a Mia con un brazo mientras machaco el freno. Su mirada, Dios, es la misma de Noah. Todo vuelve a mí como un tren descarrilado estrellándose contra mi pecho. Grito por dentro y aporreo los frenos. La furgoneta se para un centímetro antes de golpearle.

—¿Estás bien? —Es Mia, pero su voz me parece lejana, como en un sueño.

El chico se disculpa con un gesto y se larga a toda leche.

—¿Kyle?

La miro sin estar del todo aquí. Parece inquieta. Niego con la cabeza, después asiento, no sé ni lo que hago. La miro mejor. Está preciosa. Lleva la camiseta de la puesta de sol del revés y el vaquero corto. Me doy cuenta de que estoy jadeando. Inspiro profundamente y soplo.

—Oye —digo fingiendo que no quiero desaparecer—, no puedes aparecer así de repente sin avisar. Me has deslumbrado, estás de muerte. —Lo está.

—No seas tonto —me dice—. En serio, ¿te encuentras bien? Puedes hablar conmigo, ¿sabes?

—En cuanto mi pobre corazón logre recuperarse —«de sus ganas de dejar de latir»— de esta maravillosa visión, estaré mejor, te lo prometo.

Niega con la cabeza, un poco triste. Mis pies también se niegan a pisar el acelerador, pero finjo que todo está bien. Miro por el retrovisor. Al menos no hay coches detrás. Carraspeo. Noto que Mia me observa y me parece que se encoge de hombros.

El GPS anuncia: «En cien metros gire a la derecha».

—Entonces ¿cuál es tu secreto? —me pregunta. La miro y algo en la calidez de sus ojos le infunde a mi pie el valor que le faltaba—. ¿Llevas una doble vida como *personal shopper* o algo?

Casi logro sonreír. Mis pulsaciones comienzan a descender poco a poco, aunque mis ganas de terminar con todo siguen acechantes.

—Mi novia Judith… —empiezo mientras empiezo a pisar el acelerador—, mejor dicho, mi exnovia Judith siempre me amenazaba con dejarme si no la acompañaba a comprar. —Necesito un momento antes de seguir. Empezamos a movernos lentamente—. Y créeme, a esa chica le encantaba ir de compras.

—Bueno, pues gracias, exnovia de Kyle. Es genial cuando un chico ya está adiestrado.

—¿Adiestrado? —digo tomando lentamente una curva—. Eso ha sonado a mascota.

—Bueno, una mascota y un novio se parecen mucho. ¿Nunca lo has pensado?

—Dime que estás de coña.

—A ver: con los dos se puede ir a pasear, los dos te hacen compañía, a los dos les gusta que les acaricien, aunque en diferentes partes según tengo entendido; a los dos hay que educarlos para que se comporten como nos gusta, aunque no tenga nada que ver con su auténtica naturaleza… Supongo que la principal diferencia es que las mascotas tienden a ser más fieles.

En los labios de otra chica esto hubiese sonado a broma de mal gusto, pero Mia lo dice totalmente seria, convencida. No puedo evitar reírme. No creo que se dé cuenta de lo graciosa que es.

—Guau, vaya discurso —le digo—. Por el bien de mi género, espero que todas las chicas no piensen como tú.

—No, qué va, si ni siquiera yo lo pienso. ¿No te pasa que a veces te vienen ideas tan extrañamente ingeniosas que has de decirlas, aunque no tengan ningún sentido?

—No.

—Bueno, pues a mí sí. No me digas que no ha sido genial.

Lo ha sido, pero no se lo digo porque el GPS me está volviendo loco con tantas callecitas. No veo dónde quiere que gire y no es plan de perdernos en este laberinto de callejuelas del casco antiguo. Cuando por fin me aclaro, observo su reflejo en el espejo. Está acariciando la camiseta como el que acaricia un peluche.

—Me encanta. Siempre quise tener algo de este color —me dice. Es verdad que le queda genial—. Este azul me recuerda esas noches claras en las que la luna y las estrellas brillan con tal fuerza que consiguen mantener a raya hasta a la mismísima oscuridad. —Y sigue como si hablase solo para ella—: Esas noches son las mejores, esas noches en las que no existe el miedo, en las que todo parece estar en calma. Son mis preferidas.

Y yo que me las daba de poético. Me ha dejado sin habla. Ella también parece haberla perdido. Mira al cielo con tal intensidad que está claro que ve mucho más que yo con mis simples ojos de tío normal.

Tras dejarla disfrutar de su visión y salir por fin a una avenida más ancha, le pregunto:

—Oye, ¿y de qué va eso de llevar la ropa del revés?

Con una sonrisa pícara, replica:

—¿A diferencia de llevarla del derecho?

—Sí, bueno, supongo… Como todo el mundo.

—Tú lo has dicho. No estoy interesada en ser «como todo el mundo».

El semáforo se pone en rojo. Me paro y miro a Mia, dispuesto a responderle algo ingenioso, pero no lo hago, pues aunque su cuerpo sigue aquí, ella ya no parece estarlo. Observa con tristeza a la gente a los lados. Algunos pasean en las aceras, otros entran y salen de las tiendas y otros toman algo en las terrazas. Parece fijarse en cada persona, como si cada uno le importara de verdad, como si algo la entristeciese de cada uno. Mira a dos chicas de nuestra edad que caminan mirando sus móviles, ajenas a la gente y a todo. Después se fija en un hípster con auriculares que avanza mirando fijamente al frente, como si no hubiese nadie a su alrededor, como si no le importase que lo haya. Después, mira al otro lado de la calle y se centra en una pareja sentada en una terraza. La chica está leyendo un menú mientras el chico le echa miraditas a una camarera. En otra mesa, otra pareja está tomando algo, los dos aburridos, sin hablarse ni mirarse. Por un instante lo veo todo como en una película, una película en la que lo que importa de verdad ha dejado de tener importancia. Creo que empiezo a entenderla, aunque solo sea mínimamente.

La observo. En sus ojos hay una tristeza muy profunda, una

tristeza antigua. Me da la sensación de que Mia siente con más intensidad que los demás, de que siente la tristeza de la humanidad y que le duele no poder hacer nada para ayudar. Pero ¿y a ella, quién la ayuda?

KYLE

Me da el tiempo justo de contestar a un mensaje que me acaban de enviar mis padres antes de que el semáforo se ponga verde y con él se abran mis labios.

—Oye —le digo a Mia suavemente—, me parece que te has dejado una cosa sin abrir.

Me mira algo confusa y la busca. Enseguida encuentra la bolsa de la óptica donde se me cayó, en el suelo entre los dos asientos.

—¿Qué es esto? —me pregunta.

—Ábrelo.

Me mira y poco a poco sus labios esbozan una preciosa sonrisa. Acaricia la bolsa. Es una de esas elegantes, de cartón azul marino con una cinta plateada. Deshace el lazo como si fuese una princesa en un cuento de hadas y mira dentro. Saca la cartera de cuero roja sin que sus labios pronuncien palabra, pero tampoco hace falta, sus ojos ya me cuentan lo mucho que le gusta. Abre cada uno de sus bolsillos y huecos, en serio, cada uno, me mira agradecida y vuelve a mirar en la bolsa. Saca la funda con las gafas de sol como si fuera un Rolex con diamantes. Abre la boca dispuesta a protestar, pero me adelanto.

—Sí, sí, lo sé, no lo puedes aceptar. Pero tengo dos buenas razones para que lo hagas. Primera... —Me pongo mis gafas de sol y, como si recitara un verso romántico, añado—: Temo que el intenso brillo de la luz del sol al reflejarse en tus enormes ojos avellana me deslumbre mientras conduzco. —Logro hacerla reír. Después, fingiendo una gran preocupación, continúo—: Y segunda: si alguien te ve con esa cartera infantil, seguro que me arrestarían por secuestro de menores.

Se ríe y levantando una ceja me dice:

—Parece que vamos haciendo progresos, ¿eh? Sigues conduciendo como una abuelita, pero al menos hoy estás de lo más ocurrente.

—Pues ya ves. No solo soy un chófer fantástico, sino también elocuente. Dos por uno. Un auténtico chollo.

Mia se pone las gafas de sol y se mira al espejo encantada. Le quedan enormes.

—Vaya, parece que mis habilidades de *personal shopper* no se extienden a las gafas. —Pongo el intermitente—. Será mejor que volvamos y las cambies por otras que...

—¡No! —me dice y quita el intermitente—. Me encantan. Nunca había tenido unas.

—¿Unas Ray-Ban? ¿En serio? Son un clásico.

—No, tonto, unas gafas de sol.

Se me encoge el estómago. Soy idiota. Ni siquiera se me podía pasar por la cabeza que alguien de nuestro pueblo pudiera no haber tenido nunca unas gafas de sol. Sé que es estúpido, pero nunca lo había pensado.

Durante un rato, lo único que oímos son las instrucciones del GPS. Después, por el espejo veo que se gira hacia mí y me mira sin pronunciar palabra. Así pasa por lo menos un minuto. Hace que me suden hasta las pestañas, en serio.

—¿Qué? —le pregunto, deseando que deje de hacer eso.

—¿Te molesta que te mire?

—Quizá, no me digas que estás usando otra vez ese truco *jedi* que te enseñaron en el orfanato.

—Oh, venga, todo el mundo sabe que los orfanatos ya no

existen en nuestro país. St. Jerome era técnicamente un centro de acogida, y respecto a tu pregunta… No, esta vez solo te estaba observando.

—Vaya —digo, y noto que se me encienden las mejillas—. Sabes cómo hacer que alguien se sienta incómodo, en serio.

Se ríe y entonces me mira fijamente haciendo todo tipo de muecas divertidas: me mira poniéndose bizca, mordiéndose los carrillos haciendo el pez, frunciendo el ceño, levantando mucho las cejas. Se ríe y se acerca a mí con los ojos hiperabiertos, y cuando está tan cerca que puedo oler su aroma a champú, me dice:

—Eres un buen tío, Kyle, espero que lo tengas claro.

Me pilla por sorpresa. Mi cabeza niega sin que le tenga que dar instrucciones.

—Vale, como quieras, si lo prefieres te puedo decir que eres un capullo. —Se ríe—. Es verdad que cuando te pones a ello, también se te da muy bien.

—Jo, muchas gracias.

—No, es verdad —prosigue—, pero también es verdad que nunca antes nadie había hecho algo así por mí.

—¡Sí, claro! —le suelto sin pensarlo.

Pero cuando se encoge en el asiento y apoya la cabeza en la ventana con la mirada perdida y aire nostálgico, me doy cuenta de que he vuelto a meter la pata, pero esta vez hasta el fondo. No estaba exagerando, lo ha dicho de verdad, mierda, lo ha dicho de verdad. Guardo silencio para que las lágrimas que amenazan con brotar se mantengan en su sitio. Dios, ¿cómo puede alguien no querer a una chica como Mia? Estoy deseando encontrar a su madre y decirle las cuatro cosas que se tiene merecidas.

No ha pasado ni un minuto cuando nos adentramos en una empinada callejuela de casas antiguas y el GPS anuncia: «En cien metros habrá llegado a su destino». Decelero un poco hasta que veo el número setenta y ocho de la calle. Mia, de espaldas a mí, está observando cada detalle de la casa granate. Es de dos pisos, con las ventanas y la puerta de madera oscura. Sobre esta hay un escudo de piedra. Parece una de esas casas que van pasando de padres a hijos, como en las series inglesas de televisión por cable, solo que mucho más pequeña. Debe de tener varios siglos. Aparco a unos metros de la puerta. Mia, muy pálida, se vuelve hacia mí y me mira sin decir nada.

—Eh, si quieres te acompaño —le ofrezco.

Niega con la cabeza. Lo entiendo, bueno, no, en realidad no creo que pueda entender por lo que está pasando. Pero supongo que es una de esas cosas que debe hacer uno solo.

Mia abre la puerta despacio agarrada a uno de sus diarios y se baja. Cierra sin decir una palabra y me mira desde el otro lado de la ventanilla. Asiento con una sonrisa tranquilizadora. Coge aire profundamente, al espirar asiente ella también y se da la vuelta.

No le quito ojo. Durante un breve instante permanece inmóvil, mirando la casa. Levanta los hombros y los deja caer antes de empezar a caminar. Avanza despacio. Me recuerda a los niños en el primer día en la guardería, solo que ella en vez de ir de la mano de su madre va aferrada a su diario.

En cuanto llega frente a la puerta, llama al timbre. Un hombre calvo de unos cuarenta y tantos, con una camisa blanca y vaqueros, abre enseguida. Hablan, pero no logro oírles. Me estiro hasta la puerta del otro lado y le doy a la manivela hasta bajar del todo la ventanilla, pero aun así no logro captar nada de lo que dicen. El hombre asiente y se mete de nuevo en la casa. Deja la puerta abierta.

Daría lo que fuera por estar ahí con Mia. Dios, hasta yo estoy sudando de nervios.

Mia se vuelve hacia mí sin dejar de aferrarse a su diario con fuerza. Le enseño mi pulgar levantado. Sonríe. Una mujer alta, con el pelo castaño y muy delgada, se asoma a la puerta. Mia habla con ella. La mujer sonríe y niega con la cabeza varias veces. Mia asiente y recula un paso. Me parece que le dice algo antes de darse la vuelta hacia la furgoneta. La mujer se queda mirándola y, aunque desde donde estoy no la distingo del todo bien, me parece que en su gesto hay una mezcla de tristeza y compasión. Mia me mira mientras avanza y se encoge de hombros con una sonrisa cargada de tristeza. Su fragilidad ha dejado de jugar a esconderse. Antes de que llegue, le abro la puerta desde dentro. Entra rápidamente y cierra sin mirar atrás.

—Vale —le digo—. Una menos. Ya estamos una madre más cerca de encontrar a la que sí es.

Me sonríe agradecida, pero sus emociones deben de ser tan intensas que aunque abre los labios, no logra articular palabra. Fija su mirada al frente.

—¿Siguiente dirección? —le pregunto—. El día acaba de empezar y aún tenemos muchas madres que visitar.

Saca una libreta de su mochila y la abre por la primera hoja. Trata de sonreír, pero su barbilla temblorosa dice mucho más que su triste sonrisa. Me enseña una lista de todas las posibles madres con sus direcciones. La segunda vive en un lugar llamado Úbeda. Meto la dirección rápidamente en el GPS y arranco. Y aunque conducir por estas calles ya es de por sí todo un desafío, incluso para el antiguo Kyle, sujeto el volante con una mano y con la otra le cojo la suya. Sin dejar de mirar al frente, deja que una lágrima se deslice por su mejilla.

Su tacto es cálido, suave, frágil. Me parece familiar, como si su mano y la mía ya se conocieran. Tiembla. Con el pulgar le acaricio la mano sin dejar de ofrecerle mi firmeza. Oigo mi propia voz diciéndole: «No te voy a dejar sola, Mia». Se lo digo, se lo digo por dentro, una y otra vez, y así conduzco mucho rato hasta que se queda dormida.

MIA

Los dos días siguientes los pasamos buscando a mi madre por todo el sur de España. Kyle está siendo un amigo, uno de verdad. Hay momentos en los que su dolor vuelve a nublar su mirada, pero hace lo que puede por tratar de que yo no lo note. Y también hay momentos en los que está tranquilo y comienza a aparecer él, el Kyle de verdad. Y de momento, lo que aparece me encanta. Aunque eso sí, sigue conduciendo a la velocidad de una tortuga artrítica.

En cuanto tengo un momento, aprovecho para contárselo todo a mi madre en mi diario.

28 de marzo
Sigo buscándote, pero aún no te encuentro. Esta mañana, después de dejar Granada, me he dormido, y cuando me he despertado habíamos llegado a Úbeda. El sitio es más que precioso. Me hubiera encantado que vivieras allí, la verdad. Es de ensueño. Ha sido muy divertido. Nos abrió la puerta un hombre y cuando le pregunté por María, me dijo que él era María, que era trans y que hacía diez años que se llamaba Mario. Fue como un guiño de la vida para hacerme sonreír un poco, para que estuviera más tranquila. Después nos invitó a Kyle y a mí a comer a su casa y nos estuvo contando toda su vida. Fue interesantísimo, recuérdame que te lo cuente algún día. Ahora me voy a Baena, luego te cuento (espero que en persona 😊).

19.00 h

Kyle está conduciendo y aún nos queda una hora para llegar, así que he aprovechado para escribirte estas líneas. Después de Úbeda, como te decía, hemos ido a Baena. Madre mía, qué belleza. Pero tampoco estabas allí. Esta María era una mujer muy agradable, una profesora de colegio. No hemos podido hablar mucho tiempo, pues tenía que organizar un festival con los niños para algo de la Semana Santa, pero me ha gustado conocerla. Poco a poco empiezo a estar más tranquila y Kyle tiene mucho que ver con ello; está siendo un gran apoyo. ¿Quién lo iba a decir? Tengo muchísimas ganas de que le conozcas. Te vas a enamorar. Bueno, enamorar, no en el sentido de enamorar, ya me entiendes, pero es un amor. Ha sufrido mucho, pero eso ya te lo he contado hace unos días.

Tengo que confesarte que las últimas noches me ha costado dormirme pensando en cómo contarle lo de Noah. Pero ¿cómo decirle que le he hecho acompañarme en este viaje ocultándole que era él quien debía venir en su lugar? No me atrevo, aún no.

Bueno, pero mejor hablemos de algo más alegre. Ahora estamos yendo a un sitio que se llama Nerja, en la guía dice que merece la pena la visita. Dormiremos allí en un camping cercano. Me muero por ver el mar. Será la primera vez, ¿sabes?

21.00 h

Acabamos de cenar en una terraza frente al Mediterráneo y Kyle se ha ido al aseo, así que aprovecho para escribirte. Sí, lo sé, es la tercera vez que te escribo hoy, pero es que todo es tan emocionante... Ver el mar ha sido... No sé cómo describirlo. No creo que haya suficientes palabras en el diccionario. Al verlo, me he emocionado tanto que me he puesto a llorar. El pobre Kyle no paraba de preguntarme qué me pasaba y si había algo que pudiera hacer para ayudarme. Ver toda esa agua junta, esa inmensidad, me ha recordado al universo, al espacio, a la vida, a Venus.* Las olas sacudían la arena con fuerza, con una especie de rabia. No me extraña. Si yo fuese el mar estaría más que cabreada con los humanos. Me hubiera gustado tanto que estuvieras aquí conmigo...

Un camarero ha sido muy majo y nos ha escrito en una servilleta algunos sitios que merece la pena que visitemos antes de regresar al camping esta noche. Me muero de ganas por verlo todo. ¡Es tan emocionante!

*Por cierto, al releer lo que acabo de escribir acabo de darme cuenta de que nunca te he hablado del porqué de mi cariño hacia Venus, en realidad nunca lo he hablado con nadie. Es por un libro que encontré en la biblioteca cuando vivía con los Yang en Phoenix City. Se llamaba Alianza: Mensajes de Venus al pueblo de la Tierra. ¿Lo has leído? Es increíble, en serio. Me cambió la vida, literalmente. ¿Sabías que en Venus no hay enfermedades, ni miseria, ni padres que...? Bueno, mejor sigo otro día. Kyle ya está de vuelta.

23.00 h
No te lo quería contar, pero el corazón me está molestando un poco estos días. De momento lo estoy solucionando con las pastillas de los días especiales. Se supone que no tengo que tomarlas más de tres días seguidos, pero ya no creo que importe mucho. Lo que ahora importa es encontrarte y que nos podamos conocer antes de partir. Buenas noches, mamá.

29 de marzo
En cuanto nos hemos levantado, he visitado a dos Marías más, pero ninguna de ellas eras tú. Así que ahora Kyle está conduciendo en dirección a un lugar llamado Ronda. ¿Estás allí? Espero que sí.

Siento que estamos muy cerca. A veces incluso me parece sentir tu corazón latiendo al lado del mío. No me puedo creer que muy pronto quizá leamos estas líneas juntas y nos riamos y lloremos por el tiempo perdido. ¿Te gustará lo que he escrito? ¿Te apetecerá leerlo? ¿Te apetecerá saber de mí? A veces tengo miedo de que me falte el tiempo para encontrarte, a veces incluso temo que ni siquiera quieras que te encuentre y eso me rompe.

17.00 h

Kyle está hablando con sus padres por teléfono, así que aprovecho para ponerte al día. Cuando hemos llegado a la casa de la última María de hoy, la de Ronda, ha sido horrible. La mujer acababa de morir. Casi me da un ataque imaginándome que podías ser tú. Kyle me ha ayudado muchísimo. No ha parado hasta encontrar a alguien que la hubiese conocido y nos pudiera hablar de ella. Menos mal, esta María nunca había viajado a Estados Unidos.

Qué efímera puede ser esta vida, ¿verdad? Hoy te encuentras aquí y mañana ya no. Y cuánta gente no está preparada para dar el gran salto. ¿Tú lo estás? Me gustaría muchísimo poder hablar contigo, que me cuentes cosas, saber cómo piensas, qué te gusta y qué no. ¿Te gustaré yo?

22.00 h

Kyle está durmiendo arriba, en la camita que hay justo debajo del techo. Hemos decidido pasar del camping y acampar en un sitio precioso frente al mar para pasar la noche. Estoy viendo las estrellas por la ventanilla mientras te escribo. A lo mejor tú las estás viendo también. Y volviendo a Kyle... ¿Sabes?, creo que me estoy «acostumbrando» peligrosamente a su compañía. No quiero encariñarme de él, y sobre todo no quiero que se encariñe de mí. Él no sabe nada de lo mío. Empiezo a dudar de si lo que estoy haciendo es correcto. Tiene derecho a saberlo, pero de ninguna manera puedo contárselo. No quiero que se vaya, ahora no. Todos se van cuando lo saben, quizá incluso tú te fuiste por eso.

Bueno, mi corazón me está pidiendo que le deje descansar, así que ahora voy a dejarte. Me dormiré viendo las estrellas, mirando a Venus y pensando en ti.

Mañana temprano salimos para Córdoba. La he visto en mi guía y me muero de ganas por descubrir la ciudad, pero sobre todo me muero de ganas de verte a ti. Dulces sueños, mamá. ¿Hasta mañana?

KYLE

He puesto el despertador a las seis solo para poder plasmar en papel el lugar donde hemos pasado la noche. Se llama Maro y me ha dejado sin habla. Es un sitio especial, salvaje, con una playa de arena fina rodeada de rocas y vegetación. Su cielo, teñido de los colores más intensos que he visto en un amanecer, casi parecía irreal. Mia se ha levantado tarde, a eso de las nueve, y en cuanto ha salido de la furgoneta ha corrido a meter los pies en el agua. Sin que me viese, la he dibujado jugando con las olas como una niña pequeña. Ha sido genial. Según pasan los días la veo mucho más tranquila; cansada, supongo que por lo de buscar a su madre, pero tranquila.

Después de desayunar sobre unas rocas y de que me convenciese para escribir con palos nuestros nombres en la arena, hemos cogido la carretera hacia Córdoba. La siguiente candidata a madre vive en el centro de un barrio llamado la Judería. Por lo visto era un barrio judío en la Edad Media. El lugar está en el casco histórico, que es una zona peatonal, así que hemos tenido que dejar a Moon Chaser en el aparcamiento fuera de las murallas y seguir a pie. Mia ha insistido en que podía ir sola y que me fuera a hacer un poco de turismo, ver algún museo o algo, pero está loca si cree que la voy a dejar sola en un momento como este.

—Es ahí —me dice señalando hacia una callejuela empedrada tan estrecha que solo caben dos personas. Sobre las fachadas pintadas de blanco y los estrechos balcones de hierro cuelgan un montón de macetas índigo, todas iguales. Mia suspira, un poco nerviosa.

—Llámame si necesitas lo que sea, ¿vale? —le digo—. No me moveré de aquí.

Asiente agradecida y se aleja caminando. Sin quitarle ojo, me siento en el borde de una fuente octogonal de piedra, envidiable testigo de unos cuantos siglos de historia y del montón de turistas que no dejan de pasar. Mia se para frente a una casa blanca. Su puerta en forma de arco está rodeada de pequeños azulejos. Llama al timbre y espera. Todo este lugar es mágico, como salido de un libro, pero con Mia la elfa la magia se multiplica. Necesito dibujarlo.

Sin dejar de mirarla saco mi cuaderno y mis lápices de la mochila. Una mujer con una larga melena rizada le abre la puerta. Empiezo a esbozar a Mia rápidamente. Hablan. Dibujo su contorno, menudo y delicado, su pelo recogido en una coleta salvaje, agrando un poco sus ya grandes ojos miel. Y me permito la libertad de dibujarle una corona y orejas de elfo. Cuando empiezo a sentirme ligeramente culpable por plasmarla en papel sin ni siquiera haberle pedido permiso, el timbre de mi móvil hace que mi corazón dé un triple salto mortal. Una mirada rápida me basta para ver que es Josh. Vaya, ni siquiera le he dicho que me venía a España. Mi corazón me golpea las costillas. Quiero cogerlo, pero no puedo, no hasta saber si Mia me va a necesitar. Con cada timbre me siento más culpable, más mezquino, pero no tengo el valor de desviarle al buzón de voz. Decido enviarle una foto; con palabras no sabría ni cómo empezar a explicarme.

Enfoco a Mia con la cámara del móvil y, justo cuando voy a disparar, en la pantalla veo que se gira hacia mí. Mierda. Aparto el móvil y la saludo con la mano, un gesto de lo más idiota, por cierto. Se despide de la mujer y comienza a caminar. Le envío la foto a Josh a la velocidad del rayo y le escribo: «Estoy en España. Te lo explicaré». Mia se acerca.

Necesito inventarme algo; ni de coña voy a dejar que piense que le estaba haciendo fotos a escondidas…, aunque ayer, mientras veía el mar por primera vez, le saqué un montón. Ella ahora lo que necesita es un buen amigo, no un tío raro que le haga fotos a escondidas.

Pedirle que posase para mí sería mucho más sensato, pero me da un poco de corte, además, no quiero que parezca lo que no es. Por las noches, cuando duerme, uso sus fotos para dibujarla. Por alguna extraña razón, al hacerlo me siento mejor, como si me adentrara en un mundo mágico, en una dimensión paralela donde yo no he matado a mi mejor amigo y Josh aún puede caminar. Quizá suene estúpido, pero es como lo siento. No puedo ni quiero parar de dibujarla.

—¿Nada? —le pregunto cuando nos encontramos.

Niega con la cabeza un poco decepcionada.

—Casi no habla inglés, y por lo que he entendido, nunca ha salido de Europa.

Le enseño el móvil y le digo con mi cara más inocente:

—Era para mis padres. Me han pedido fotos y esta calle es increíble, ¿no crees?

Dios, qué mal miento.

—Vaya —me dice ligeramente desilusionada—, qué lástima, yo que creía que querías inmortalizarme en uno de tus dibujos y que me estabas haciendo una foto para poder usarla como modelo.

Glup.

—¿Qué pasa? —pregunta con picardía—. ¿Creías que no me había dado cuenta?

Debo de haber puesto una cara de lo más estúpida, pues se ríe y me añade:

—¿De verdad creías que no te había visto?

Un calor ardiente me sube por la cabeza. Y ahora es cuando me va a decir que sabe que la dibujo por las noches a escondidas y que soy una especie de tío enfermizo.

—Con tu cuaderno… en la cama. Sé que, en vez de dormir, te pasas horas dibujando cada noche.

—Ah —digo sin tener la sensatez de disimular mi alivio—, te referías a eso.

Ahora es ella la que me mira sin entender nada y me pregunta:

—¿A qué creías que me estaba refiriendo?

—No, no… —respondo, esperando que mi cara no refleje lo tonto que me siento—, a nada en particular.

Me mira extrañada y se encoge de hombros. Después, señalando mi cuaderno, me pregunta:

—¿Te importa que le eche una ojeada?

¡Ni de coña!

—Mejor en otro momento —contesto, tratando de parecer tranquilo—. Ahora hay cosas más interesantes que ver. Además, tenemos que ir pensando dónde vamos a comer.

—Estás muy raro esta mañana. —Levanta una ceja—. ¿Te pasa algo? Quizá estés con el periodo masculino. Lo leí en *Cosmopolitan*, creo que se llamaba Síndrome del hombre irritable y os pasa una vez al mes por una bajada de la testosterona o algo así. Lo siento, pero no presté mucha atención, no pensé que fuese a sufrir sus consecuencias tan pronto.

—Ja, ja, ja —digo con ironía—. Mis niveles de testosterona están bien, gracias, simplemente me pongo así cuando tengo hambre.

Parece tragárselo y me dice:

—Vale, entonces pongámosle remedio rápido, por favor. Según mi guía no estamos lejos del sitio donde preparan los mejores bocadillos de la ciudad. —Saca el callejero que le han dado en la oficina de turismo y, señalando a nuestra izquierda, me dice—: Me parece que es por ahí.

La sigo y caminamos entre rebaños de turistas por los callejones en forma de laberinto que conforman el barrio de la Judería. Nada de lo que vemos tiene desperdicio. Mia saca fotos de todo como si estuviera viviendo un sueño. Yo saco fotos mentales de ella para poder dibujarla más tarde. Pasamos junto a casas con puertas y ventanas en forma de arco, fuentes de piedra de todas las formas y tamaños, tiendas de artesanía, restaurantes y hasta pequeñas galerías de arte escondidas en los patios de algunas casas. Acaricio una pared y siento envidia de los siglos de historia que sus piedras han debido de presenciar.

La estrecha calle por la que caminamos nos lleva a una plaza rectangular de casas blancas. En una esquina hay un restaurante con terraza y, en otra, un chico con coleta está dibujando en un atril. Mientras Mia hace un recorrido fotográfico de cada detalle de la plaza, yo me acerco y observo al artista. Hace retratos a los turistas, pero también tiene algunos dibujos realmente buenos de la ciudad y de otros lugares que no conozco. En el suelo, a su lado, el lateral de su maletín de pinturas está plagado de pegatinas con banderas y nombres de lugares.

—Es genial, ¿verdad? —me dice Mia cuando llega a mi lado.

Me vuelvo hacia ella sin tener muy claro a qué se refiere.

—Vivir así —aclara, señalando a las pegatinas—. Seguro que ha viajado a todos esos lugares con el dinero que saca de sus dibujos.

Levanto una ceja, pero no me ve y, como si fuese lo más alucinante del mundo, añade:

—¿Nunca has pensado en hacer lo mismo?

Me río como si en vez de lo más alucinante del mundo, fuese lo más tonto. Para ella no debe de serlo, pues me fulmina con la mirada.

—Venga —protesto—, no lo dirás en serio.

—No entiendo qué te hace tanta gracia. Te encanta dibujar y, si no estás fingiendo, también te gusta viajar.

—Sí, pero eso no me convierte en una especie de vagabundo.

Me mira sin disimular su decepción y, mientras hace una foto del chico como si fuese lo más alucinante de todo el país, me pregunta sin dignarse mirarme:

—Entonces ¿a qué va a dedicarse el señorito Kyle?

Me río negando con la cabeza.

—Al señorito Kyle lo han admitido en la Universidad de Auburn. Va a estudiar Arquitectura, una carrera normal, con gente normal, en un sitio normal.

—¿Arquitectura? —pregunta como si le hubiera dicho que voy a estudiar para ser verdugo.

—¿Te parece tan extraño?

—Bueno, si de verdad la arquitectura fuera lo tuyo, supongo que te pasarías el día admirando los edificios, su estructura, no sé, hablarías de ello. Si te apasionara, me habría dado cuenta.

—No me apasiona, pero es una buena profesión, y permite pagar las facturas. Además, a mi padre le ha ido muy bien.

Se ríe.

—¿Permite pagar las facturas? Pero ¿tú te oyes? Has sonado igual que mi anterior padre de acogida: un pobre hombre chapado a la antigua, triste, responsable y superaburrido.

—No —protesto—, he sonado a chico sensato que piensa comprarse una casa antes de los treinta.

—Pero no lo entiendo, Kyle —dice, y ahora parece muy triste—, a ti te gusta dibujar.

—Sí, pero es solo un hobby, dibujar no da de comer.

—Ya ves que sí —replica señalando al chico, y en sus ojos veo que lo dice de verdad.

—Bueno, ya sabes a qué me refiero.

Niega con la cabeza triste y me dice:

—¿A qué te refieres, Kyle? ¿A que no podrías llevar la misma vida vacía que todo el mundo? ¿Te refieres a que prefieres pasarte años y años estudiando en una universidad, perdiendo miles de horas delante de un ordenador, para después poder pasarte horas y más horas trabajando en un trabajo aburrido y perdiéndote esto —dice abriendo mucho los brazos—, perdiéndote la vida? Sabes, disfrutar no es algo que se haga solo en vacaciones y durante los fines de semana.

Ahora sí me ha dejado sin habla. Y parece que aún no ha terminado.

—Estamos todos locos. ¿No lo ves? —prosigue con una extraña pasión, una pasión que incendia sus ojos—. ¿Vas a ser como toda esa gente que solo vive esperando? Esperando terminar el instituto para poder ir a la universidad, esperando terminar la universidad para poder trabajar, esperando poder pagar la carrera para poder casarse y comprarse una casa, esperando para tener hijos, esperando para terminar de pagar deudas, y todo para al final darse cuenta de que de tanto esperar han perdido la ilusión, que de tanto esperar la vida se les ha escapado de las manos.

Lo ha soltado así, todo seguido, casi sin respirar.

—Vaya —le digo sin saber si reír o llorar—, eso ha sido lo más intenso y deprimente que he oído en mucho mucho tiempo.

—Y lo más real también, Kyle —puntualiza en un tono más triste que decepcionado—. Qué pena que tú también estés tan dormido.

Sus últimas palabras son como un jarro de agua gélida. Empieza a caminar, pero no la sigo. Miro al chico e intento imaginarme siendo él. Me imagino esa libertad, la libertad de disponer del tiempo que quiera para dibujar, la libertad de no tener horarios ni ataduras, ni de tener que encerrarme delante de un ordenador, y de repente algo en mi interior se despierta, algo que dice «sí, sí, sí», y me siento feliz, me siento verdaderamente feliz, sin estrés, sin presiones, sin competición, sin exigencias. Dios, esta chica está poniendo mi vida patas arriba. De repente, mi existencia «antes de Mia» me parece vacía, anodina, sin sentido… Equivocada.

MIA

Esta mañana me ha costado levantarme. La presión en el pecho era tan fuerte que me he tenido que tomar dos pastillas juntas. Esta vez han tardado más en hacer efecto. Ha pasado una hora entera hasta que he podido respirar normalmente y salir de la furgoneta. Supongo que por eso estoy tan sensible, esas pastillas siempre me dejan un poco triste y agotada. Me gustaría poder retroceder en el tiempo y borrar todo lo que le he dicho a Kyle. No debería haberle hablado de temas tan delicados, todavía no.

Supongo que nacer con una fecha de caducidad demasiado corta me hace ver la vida con un prisma diferente y, aunque lo intento, a veces me cuesta entender el prisma de los demás. Reconozco que cuando alguien me importa de verdad puedo ser un poco bocazas, pero es que daría lo que fuese por poder ayudar. Noah me llamaba «la extraterrestre», pero también me decía que le encantaban mis rarezas. Fue gracias a él que empecé «Fecha de caducidad», mi fotoblog. Un día leyó en algún sitio que las personas están mucho más dispuestas a hacer cambios cuando son o creen ser los que se han dado cuenta de algo que cuando se lo hacen ver los otros. Me dijo que mis fotografías dejaban esas chinitas que pueden hacer que los corazones se despierten. Me pareció superbonito. Creo que es lo más bonito que nadie me ha dicho jamás. Hoy le echo especialmente de menos, todo esto le hubiera gustado tanto…

Y aquí sigo, dando vueltas a la plaza sin lograr aclararme con este callejero. Se supone que el bar de los famosos bocadillos está en una calle que sale de aquí, pero no encuentro los cartelitos con los nombres por ningún lado. Hasta ahora me he guiado por los dibujos del mapa. Busco a alguien a quien preguntarle, pero todos parecen turistas igual de perdidos que yo. Kyle se acerca caminando desde el otro lado de la plaza. Una dependienta de una tienda de artesanía sale con unos cestos de mimbre y, en cuanto los coloca en el suelo, aprovecho para acercarme.

—Perdone, estoy buscando esta calle —le digo, mostrándole el nombre en el callejero.

—Cuidado que te muerde —me dice divertida. Al principio no entiendo la gracia hasta que señala hacia unos pequeños azulejos con letras azules en la pared de la casa de enfrente. No puede ser, es el nombre de la calle y lo tenía delante de las narices. Escriben las calles con letras en azulejos. Es genial. Se lo tengo que contar a Kyle.

—Muchas gracias —le digo.

La mujer sonríe y se gira para atender a unos clientes cuando un olor maravilloso me obliga a mirar hacia atrás. Oh, Dios mío, en la terraza del elegante restaurante que está a mis espaldas acaban de traer una paella, una de verdad. Es exactamente como en las fotos de mi guía: el arroz de un amarillo tirando a naranja, servido en una especie de sartén baja y muy grande, decorado con tiras de pimiento, langostinos, mejillones y un montón de cosas más que no he probado nunca. Cuando por fin consigo despegar la mirada de la paella, me doy cuenta de que Kyle ya está a mi lado, observándome en silencio.

—Bueno —digo tratando de convencerme de que el mundo no se acabará si no pruebo esa paella—, creo que ya he encontrado el sitio de los bocadillos. ¿De qué quieres el tuyo?

—En serio —me dice él con el cejo fruncido en señal de

protesta—, dime que no piensas tenerme toda la semana a bocadillos. Uno más y creo que voy a explotar.

Me quedo sin palabras. Al organizar este viaje no me imaginé ni por un momento que pudiera haber una rebelión antibocadillos. Antes de que consiga recuperar el habla, Kyle camina hacia el restaurante y se sienta en una mesa libre.

—Venga, te invito a cenar —me dice con una sonrisa de lo más seductora.

Quiero aceptar, pero mi cabeza no deja de repetirme que es demasiado y que debo rechazarlo.

—Venga —insiste con ojos suplicantes—, hazlo por mis padres…

Y en ese instante algo en el fondo de su mirada me cuenta que esto no lo hace por sus padres, ni por la tarjeta, ni siquiera lo hace por él; lo hace por mí, ¿por mí?

—De acuerdo —accedo, y me siento para no caerme de la emoción—, pero que conste que solo acepto por tus padres.

—¡Perfecto!

Lo miro intensamente deseando que mi sonrisa le transmita todo el agradecimiento que no puedo expresar con palabras. Pero fracaso estrepitosamente, pues en lugar de alegrarse, se sonroja y baja la mirada, muy serio.

—Oye —me dice, recuperando un poco su seguridad—, volviendo a nuestra interesante conversación de antes, tú aún no me has contado qué piensas hacer con tu vida.

—Kyle, de verdad —empiezo, aprovechando la ocasión—, siento mucho haber sido tan…

—¿Intensa?

—Sí, supongo… Sé que a veces hablo demasiado, mi anterior hermana de acogida, Bailey, me lo decía todo el tiempo, pero…

—No, no, qué va. En un minuto me has ayudado más que el orientador del instituto en todo un año. Tendría que pagarte.

—¿En serio?

—Pues claro. No te prometo que me vaya a volver un vagabundo ni que vaya a dedicarme a dar la vuelta al mundo coleccionando pegatinitas, pero sí, lo que has dicho tiene mucho sentido para mí.

Sonrío por dentro, sonrío por fuera, todo sonríe.

—Eh, oye —me dice—, pero no te escaquees, te he preguntado qué piensas hacer tú en cuanto acabes el instituto.

No le quiero mentir, así que extiendo los brazos en cruz y contesto:

—Volar, voy a volar hacia las estrellas.

—Vale, ¿y más concretamente? Que yo sepa, para ser astronauta hay que pasar muchísimas horas delante de un ordenador.

Me río a carcajadas.

—Ya —asiento—, pero quizá pueda ser guía turística, ¿qué te parece? O investigadora de madres desaparecidas, pero claro, eso dependerá del éxito de esta primera misión. Ya sabes que si te ponen un mal comentario luego estás perdido.

Se ríe. Me encanta verle reír. Su cara entera parece creada para sonreír, como si al hacerlo todos sus rasgos encajaran. Un camarero con bigote y aspecto simpático viene hacia nosotros trayendo los menús y una cestita con panes de aspecto crujiente y delicioso. En cuanto nos da las cartas, yo le devuelvo la mía y le digo:

—Yo ya sé lo que quiero, gracias.

El camarero asiente y me mira expectante. Kyle también me mira. Con discreción señalo a la mesa de al lado y pido en voz baja:

—Paella y esa crema roja que están comiendo estos señores.

—Perfecto —dice el hombre con aire divertido, también en susurros—. Paella y salmorejo para la señorita. Lo único, la paella es para dos personas mínimo.

—No pasa nada —interviene Kyle, devolviéndole la carta—. Yo tomaré lo mismo.

El hombre, con una elegancia que solo había visto en la tele, agacha la barbilla hacia un lado cerrando los ojos y se retira.

—Gracias —le digo a Kyle sin disimular mi emoción—. Siempre he querido probar la paella.

En realidad, lo que quiero decirle es que siempre he querido sentirme así en compañía de alguien, solo que antes no lo sabía o no lo quería saber, o en el fondo sabía que es algo extremadamente peligroso y que, en mi caso, solo puede causar sufrimiento.

KYLE

Mientras esperamos a que nos traigan la paella, planificamos la ruta para los próximos dos días. Esta tarde nos pondremos en camino hacia un lugar llamado Sevilla, así que por hoy no hay más madres que visitar. Mia está entretenida con el pan y las aceitunas que nos han traído como aperitivo.

El sol pega con fuerza e incluso debajo del toldo, el calor empieza a hacerse difícil de soportar. Me quito la sudadera y la dejo en la silla de al lado. Al levantar la mirada la pillo mirándome el brazo fijamente. Al principio no caigo, pero enseguida me doy cuenta de que está mirando la cicatriz. Tiro de la manga hacia abajo en un intento absurdo de taparla. Pero nada, la cicatriz la tiene medio hipnotizada. Acerca la mano como si quisiese tocarla. Me siento como un bloque de metal, incapaz de moverme. En cuanto la roza con sus dedos, una especie de calambrazo sacude todo mi cuerpo, trayéndome de vuelta toda la mierda de aquel día, todas las odiosas sensaciones.

—¡No! —exclamo, y aparto el brazo con brusquedad.

Mia abre mucho los ojos y se protege con las manos, como si temiese que fuese a pegarla.

—No, no, no, lo siento… —le digo—, ha sido un reflejo, no pretendía asustarte.

Baja las manos con la respiración aún agitada. Niega con la cabeza avergonzada y cuando logra hablar me dice:

—Soy yo la que lo siento, no debí... Lo siento.

El camarero llega con nuestras bebidas imponiéndonos una pausa de silencio. En cuanto se va, Mia vuelve a mirar la cicatriz, después me mira a los ojos y me pregunta:

—¿Te duele?

Quiero acabar con el tema, decirle que no y pasar a otra cosa, pero mi cabeza asiente sola.

—Dicen que algunas heridas nunca cicatrizan —contesto, tratando de contener el torbellino.

—Sí —responde con suavidad—, pero también dicen que el dolor disminuye con el tiempo. Y por experiencia, sé que es verdad.

¿Experiencia? ¿De verdad está tan ciega para no ver que su experiencia y la mía son totalmente opuestas? A ella le han hecho daño, y eso quizá se pueda olvidar. Yo he hecho daño, y eso queda grabado a fuego en tus entrañas para siempre.

—¿Por eso estabas el otro día en las cascadas? —me dispara, haciendo diana en el centro del maremoto.

Me encojo de hombros y resoplo en un intento de que note mi fastidio, de que cambie de conversación. No lo hace.

—Noah no hubiera querido que te hicieras eso, te quería mucho.

Sus palabras, como una bomba, me aporrean los tímpanos hasta dejarme sordo.

—¿De qué estás hablando? —le pregunto con más brusquedad de la que quisiera—. ¿De qué coño estás hablando, Mia?

Se muerde el labio, nerviosa.

—Lo siento —me dice muy deprisa—, sé que debí decírtelo el primer día, pero tenía tanto miedo de que si lo sabías no quisieras venir... Bueno, antes de saberlo tampoco es que te apeteciera mucho venir, ¿no?, y...

—Espera, espera, por favor. ¿Conocías a Noah? ¿Es eso lo que tratas de decirme?

Asiente tímidamente.

—¿Recuerdas que en las cascadas te dije que un amigo iba a acompañarme pero que le había surgido un imprevisto?

Asiento, temiendo lo que me va a decir.

—Ese amigo era Noah.

Me quedo mudo unos segundos. Esto es surrealista. No puede estar pasando.

—Nunca mencionó ningún viaje a España.

—Lo sé… —asiente—. Le hice prometer que no se lo contaría a nadie. No quería que nadie se enterara. Y ya has visto que puedo llegar a ser muy persuasiva.

No lo entiendo. Noah era mi mejor amigo, me lo hubiese contado. De repente me siento traicionado; sé que es ridículo, pero me siento engañado, como si todo hubiera sido una mentira, como si Noah hubiera estado llevando una doble vida a mis espaldas y encima con Mia. Hasta siento celos. Dios, creo que me estoy volviendo tarumba.

—Nos conocimos en clase de fotografía hace un par de años —me explica, ajena a mi vorágine interior—, y enseguida nos hicimos amigos. Ya sabes que era muy reservado y no le gustaba hablar, pero por lo poco que me dijo, está claro que te quería mucho.

Eso duele más que una puñalada en el estómago. Y yo le traicioné, le quité la vida. Contemplo a Mia, mudo, ciego, sordo, y de repente lo recuerdo.

—¿Amy? ¿Tú eres Amy, la extraterrestre, la amiga a la que no podíamos conocer porque nunca la dejaban salir?

Asiente encogiéndose de hombros.

—¿Amy? —le digo frunciendo el ceño.

—Bueno, a veces soy Amy, a veces Mia, a veces Amelia o Lia o Mel o incluso Mila. Según con quién hable me siento más de una manera o de otra. No deberíamos identificarnos solo con un nombre, ¿no crees?

Oigo sus palabras, pero mi cerebro no las procesa.

—Entonces Noah… —digo mirando a mi alrededor, contemplando todo lo que le he robado—, debería ser él quien estuviera aquí ahora, en este momento, contigo.

Asiente y, como si me leyese el pensamiento, apunta:

—Pero a él le encantaría saber que tú me has acompañado. No hubiese querido que viniera sola. No le había contado nada de lo de mi madre, pensaba hacerlo cuando estuviésemos aquí, pero…

Y sigue hablando y hablando durante lo que parece una larga explicación, pero ya no la oigo, solo veo sus labios moverse mientras me doy cuenta de que no solo he matado a mi mejor amigo, sino que además le he robado la oportunidad de hacer este viaje con Mia, quizá incluso le gustaba tanto como a mí. Pero por qué no me contó nada, por qué coño no me habló de este viaje, por qué nunca quiso presentarme a Mia.

La miro. Ha dejado de hablar. En su gesto reconozco la misma preocupación e impotencia que veía en mis padres y en Judith y en todos. Mierda, ella no. Un nudo en la garganta me ahoga tanto que no sé si cabrearme, pedirle perdón o llorar.

—Disculpa —le digo—, tengo que…

No puedo terminar la frase. Me levanto y me largo al interior del restaurante. Atravieso el comedor con la mirada fija al fondo, en la puerta de los aseos; ni siquiera sé si hay gente sentada en las mesas. En cuanto cierro la puerta me lío a puñetazos contra las paredes. ¡Mierda! ¡Mierda! ¡Mierdaaa! Las golpeo hasta que dejo de sentir las manos. Me apoyo en el lavabo y me miro en el espejo. Detesto lo que veo. Bajo la mirada. No, no puedo hacerle esto a Mia. Por una vez en mi vida voy a hacer algo realmente bueno por alguien. Me vuelvo a mirar y casi me doy pena. Cierro los ojos, respiro profundamente y salgo.

Mia está sentada de lado, jugueteando con las manos. Parece preocupada o asustada o las dos cosas a la vez. Me cabrea que me haya mentido, pero lo que no soporto es verla así, y mucho menos que sea por mi culpa.

En cuanto llego a su lado, me mira con ojos suplicantes y me dice:

—Lo siento mucho, Kyle. Sé que debí contártelo antes, pero por favor no te enfades, no te enfades conmigo.

—Pero ¿qué dices? Claro que no estoy enfadado, Mia. —Me dan ganas de abrazarla para que se tranquilice—. Y menos aún contigo.

Por un instante nos miramos en un difícil silencio. Me observa pensativa, como si aún le estuviese dando vueltas al tema, como si buscase alguna forma de ayudarme. Va a abrir la boca pero me adelanto y cambio de tema.

—Oye, todavía no me has contado cómo llegaste a tu lista de «candidatas a madre» —digo, imitando su tono al pronunciar las últimas palabras.

Tras regalarme una sonrisa triste, se encoge de hombros.

—Bueno, si de verdad quieres saberlo, supongo que siempre me he preguntado quién era mi madre, cómo era y sobre todo por qué… bueno, ya sabes, por qué se marchó. Durante años intenté que alguien me diera algún tipo de información, pero siempre me decían que la documentación de las adopciones es confidencial o que tenía que esperar a cumplir los dieciocho para solicitarla. Así que, hace un par de años mi hermana de acogida, Bailey, me presentó a su nuevo novio. Me dijo que era *hacker* y que quizá me podría ayudar.

Mia saca un papel de su mochila y lo pone sobre la mesa.

—Y consiguió esto. —Parece un documento oficial—. Son mis papeles de la adopción.

Mia señala hacia una línea en la que pone: «María A. Astilleros».

—Aquí dice que era española —continúa—. El novio de Bailey descubrió que era una estudiante de intercambio en la

Universidad de Alabama. Quise seguir investigando, que se metiera en el servidor de la universidad para averiguar más cosas, pero le pillaron en no sé qué operación y, después de tirarse tres meses en la cárcel, decidió dedicarse a asuntos más seguros: ahora falsifica documentación.

Me río.

—Sí, sin duda una profesión mucho más segura.

Se encoge de hombros. Un guitarrista con largas patillas, vestido enteramente de negro, junto a una mujer de piel tostada y vestido largo de lunares, se paran frente a la terraza. Me recuerdan a los cantantes de flamenco gitanos de los que hablaban en la revista del avión. Llevan sillas, una guitarra y lo que parece un amplificador.

—Entonces —le digo a Mia—, buscaste a todas las mujeres con ese nombre en España.

Ella asiente.

—Y en Estados Unidos. Por suerte su nombre completo no es muy común. Eso y el hecho de que las mujeres españolas no se cambian el apellido al casarse.

—¿Y por qué no las has llamado? Hubiera sido mucho más sencillo que venir hasta aquí.

Tarda un instante en contestar. Se muerde el labio mirando al suelo y al levantar los ojos me dice, muy muy despacio:

—Porque, si al final me equivoco y de verdad no quiere saber nada de mí, al menos podré mirarla a los ojos y preguntarle por qué… por qué no me quiso. Al menos si me tiene delante tendrá que contestar y si no lo hace… serán sus ojos los que me lo digan, lo sé.

Logra ponerme la piel de gallina. Cuando el hombre empieza a tocar la guitarra y la mujer comienza a cantar, Mia la contempla con la mirada perdida, como si ya nadase de nuevo hacia su triste playa secreta. La desgarradora melodía es la banda sonora perfecta para este momento.

MIA

Acabo de meterme en la boca el último bocado del segundo postre más delicioso que he probado jamás, después de la tarta de limón, por supuesto. Lo llaman gachas cordobesas y es una especie de crema de leche con sabor a limón, canela y anís con trocitos de pan frito por encima. Alucinante. Kyle se ha pedido unas natillas. Creo que no había comido tanto en toda mi vida. Hasta he tenido que desabrocharme el botón de mi precioso pantalón blanco para no explotar.

Kyle se ha pasado todo el rato escuchándome hablar, sonriendo cada vez que le daba las gracias por la maravillosa comida y sobre todo haciendo un gran esfuerzo por aparentar que está bien. Pero sus ojos no saben mentir, está muy revuelto. No me extraña; hablar de Noah no debe de haber sido fácil, pero tenía que intentarlo, y sobre todo tenía que contarle lo del viaje. Aun así, ha habido momentos, tan solo unos breves instantes, en los que me ha parecido que sonreía de verdad.

Estoy deseando que nos pongamos ya en camino hacia nuestro nuevo destino, además, la plaza se ha llenado de gente y echo de menos la tranquilidad de la furgoneta. Le cojo la muñeca y la giro para ver la hora en su elegante reloj. Ni siquiera me da tiempo de mirarla, pues al tocarle, me sucede algo realmente extraño. El calor de su piel me provoca una corriente chispeante que me sube por todo el brazo, como lo que se debe de sentir al subirse en una montaña rusa. Levanto la vista alucinada y en sus ojos veo la misma mirada de parque de atracciones. Madre mía, esto no era parte del plan. Miro hacia otro lado y como si no hubiese existido ninguna corrientita, le digo:

—Creo que deberíamos irnos ya. Si salimos ahora y al ritmo que conduces, no llegaremos antes de la hora de cenar.

Kyle finge una sonrisa y niega con la cabeza en plan «no tiene gracia». Después, levantando un brazo para que nos traigan la cuenta, llama a un camarero y a otro y a otro, pero el restaurante está abarrotado y los camareros parecen más interesados en atender a los nuevos clientes que en cobrar a los que ya han comido.

—Iré adentro a pagar —me dice mientras se levanta—, si seguimos esperando y con todo lo que hablas, no creo que tu pobre chófer consiga llegar vivo hasta la cena.

Ingenioso. Según se da la vuelta para dirigirse hacia el interior del restaurante me pillo mirándole el trasero, pero no mirándolo en plan «qué trasero más mono» y ya está, no, mirándolo de verdad. Y cuando consigo despegar los ojos de su retaguardia es solo para pegarlos en su espalda y en su cuello, en cada recoveco, en cada músculo. Hasta me parece sentir su olor, su calor, el tacto de su piel dorada, y de repente, sin saber de dónde ha salido, siento un deseo enorme de abrazarlo. La respiración se me acelera tanto que tengo la sensación de que me voy a desmayar. Madre mía, pero ¿qué estoy haciendo? Esta no soy yo. Mia Faith no se interesa por ningún trasero ni por ninguna espalda, jamás, pertenezcan a quien pertenezcan, y punto.

Necesito hacer algo que me distraiga, así que me levanto de golpe. La silla, con el peso de mi mochila en el respaldo, se cae al suelo haciendo un ruido estrepitoso. Perfecto, lo único que consigo es que todas las miradas de la terraza se posen en mí, todas, sin excepción. Me muero de vergüenza, como si toda la gente se hubiese dado cuenta de mi episodio culohipnótico. No puedo quedarme ni un segundo más en este lugar, así que cojo mi mochila y empiezo a caminar.

Mientras atravieso la plaza, saco la cámara y me la pego bien a la cara. No se me ocurre otra forma mejor de evitar que mis ojos se desvíen nuevamente hacia lugares altamente peligrosos. Y según camino no puedo dejar de pensar en su cuello, su espalda y lo de más abajo. Buf, siento un cosquilleo que empieza por debajo del ombligo, sube por mi pecho y termina en la coronilla. Esto deben de ser las mariposas esas de las que hablan en los libros. Madre mía. De repente me doy cuenta de que llevo como un minuto caminando con el ojo pegado al objetivo sin hacer ninguna foto ni enfocar nada. Debo de parecer una auténtica lunática americana. Carraspeo y, en un intento de parecer medianamente normal, empiezo a hacer fotos y a enfocar a todo lo que veo: la calle, un azulejo y cosas por el estilo. Me fijo en una piedra del suelo, unas más oscura que las demás. Le saco una foto para mi fotoblog, y cuando estoy pensado en titularla «El patito feo de Córdoba», levanto la cámara y, a través del objetivo, veo a una mujer de tez oscura y arrugada, con el pelo negro recogido en un moño y largos pendientes de piedrecitas brillantes. Me está mirando fijamente. Aparto la cámara a toda prisa.

La mujer me da una ramita de algo que se parece al romero que mi anterior madre de acogida cultivaba en su jardín. Sonrío pensando que este bonito gesto debe de ser parte de esa simpatía de los españoles de la que tanto hablaban en mi guía.

—Gracias —le digo al tiempo que la cojo y la huelo.

—Son cinco euros, bonita —me dice en español.

—Lo siento, no entiendo. —Encojo los hombros enseñando las palmas de las manos.

La mujer me toma las manos y me mira las palmas con insistencia. Siento un escalofrío desagradable. Y aunque tiro tratando de liberarme, me las sujeta con tal fuerza que no logro ni moverlas. Me dan ganas de gritar, de pedir ayuda, pero entonces levanta los ojos y su mirada es tan intensa, tan extraña y penetrante, que ya no puedo seguir resistiéndome. Sin aflojar ni un instante, baja los ojos y estudia las líneas de mis manos. Niega con la cabeza arrugando el entrecejo, me observa y vuelve a mirarme las manos.

—Tienes el corazón roto —me dice, siguiendo el corto recorrido de una de mis líneas.

—Ya le he dicho que no la entiendo —protesto.

La mujer pone un dedo en el centro de mi pecho y dice:

—Corazón. —Después me coge la ramita de romero y la rompe en dos. Asiente como preguntándome si lo he entendido.

No necesito esto. Ojalá pudiera explicarle que de todas las personas que pasan por la calle, soy la que menos necesita que le lean el destino. Quiero marcharme, pero sus ojos ardientes me imponen demasiado, me dejan sin fuerza para resistirme.

Me mira y en voz muy alta, como si por hablar más alto fuera a entenderla mejor, me suelta:

—Un corazón sediento solo se cura siendo fuente.

No me molesto en decirle otra vez que no la entiendo; en lugar de eso me repito sus palabras una y otra vez, hasta lograr memorizarlas. La mujer me mira, parece que espera algo, pero no entiendo qué. Me enseña la palma de su mano. ¿De verdad? Yo no sé leer las manos, pero si insistes… Y cuando se la voy a coger, me dice en mi idioma y con el ceño tan fruncido que da miedo:

—Dinero, dinero.

Vale, qué tonta. Saco unas monedas de la cartera y se las doy. Y mientras se va en busca de otra turista a la que leerle el futuro, no dejo de repetirme la frase.

—Eh, ¿quién era esa? —pregunta Kyle cuando llega a mi lado—. ¿Qué te estaba diciendo?

—Ni idea, pero he de escribirlo. Rápido, ¿tienes un bolígrafo?

Kyle saca un rotulador de su mochila y me lo da. No tengo ni idea de cómo escribir esas palabras, así que busco alguien que pueda ayudarme. La mayoría son turistas y no creo que hablen más español que yo. Veo a un chico de nuestra edad que está abriendo la puerta de una casa y corro hacia él.

—Oye, ¿qué haces? —protesta Kyle—. Venga, larguémonos de aquí ya.

—Perdona —le digo al chico—, ¿podrías escribirme una frase en español?

El chico asiente entre extrañado y divertido. Le doy el rotulador. Kyle, que no parece tan divertido, nos mira con cara de pocos amigos.

—¿Dónde quieres que...? —me pregunta, enseñándome el rotulador con una sonrisa de anuncio de pasta de dientes.

No hay tiempo para buscar un papel, así que le ofrezco el dorso de mi brazo.

—«Tienes el corazón roto» —le dicto—. «Un corazón sediento solo se cura siendo fuente».

Y no debo de haberlo pronunciado muy mal, pues lo escribe sin problema.

—Gracias —le digo entusiasmada.

El chico me sonríe, se despide con un gesto y se mete en la casa. Me giro para contárselo todo a Kyle, pero al ver su gesto enfurruñado se me quitan las ganas.

—Yo también podía haberlo hecho, ¿sabes? —me dice—. No necesitas ir pidiendo a desconocidos que te escriban cosas en el brazo.

No puedo evitar reírme.

—¿Desde cuándo sabes escribir español?

—Estudié un año en la escuela y... —Hasta él parece darse cuenta de la tontería que acaba de decir y bajando mucho la voz, se encoge de hombros y me dice—: Bueno, no puede ser tan difícil.

Me río por dentro y empiezo a caminar.

—Vamos —le digo, señalando una calle que sale a la derecha—, me muero de ganas por llegar a nuestro próximo destino.

Kyle va delante. La calle es demasiado estrecha y concurrida para que podamos caminar uno al lado del otro. Por mucho que miro, no estoy totalmente segura de que esta sea la calle por la que hemos llegado, todas son tan parecidas que decido sacar el callejero y cerciorarme. Sí, es esta calle, solo que estamos yendo en dirección contraria.

—Kyle, espera, es por el otro lado —le advierto, pero entre el tumulto de gente no me oye.

Acelero y le cojo el brazo. Al girarse hacia mí, la corriente vuelve, solo que esta vez multiplicada por millones. Kyle me mira sin decir nada, pero sus ojos azul Tennessee me cuentan que él también lo ha sentido. No, no y no; tengo que acabar con esto antes de que empiece.

—Vamos —le digo con una sonrisa fingida—, me muero de ganas por encontrar a mi madre y sobre todo por poder liberarte de este viaje.

Kyle palidece y baja la mirada. Me duele haberle dicho eso, me duele tanto que siento que mi corazón se hace pedazos, pero es lo mejor; no, es lo único que puedo hacer. No quiero herirle ni darle falsas expectativas. Aunque me encantaría que este viaje durara para siempre, no será así; en mi vida no existen los «para siempre». Además, tengo muy claro que no tardará en olvidarme; un chico como Kyle puede conseguir a quien quiera.

Y así caminamos por las callejuelas, el uno detrás del otro, en un silencio total, en un silencio lleno, en un silencio que dice tanto sin decir nada.

KYLE

Hace una hora que salimos de Córdoba y Mia lleva media hora con el móvil en la mano tratando de encontrar cobertura para poder traducir la frasecita de la gitana. Y aunque he intentado convencerla de que esas mujeres no son videntes y que las lecturas de manos solo son timos para turistas, no quiere escuchar. Dice que las cosas suceden por algo, que la vida nos envía señales y que es nuestro deber estar atentos a ellas. Bueno, espero que esta señal de la vida le dé pistas para que empiece a verme como algo más que un mero compañero de viaje.

Cuando estoy con ella, es como si todo estuviera bien, como si todo siguiera en su lugar, como si los astros se alinearan en el orden perfecto o algo de eso. Hay momentos en que me olvido de todo, me olvido de dónde vengo, me olvido del pasado y hasta me parece que puedo volver a llevar una vida más o menos normal. Pero cuando me muestra que le soy indiferente, como cuando me ha dicho que estaría encantada de terminar aquí nuestro viaje, y recuerdo que me ocultó lo de Noah, me pierdo, siento que me falta el suelo bajo los pies, me hundo. Entiendo que tenga ganas de encontrar a su madre, supongo que es normal; pero lo que no me parece tan normal es que tenga que recalcar las ganas que tiene de liberarme, o dicho de otro modo, de librarse de mí. No lo entiendo, parece que estamos bien juntos, nos llevamos bien, incluso nos reímos. Para ser sincero, daría lo que fuese por que no encuentre a su madre todavía, por que sea la última de toda la lista y me deje más tiempo para estar con ella. Pero ¿y si fuese la siguiente? ¿Daría el viaje por concluido y me enviaría de vuelta a casa como a un vulgar chófer que la acompañó unos días?

Ni siquiera le he preguntado qué va a hacer cuando la encuentre, no estoy seguro de querer saberlo, no estoy seguro de soportar saberlo. Es todo tan confuso. Hay ocasiones en las que me parece que no le soy indiferente, casi diría que siente lo mismo que yo, pero casi al instante, no tarda en decirme o hacer algo que me demuestra que no le intereso lo más mínimo, al menos no de esa forma.

—¡Ya está! —exclama entusiasmada—. Ha vuelto la cobertura.

Rápidamente escribe algo en su teléfono.

—Ya lo tengo, ya lo tengo. A ver, aquí dice: «Un corazón roto solo se cura siendo fuente».

Me mira extrañada.

—¿«Siendo fuente»? ¿Qué crees que ha querido decir?

Me encojo de hombros. Me mira y tuerce el labio.

—No tiene sentido… —murmura mientras saca su diario de la mochila—. ¿La fuente de qué?

Escribe la frase en su diario, lo cierra y lo vuelve a guardar. Después mira al frente pensativa y niega con la cabeza.

—Creo que la próxima vez tendrás que pedirle a la vida que te envíe señales más claras —bromeo.

—Las señales siempre son claras, Kyle, somos nosotros los que tenemos un velo delante de los ojos que nos impide entenderlas. Pero al final acabaré entendiéndolo, de eso puedes estar seguro.

Se frota las letras del brazo, pero no se borran. Coge su mochila y saca una toallita húmeda de las que nos dieron en el restaurante para limpiarnos los dedos después de la paella y se frota las letras. Siguen intactas. Las mira extrañada y las vuelve a frotar una y otra vez.

—Kyle, no se quita…

—Quizá la vida te esté dando una señal que no quiere que olvides —bromeo.

—No tiene gracia, en serio, no sale.

Oh, oh… Creo que no saqué los rotuladores indelebles de la mochila después de ayudar a mi tía a embalar los trastos viejos de su ático.

Mi cara debe de hablar por sí misma, porque Mia me pregunta:

—¿Qué?

—Creo… que te di un rotulador permanente… —digo, rascándome la cabeza.

—¿Qué? —Y hablando muy rápido añade—: Pero y ahora ¿cómo me voy a quitar esto del brazo? No puedo conocer a mi madre así, pensará que es un tatuaje o algo peor. Y encima las letras son negras, si al menos fueran de colores… Así no puede ser menos yo. Madre mía, ¿y ahora qué?

Una sirena de la policía la deja muda. A mí me corta la respiración, enviándome a aquel día. Miro por el espejo retrovisor y veo a dos agentes de la policía en moto que se dirigen hacia nosotros. Uno me hace señales para que me detenga. Lo hago, en el arcén junto a unos arbustos. El mismo agente se para a mi lado y con un gesto me ordena que baje la ventanilla. Le doy a la manivela tan rápido como puedo.

—Señor, va por debajo de la velocidad mínima —me dice en su idioma.

—Disculpe, señor, pero no le entiendo.

—Velocidad mínima —repite ahora en inglés con fuerte acento español—. Cuarenta y cinco kilómetros. Usted, demasiado lento.

Tardo unos segundos en procesarlo. No puede estar hablando en serio.

—Oh, vale —le digo—, lo siento, no sabía…

—Primera vez, aviso. Segunda vez, multa. ¿Entendido?

Asiento, aún en otro lugar. Los policías arrancan y en cuanto se alejan por la carretera, oigo una carcajada de Mia proveniente de la parte de atrás de la furgoneta. Flipado, miro el asiento vacío a mi lado.

—Pero ¿qué…?

Mia pasa entre los asientos, muerta de risa, y me dice:

—Seguro que eres la primera persona menor de ochenta años al que han parado por conducir demasiado despacio.

—¿Qué estabas haciendo ahí detrás? —le pregunto, pero no me contesta. Está demasiado encantada mirando algo fuera mientras baja su ventanilla—. En serio, Mia, ¿qué estabas haciendo atrás? ¿Te estabas escondiendo?

Y como si no fuera con ella, me dice señalando fuera:

—¡Mira, son fresas silvestres, fresas de verdad! Tengo que probarlas.

Abre la puerta y se baja a toda prisa. Sobre un muro de piedra hay un montón de plantas con fresas. Coge una y aspira su aroma como si fuese lo más maravilloso del mundo. Después se acerca a la ventanilla y me la enseña.

—Corre, baja… Hay un montón… Las cogeremos para la cena.

Y según está diciendo esto, su atención se desvía de nuevo, esta vez hacia unos árboles a un lado.

—¡Mira, cerezas! Necesito una bolsa, corre, ¿dónde está la bolsa que nos dieron para los bocadillos de ayer? La guardaste en algún sitio, ¿verdad?

Abro la guantera y se la doy.

—Venga, ¿a qué esperas? Sal ya.

Pero no salgo, prefiero observarla desde aquí. La veo recoger cerezas del árbol como una niña recogería regalos del árbol de Navidad. Parece tan feliz… No quiero que este momento se acabe nunca, no quiero que Mia en mi vida se acabe nunca.

KYLE

Ya empieza a caer el sol cuando llegamos al lugar donde vamos a pasar la noche. Por lo visto es un parque natural donde se permite la acampada libre. Después de pasar un buen rato tratando de convencerme para que siguiese conduciendo, Mia ha encontrado este sitio donde pasar la noche. De camino, me ha hecho parar en una panadería donde, según ella, preparan la mejor empanada de toda la región. La empanada es una especie de masa de pan rellena de algo que no sé lo que es, pero que huele que alimenta.

Mia levanta una esquina del papel de aluminio que la cubre y, aspirando su aroma, me dice:

—Me muero de hambre… ¿Estás seguro de que no te lo has pasado?

Niego con la cabeza.

—Estás prestando atención, ¿verdad?

Asiento.

—Según el mapa, tiene que estar por aquí, en algún lugar.

Lleva diciendo lo mismo desde hace media hora.

—¡Para, para! —grita de repente como si nos fuésemos a estrellar contra una nave alienígena.

—¿Qué pasa ahora?

—Ahí atrás, me parece que he visto el cartel.

—Oh, venga, te he dicho que estoy mirando y ahí no había ningún cartel.

—Para, te digo.

Decelero y, tras comprobar dos veces que no viene nadie, me detengo a un lado.

—Venga, ¿a qué esperas? —me pregunta—, da marcha atrás.

—¿Te has vuelto loca? Estamos en medio de una carretera, no puedo recular así sin más.

Me mira como si hubiese dicho una gran tontería y niega con la cabeza; después se inclina por delante de mí y se asoma por mi ventanilla.

—Oh, sí, es verdad, hay un gran tráfico de hormigas, pero si pones las lucecitas esas que parpadean, seguro que te dejan pasar.

Tenerla tan cerca me acelera el corazón. He de hacer un esfuerzo para no abrazarla.

—Ja, ja, ja…

—Venga, Kyle —dice echándose un poco para atrás—, no hemos visto un solo coche desde hace más de una hora.

Supongo que tiene razón, para el Kyle de antes esto hubiera sido una tontería, no hubiese dudado ni un instante, pero el Kyle de ahora no hace más que ver peligros en todas partes e imaginarse accidentes allá donde mira. Pongo la marcha atrás, miro doscientas veces por ambos espejos retrovisores y arranco despacio.

—Para, para aquí —me indica cuando he recorrido unos cincuenta metros—. Mira.

Hay una señal de madera con letras grabadas que pone: Zona de acampada libre.

—¿Qué se dice? —me pregunta con los brazos cruzados y cara de listilla.

—Se dice que esa no es una señal de tráfico, ¿cómo querías que la viera?

—Reconocer no es lo tuyo, ¿eh? Se dice: «Sí, querida Mia, tenías toda la razón, no he visto la señal».

—Sí, querida Mia —le digo imitando su voz—, cuando quieres eres un auténtico coñazo.

—Típico, se nota que eres mal perdedor.

Increíble. No contesto. Arranco, voy siguiendo los pequeños carteles de madera que indican el camino y me meto por una pista de tierra flanqueada de árboles. Hay olivos, encinas y algunos pinos. Un par de minutos más tarde llegamos a un claro bordeado por un arroyo de aguas claras. A un lado hay una barbacoa. El lugar es idílico, como salido de un folleto turístico.

—Oh, Dios mío, este lugar es perfeeecto —dice abriendo la puerta y saliendo a toda prisa.

Con los brazos en cruz y los ojos cerrados, inhala profundamente, como si quisiese aspirar el sitio, como si quisiese meterlo dentro de sus pulmones para poder llevárselo con ella. Me pregunto adónde se lo llevaría. Pongo el freno de mano y salgo.

—¿Lo hueles? —me dice en cuanto llego a su lado.

Respiro hondo. Huele a plantas silvestres, a flores y a la resina de los pinos. El cielo parece más cercano aquí, como si lo pudieses tocar con las manos. Las estrellas ya salpican el cielo, pero la luna, que brilla imponente, se niega a ceder el espacio a la oscuridad. Dios, ya hasta pienso como ella.

Mia se tumba boca arriba sobre la arena del suelo y extiende los brazos.

—Me he muerto y he ido a Venus —dice.

—Bueno —contesto riendo—, está claro que eres de otro mundo. Debería haberme dado cuenta.

Mia abre los ojos y suelta una carcajada.

—¿Me estás llamando rara?

Junto mi dedo índice con el pulgar como diciendo «un poquito». Mia se sienta.

—Bien —asiente pensativa—. Ser normal está sobrevalorado. Ir al colegio, casarse, tener hijos, trabajar, trabajar, trabajar, comprar, comprar, comprar, ver la tele y esperar a morir.

Muy gráfico, sí. Mia se levanta y se sacude la tierra de la ropa.

—Gracias, pero no, gracias. Lo que llamamos «normal» es

para aquellos a los que han dado el regalo de la vida y no saben cómo usarlo.

—Vale, sacaré las cosas para la cena. Filosofar con el estómago vacío no se me da demasiado bien.

—No te olvides de la empanada, me muero por probarla.

Y antes de dar la vuelta a la furgoneta para pillar las cosas, la veo mirándola pensativa. ¿Quién sabe lo que estará tramando?

Vale, camino hacia la puerta lateral y me meto en busca de la mesa y un par de sillas plegables. Están en un pequeño compartimiento bajo la cama. Y cuando me arrodillo para sacarlas, oigo un fuerte golpe seco y un grito de Mia.

—¡Ah!

Bajo de un salto y, a pesar del dolor punzante en mi rodilla, echo a correr a toda prisa. Cuando llego al otro lado veo a Mia tumbada de espaldas con las piernas en el aire apoyadas contra la puerta. No sé si reírme o asustarme.

—Pero ¿qué…? ¿Qué narices te ha pasado?

—Hacen que parezca fácil en las películas —protesta—. Alguien debería denunciar a Hollywood por publicidad engañosa.

La ayudo a ponerse de pie y niego con la cabeza, divertido. Mia, dolorida, se toca el trasero.

—Se supone que va a haber una lluvia de estrellas esta noche. Será genial. Solo quería subirme al techo para estar un poco más cerca del cielo.

Vuelve a hacerme sonreír.

—Lo dicho, una auténtica extraterrestre. Espérame aquí, traeré algo para que puedas subirte.

Saco la mesa plegable de la furgoneta y la instalo junto a la puerta de atrás.

—Venga, ponte aquí de pie —le propongo—, yo la sujeto.

Le ofrezco mi brazo y, apoyándose en él, se sube de rodillas en la mesa. Después, de puntillas y empleando todas sus fuerzas, intenta subirse al techo, pero está demasiado alto y sus brazos son demasiado enclenques.

Su trasero está justo a la altura de mis ojos cuando me dice:

—¡Empuja!

Busco, en serio que lo hago, pero no se me ocurre otro punto de su cuerpo para empujarla.

—¡Venga, aúpame! —protesta—. ¿A qué estás esperando?

Allá voy. Pongo las dos manos en su trasero y la levanto poco a poco, y no solo porque quiera disfrutarlo más tiempo, sino porque es tan menuda que tengo miedo de lanzarla por los aires.

—Ya casi está —dice agarrándose a las barras de metal del techo—. Un poquito más, solo un poquito más.

La empujo un poco más y, con gran esfuerzo, logra arrastrarse hasta quedar tumbada sobre el techo.

—¡Yuju! —exclama una vez que se ha puesto de pie.

Estoy acalorado, y no es por el esfuerzo. No puedo dejar de mirarla allá arriba, con el cielo claro y estrellado como decorado de fondo. Es preciosa, simplemente preciosa.

MIA

La vista desde aquí arriba es exactamente como quería que fuera: perfecta. Las estrellas que ya iluminan el cielo parecen saludarme, como si me dijeran: «Aquí estamos, te estamos esperando». Y por primera vez en toda mi vida me siento realmente en mi sitio, me siento en casa. Inspiro este momento, inspiro e inspiro deseando que este recuerdo me acompañe allá donde vaya.

Una alarma en mi móvil rompe la magia del momento para anunciarme que hemos llegado a tiempo para el gran espectáculo. Según lo que he leído en internet, la lluvia de estrellas va a comenzar ahora, a las ocho. Y según los rugidos de mi estómago, lo que debería haber comenzado hace rato es la cena. Y es que, según mi plan, que hubiese sido perfecto de haberlo seguido, primero iba a comerme un buen trozo de esa maravillosa empanada y solo después me subiría aquí, para disfrutar del espectáculo tranquilamente, pero ¿quién podía esperar? Yo no. Me moría de ganas de ver el espacio desde aquí arriba.

Oigo a Kyle en el suelo moviendo cosas de un lado para otro. Se debe de estar preparando para cenar; lo de ver las estrellas en lo alto de una furgoneta no debe de ser muy de su estilo. Además, se le ve agotado, y por mucho que me hubiera gustado visitar Sevilla de noche y llegar a Cuenca al amanecer, entiendo que para Kyle hubiese sido demasiado. Conducir de noche con tanta tensión no debe de ser fácil. Además, yo tampoco estoy en plena forma. Por alguna razón, las pastillas ya no logran alejar las manos invisibles que me presionan las costillas. Hay veces que mis fuerzas se agotan, como si mi cuerpo se estuviera volviendo de algodón. Avanzo hacia el borde dispuesta a pedirle que me suba un trozo de empanada, pero dos mantas voladoras dirigiéndose hacia mi cabeza me dejan sin habla.

—¡Cuidado! —me advierte Kyle con unos segundos de retraso.

Intento cogerlas en el aire antes de que me caigan encima. Con una lo consigo, la otra aterriza sobre mi cabeza. Quitándomela, me asomo por el borde sin entender aún muy bien qué está pasando. Kyle está ahí abajo, plantado, con una enorme sonrisa. En una mano lleva un plato con la empanada cortada en trozos de diferentes tamaños. En la otra, un bol con las fresas y las cerezas, lavadas, y unas servilletas de papel.

—¿Hay sitio para mi allá arriba? —me pregunta levantando el brazo de la empanada.

Me quedo paralizada y ni siquiera sé si es porque mi mente ha decidido ponerse en huelga o porque aún me sorprende demasiado que alguien sea atento conmigo sin motivos. Kyle se ríe sin dejar de estirar el brazo.

—¿Qué pasa, no hay bastante espacio para los dos en el techo? Venga —dice arrugando la nariz, suplicante—, te prometo quedarme en una esquinita.

—No, no, lo siento —le digo, saliendo de mi huelga mental.

Cojo la empanada, después el bol con la fruta, y me aparto mientras Kyle se agarra a las barras del techo. Como si fuese lo más sencillo del mundo, se iza con sus fuertes brazos y se sube a mi lado. Desde luego, los músculos están muy mal repartidos en este planeta. Al erguirse veo que lleva atada a la cintura mi chaqueta, la amarilla de botones de colores. Le miro tan alucinada que hasta me olvido de cerrar la boca.

—Ah, sí, tu chaqueta, claro —me dice como si se acabara de

acordar. Se la desata y me la da—: Pensé que igual refrescaba, así que...

La misma emoción que no termino de entender me hace enmudecer. ¿De verdad ha hecho todo esto por mí? ¿De verdad es de verdad? ¿Por qué me cuesta tanto creérmelo? ¿Por qué en vez de alegrarme siento como si alguien me estrujase la garganta? Y como si una voz me lo dictara sin palabras, oigo la respuesta en mi interior: quizá porque si alguien es así de bueno conmigo, eso me obliga a darme cuenta de que otros no lo han sido, me obliga a darme cuenta de que mi madre nunca lo ha sido, y que quizá, solo quizá, siga sin querer serlo.

El pobre Kyle carraspea un poco, incómodo, y mira al suelo. Y solo entonces me doy cuenta de que sigo observándolo boquiabierta, como si hubiese visto una aparición.

—Bueno —me dice extendiendo las mantas, la una al lado de la otra—, habrá que improvisar una mesa con lo que tenemos. Lo de subir la mesa plegable y las sillas me parecía un poco demasiado.

Me coge la empanada y el bol con las frutas y las pone en medio de las dos mantas.

—Estás empezando a preocuparme seriamente —me dice cuando se incorpora—. Llevo aquí ¿qué? ¿Un minuto entero? Y aún no me has contado nada de la lluvia de estrellas, ni de la empanada, ni de nada de nada. ¿He hecho algo que te ha molestado o es que uno de tus colegas alienígenas te ha abducido las palabras?

Me río y, al hacerlo, veo una estrella fugaz, la primera de la noche, iluminando a su paso el oscuro firmamento, como si me indicase el camino que seguir.

—¡Mira! —exclamo, señalándola.

—¡Guau! —Se sienta sobre una de las mantas.

En cuanto su trasero toca el suelo, vuelve a levantarse de sopetón como si se hubiese sentado sobre una docena de huevos.

—Oh, no —se lamenta, sacándose dos chocolatinas aplastadas de los bolsillos de atrás del vaquero.

Inmediatamente las reconozco. Son las que vi en su mochila el otro día, cuando llevé a cabo mi pequeña incursión fisgoinvestigadora. Bajo los ojos como si le fuesen a chivar mis vergonzosos recuerdos de ese día.

—Como no sabía cuánto iba a durar la ducha esta —me dice volviéndose a sentar—, y sé que no puedes aguantar mucho sin comer, te he traído esto. Mejor que te comas mis chocolatinas a que empieces a alucinar y me confundas con un pollo asado o algo peor. Bueno, ojo, que me refiero a un pollo de esos bien tratados, claro.

Me hace reír. Kyle mira hacia el inmenso espacio estrellado. Está tan maravillado que incluso deja de respirar por un instante. Luego, tratando de disimular su preciosa sensibilidad, coge el plato de la empanada.

—¿Mucha hambre o poca hambre?

—Qué pregunta —bromeo.

Se ríe, coge un pedazo enorme y lo pone en una servilleta de papel. Al pasármelo, el extremo que sobresale de su mano empieza a desmoronarse.

—Cuidado, cuidado —me dice poniendo la otra mano debajo para evitar que se caiga al suelo.

Le cojo la empanada y rápidamente le pego un mordisco. Sus manos están tan cerca de mi mejilla que puedo sentir su calor.

—Hum —digo haciendo un esfuerzo por no pegar mis labios a sus manos—. Madre mía, está riquísima.

Me concentro en el relleno. Parece una mezcla de pimientos, cebolla y tomates fritos con algo que creo que es atún. Creo que me voy a desmayar del gusto. Kyle, que me está mirando, se parte de risa.

—¿Qué? —pregunto.

Niega con la cabeza, divertido, y coge otro pedazo.

Así, el uno al lado del otro y en silencio, observamos el cielo a la caza de estrellas fugaces. Y mientras nos vamos comiendo la empanada, yo me voy perdiendo en un tumulto de pensamientos acelerados.

Nunca me había sentido tan a gusto con ninguna persona, ni siquiera con Bailey, y eso me produce vértigo. Antes ni siquiera soportaba estar en silencio al lado de alguien. Imposible. Si pasaban más de cinco segundos me ponía de los nervios. Pero con Kyle es diferente, con Kyle puedo hablar durante horas o estar en silencio, y todo está bien. Y aunque sea absurdo al cuadrado, a veces no me creo que pueda haber tenido una vida antes de conocerle. Además, parece entenderme mejor que nadie, y eso sin saber lo de mi corazón defectuoso. Entiende mis bromas por raras que sean, mis humores cambiantes y hasta parecen gustarle mis monólogos interminables.

Si no hubiese nacido con los años contados, Kyle sería exactamente el tipo de chico con el que hubiera soñado; bueno, creo que ni siquiera mis sueños hubieran logrado aproximarse a cómo es Kyle. Lo miro de reojo por un breve instante. Sus ojos, en los que se refleja el brillo de millones de estrellas, me hablan de calidez, de ternura y de una profundidad que raramente he conocido, que ni siquiera él conoce. Cada vez que me mira, me hundo en sus ojos verdosos, como si tras ellos brillara un universo entero. Uy, uy, uy… ya me está saliendo la vena «ojopoética», y eso es señal de que me estoy metiendo en aguas muy, pero que muy pantanosas.

Pero ¿qué estoy haciendo? ¿En qué estoy pensado? Tengo que parar, dejar de pensar en él de esta manera. No puedo seguir así, no puedo hacerle esto. Oh, Dios, pero cómo me duele tener que dejarlo, me duele demasiado, me provoca ese tipo de vacío que sé que solo llenará la tristeza.

MIA

Recuerdo un día en St. Jerome, yo debía de tener seis o siete años. Era Navidad y las familias del pueblo se pusieron de acuerdo para donar los juguetes que sus hijos ya no usaban. Fue un gran día. Las Barbies «Destiny's Child» debían de haberse puesto de moda unos años antes, pues había un montón de ellas. Y las niñas mayores se peleaban por conseguir uno de los pocos Ken que había para sus Barbies. Yo tenía claro que mi Barbie nunca tendría un Ken, y por entonces no me importaba. Supongo que hasta ahora nunca me había importado realmente. Pero en este momento, aquí junto a Kyle, sí me importa. Me siento como si quisiese echar a correr y una cuerda invisible no me dejara moverme.

—Oye, me parece que a esta lluvia de estrellas tuya le faltan unas cuantas gotas —me dice Kyle ajeno a mi tumulto emocional—. No deben de haber caído más de ¿qué? Cuatro o cinco estrellas.

—A veces lo bueno se hace esperar.

Kyle me mira como si buscase un doble sentido en mis palabras. No lo encuentra.

—Vale —asiente, y pone el plato vacío y el bol junto a las chocolatinas a un lado—, en ese caso, mejor esperamos tumbados.

Y eso hace: tumbarse boca arriba muy, pero que muy cerca de mí. Creo que este momento supera el umbral de romanticismo tolerable para mi salud mental, así que hago lo que puedo por quedarme sentada, pero mi espalda cede al agotamiento y termino tumbándome yo también a su lado, cediendo al cansancio de mi dolorido corazón. Madre mía, es justo lo que no debería estar haciendo.

—¡Eh, mira, mira! —dice señalando el cielo.

De repente, decenas de estrellas fugaces caen en todas direcciones como fuegos artificiales. Verlo así de entusiasmado me devuelve la sonrisa.

—Guau, es increíble —exclama y, al hacerlo, disimuladamente acerca su brazo hasta que su mano roza la mía.

Siento el impulso ardiente de cogérsela, pero la dejo así, muy muy quieta, y él también la deja así, muy muy quieta. Y durante un minuto los dos nos quedamos muy quietos, mirando el cielo. Las cigarras, los grillos y algunos pájaros se encargan de alegrar el silencio que nuestras palabras no logran rellenar.

Y de repente, sin saber de dónde han salido, desembarcan en mi pecho unas ganas locas de gritar, de gritar por la ironía de este momento: «¿Por qué ahora, cuando se me está agotando el tiempo?»; ganas de gritar por no poder cogerle la mano, por tener que despedirme de él en unos días, por no poder decirle que… Ni siquiera sé qué le diría. Me enfado con la vida, me enfado con Kyle por ser tan maravilloso, por haber aparecido en mi vida, y aunque yo nunca, jamás, utilizo este tipo de vocabulario: ¡mierda, ostras, jolín!

Kyle debe de haber sentido mi tumulto mental, porque se tumba de lado apoyando la cabeza en el brazo.

—Eh —me dice. Giro la cabeza hacia él—. ¿Qué te pasa? Pareces triste.

—No, no, qué va, solo estaba pensando —«en qué hacer para desviar mi mente de esta locura»— en mi madre y… No es nada.

Antes de seguir me estudia un instante con la mirada, muy serio.

—Gracias —me dice—. Si no fuera por ti me hubiera perdido esto... —señala el cielo— y tantas cosas más.

Siento que me derrito, su boca me llama como un imán. Me mira a los labios. Madre mía, tengo que hacer algo, tengo que decir algo, ya.

—¿Cuál es tu lugar favorito en este universo?

Ni yo misma sé de dónde ha salido esa pregunta. Bueno, al menos es una pregunta. Kyle frunce el ceño, extrañado, se encoje de hombros con aire cómico y me dice:

—¿El campus de los Avengers en Disney Studios?

Levanto la comisura del labio y niego con la cabeza en plan «¡chicos...!».

—El mío es... —Y señalo la estrella que más brilla en el cielo—: Esa es Venus. En mi próxima vida, es allí donde quiero nacer.

—¿En serio crees en la reencarnación y todo eso?

—En algunas cosas no hace falta creer —respondo como si fuese lo más evidente del mundo—. Simplemente son así, lo sabes en el fondo de ti.

Con una mirada distante, me pregunta:

—¿Y qué pasa si en tu fondo no hay lo mismo que en el mío?

—Oh, vamos, no me vas a decir que eres de los que creen que el único planeta donde hay vida es la Tierra. —Me tumbo de lado yo también—. Los humanos nos consideramos muy importantes, pero en realidad somos unos ignorantes. Yo estoy segura de que existen otros mundos habitados allá arriba, mundos mejores que el nuestro, mundos donde no existe la enfermedad, ni la contaminación. Donde no hay guerras, ni hambre, ni padres que no quieren a sus hijos, ni...

—¿Muerte?

En su cara se ha instalado una especie de frialdad, de dolor, de ira.

—La muerte no es mala, Kyle.

Aprieta las mandíbulas y se sienta en el suelo, con la mirada fija al frente. Respira con rabia. Me siento despacio, esperando no haber vuelto a meter la pata hablando demasiado.

Kyle coge el papel de aluminio que cubría la empanada y lo aprieta con ira hasta hacer una bola.

—¿No es mala? Si estás muerto ya no puedes reír, ni salir con tus amigos, ni enamorarte…, ¡ni comerte una puta hamburguesa.! —Se vuelve hacia mí y, con un dolor enfurecido, me dice—: Un muerto no puede abrazar a su madre y decirle: «No llores mamá, todo irá bien».

Se pone de pie de golpe y, caminando hacia el borde, arroja la bola de aluminio con furia.

—¡La muerte es un asco!

Me levanto, pero no me atrevo a acercarme. Daría cualquier cosa por saber cómo aliviar su dolor. No soporto sentirme tan inútil.

—Kyle… —intento—. Fue un accidente, le podía haber pasado a cualquiera.

Él niega con la cabeza, destrozado. Pierde su mirada en la inmensidad estrellada que nos rodea y comienza a hablarme con voz rota.

—Ni siquiera puedo recordar lo que pasó, ni siquiera eso soy capaz de hacer. Debí de perder el control del coche, no sé. Pero lo que sí sé, lo que no puedo cambiar, lo que daría mi vida por poder cambiar, es que fue culpa mía. ¡Era yo el que iba al volante!

Quiero tocarle, abrazarle, decirle que todo está bien, pero no me atrevo, no sé si debo, así que avanzo lentamente hasta ponerme a su lado.

—Noah no querría verte así —le digo—, él no querría que te castigaras ni que te sintieras mal. Si le hubiera pasado a él, si él hubiera conducido y tú hubieras muerto, ¿querrías que sufriera así? Sé que no, Kyle.

Kyle mira al suelo e inhala profundamente.

—No es solo Noah. —Niega con la cabeza, destrozado—. Josh… iba conmigo en el coche y… Ni siquiera saben si volverá a caminar. —Se vuelve y me mira con sus ojos desgarrados—. ¿Quién puede vivir con eso? —Vuelve a mirar las estrellas y susurrando dice—: Yo no…

Su dolor me desgarra, y de repente, siento como si mi corazón se partiera en dos, literalmente. Me duele, me duele más de lo que es soportable, pero no puedo dejarle así.

—Kyle, Dios no querría que te castigaras de este modo.

Se gira hacia mí con el ceño fruncido. Parece mirarme sin verme.

—Dios no existe, Mia. ¿Qué tipo de Dios permitiría que estas cosas sucedieran?

Suplico a mi corazón que me dé un minuto más, un minuto más con Kyle.

—No, Kyle —respondo con las pocas fuerzas que me quedan—. No estoy hablando de esos dioses de las iglesias y de las guerras. Yo estoy hablando de un Dios en el que no hace falta creer porque —señalo mi pecho dolorido—, ese Dios vive aquí. Ese Dios existe, tiene que existir porque si ni tu padre, ni tu madre, ni tus padres adoptivos te quieren… —Mis palabras le hacen palidecer y a mí me desgarran el corazón aún más—. Tiene que haber algo o alguien que sí se alegre de que hayas nacido.

Kyle me coge las manos y solo entonces me doy cuenta de que su respiración está entrecortada y sus mejillas, húmedas.

—Mia. —Hay más que amistad en sus ojos—. Mia, yo sí me alegro de que hayas nacido.

Me cuesta respirar. No, no quiero que me diga estas cosas, no quiero que me quiera, ahora no, es demasiado tarde. Me mareo. Un centenar de estrellas caen, todas a la vez. ¿Soy yo o Venus está brillando más que de costumbre? Me llama, me está llamando.

—¿Mia? Mia, háblame. ¿Qué te pasa?

—Kyle… —me oigo decir como desde lejos.

Lo miro aterrada. No, ahora no, aún no, por favor, no.

Siento que unos brazos me rodean, deben de ser los suyos. Y poco a poco me apago. Venus me mira desde arriba.

—¡Mía!

Su voz parece lejana, como si ya no estuviera en mi cuerpo, sino lejos, muy lejos; y poco a poco todo se desvanece, todo se apaga, menos el dolor.

KYLE

Llevo dos horas dando vueltas en esta sala de espera. Se supone que me van a avisar en cuanto sepan lo que le pasa a Mia, pero aquí no viene nadie. Esto es insoportable. No pensé que tuviera que regresar a un hospital tan pronto, de hecho me juré no volver a pisar uno en toda mi vida, pero aquí estoy, rezando a un Dios en el que ya no creo para que haga que Mia se ponga bien, sin ni siquiera saber qué le está pasando ni si es grave o no.

Me siento al lado de un tío gordo que lleva una hora mirando la tele. Apoyando la cabeza en las manos y los codos en las rodillas, me pongo a darle vueltas y más vueltas a la cabeza. Debí darme cuenta de que le pasaba algo, llevaba toda la tarde muy cansada. Siempre se cansa muy fácilmente, quizá solo sea un virus o algo, pero ¿y si no lo es? ¿Y si es algo serio? No soporto que sufra. ¿La estarán tratando bien? Ellos no saben lo frágil que es. Dios, la angustia me está matando. No puedo perderla, a ella no. Me tengo que levantar y, por mucho que me han dicho que me quede quietecito en la sala de espera, vuelvo a salir y por vigésima vez me dirijo al mostrador de información.

—Ya han pasado dos horas —le digo cabreado al llegar frente a la recepcionista—. ¿Cuándo narices me van a decir algo?

La mujer me hace un gesto para que espere mientras contesta una llamada por los auriculares. Perfecto, veo que la falta de empatía en los hospitales no entiende de fronteras.

—Habitación ciento cinco —dice en español, tomándose todo el tiempo del mundo—. Sí, claro, le paso.

Me planteo meterme otra vez por los pasillos a buscarla, pero el guarda de seguridad ya me ha amenazado dos veces con echarme. Así que me estoy quietecito. Vale, pero tengo que hacer algo, así que clavo la mirada en la mujer del mostrador, con la esperanza de que se sienta incómoda y me diga algo. Nada, es más insensible que un bloque de metal. Una impresora, justo delante de mis narices, empieza a imprimir un papel. Al principio el ruido me molesta y me dan ganas de pararla de un manotazo, pero luego, según las letras van apareciendo, captura toda mi atención. La primera línea dice: «PARTE DE PERSONA DESAPARECIDA». Es curioso, parece un documento norteamericano. Poco a poco van imprimiéndose las letras de la segunda línea. No puede ser. Es ella. Su nombre aparece escrito con grandes letras negras: «AMELIA FAITH».

La mujer termina su llamada, se da la vuelta y me mira como si hablar conmigo fuese un suplicio con el que quiere terminar cuanto antes.

—Ya le he dicho que hasta que el doctor no salga no le puedo decir nada.

Asiento.

—Vale, claro, lo entiendo —le digo todo manso—. Pero en esa sala de espera huele fatal, hay un tío que no se debe de haber lavado hace meses. —Me mira extrañada—. No le importa que me quede aquí de pie un rato, ¿verdad?

Se encoge de hombros y se vuelve a girar para contestar otra llamada que le entra.

—Hospital Sierra Norte —dice en español—, ¿en qué puedo ayudarle?

Miro a mi alrededor. El papel está terminando de imprimirse. Detrás, el guardia de seguridad sigue haciendo su ronda por el pasillo. La mujer se pone de lado para abrir un cajón y aprovecho para coger el papel y empujarlo hacia el interior de mi mochila. Antes de que haya podido cerrar la cremallera, oigo unos pasos que se acercan por detrás.

Se me corta la respiración. Los pasos aporrean rítmicamente el suelo en mi dirección. Mierda, mierda, mierda.

—Disculpe. —Es la voz grave de un hombre serio.

Carraspeo y me doy la vuelta tratando de inventarme una explicación creíble para el guarda de seguridad, pero en lugar del él me encuentro con un médico joven con una bata blanca.

—¿Has venido con Miriam Abelman?

—¿Está bien? —le suelto por toda respuesta, desesperado.

—Sí, sí, no te preocupes, es normal en personas con su condición. Ya le hemos dado el alta. Le he sugerido que se quedase a pasar la noche, pero se ha negado.

Pero ¿de qué coño está hablando?

—¿Qué condición?

Él médico me mira sorprendido.

—Oh, vaya, creía que… —No disimula que ha metido la pata—. Bueno, en ese caso, creo que es mejor que te lo cuente ella misma. Pero trata de convencerla para que se opere lo antes posible. La cirugía ha avanzado mucho y las probabilidades de supervivencia están aumentando cada día.

—¿Probabilidades de supervivencia? —le pregunto perdiendo los nervios—. ¿De qué está hablando?

—Solo… trata de convencerla, ¿de acuerdo?

El médico se da la vuelta y se aleja deprisa. Cuando me dispongo a correr detrás de él para pedirle más explicaciones veo a Mia. Está saliendo de un ascensor al fondo con la mochila al hombro. Corro hacia ella. Me ve, pero no parece alegrarse. Camina hacia mí lentamente, abatida y triste. Al llegar a su lado le cojo la mochila. Tiene profundas ojeras azuladas.

—Eh —le digo con la mayor suavidad que encuentro—, ¿cómo estás?

Fingiendo que no existo, sigue caminando. Su gesto es duro, frío, evasivo, pero al mismo tiempo parece avergonzada.

Vale, camino a su lado respetando su silencio. Con cada paso mi angustia crece, con cada paso ese «probabilidades de supervivencia» resuena en mi interior, como un eco malévolo que no cesa de mofarse de nosotros. La miro. Está rota. Esta vez no se trata de mí, esta vez se trata de Mia, y no pienso dejar que mi mierda la altere. Me necesita y no voy a dejarla tirada.

MIA

En cuanto he visto a Kyle hablando con ese médico he sabido que todo se había terminado. ¿Cómo puede tanta felicidad desaparecer en un solo instante? Pero ahora ya es tarde, ahora lo sabe y se irá, como han hecho los demás. Todo lo que hace unas horas era absolutamente perfecto ahora está roto. Avanzo tan deprisa como puedo, lo cual equivale a muy muy despacio, por el largo pasillo blanco que conduce a la salida. Kyle camina a mi lado sin decir nada. Me mira y por momentos parece que va a hablar, pero no lo hace. Seguramente está tratando de encontrar la mejor forma de decirme que se va, que no quiere seguir al lado de una bomba de relojería como yo. Aunque no hará falta que me diga nada, estoy decidida a ahorrarle el mal trago.

Cada paso me agota más, me duele más. Estoy cansada de los hospitales, cansada de estar cansada y básicamente cansada de luchar. Los brazos me duelen de los pinchazos y la boca aún me sabe a ese medicamento asqueroso que me han hecho tragar. Sé que lo hacen por mi bien, pero ¿por qué creen saber qué es lo que me hace bien? ¿Por qué operarse y sufrir tiene que ser la mejor solución para todo el mundo? Además, esta vez me he sentido más sola que nunca. Echaba de menos a Kyle, echaba de menos que estuviera a mi lado, que me cogiera la mano mientras tenía que mentir a las enfermeras para que no averiguasen mi identidad. Soy una tonta, me he encariñado con él más de lo que debía. Me había jurado no hacerlo, no encariñarme con nadie jamás, y ahora cuando lo pierda, me partirá en dos. Me muerdo el labio, mi mejor recurso para evitar llorar.

En cuanto llegamos a la salida, la puerta se abre a una especie de aparcamiento circular con dos calles centrales. Aunque hay farolas, reina la oscuridad y no consigo distinguir dónde está la furgoneta. Kyle señala hacia una acera a un lado.

—Allí.

No le miro, tampoco le contesto, no puedo arriesgarme a que comience a hablar y me diga que todo se ha acabado, aún no. Veo la furgoneta mal aparcada sobre una acera, de lado y con las luces de emergencia puestas. Por un instante me toca. Para que Kyle la haya dejado así, debía de estar realmente preocupado. Pero el pequeño soplo de esperanza se rompe en cuanto me doy cuenta de que entonces él aún no sabía cuánto le iba a decepcionar.

Camino hacia la furgoneta al ritmo de mi agotado corazón. Kyle camina a mi lado, inquieto, como si no supiese qué hacer o decir.

—Mia… —me lanza por fin con un tono de lo más suave. No me inmuto—. Mia, ¿de qué estaba hablando ese médico? ¿De qué iba todo eso de la operación?

No puedo contestar, no puedo decirle que no va a haber ninguna operación, que me he rendido, que ya no quiero seguir, así que abro la puerta y me meto en el asiento del copiloto mientras mis dientes se hunden en mi labios. Sintiendo el sabor metálico de la sangre, escribo rápidamente la dirección del aeropuerto en el GPS del móvil. Cuando Kyle entra, ya lo estoy dejando sobre el salpicadero.

—¿Qué has puesto? —me pregunta.

Espera un instante y, al ver que mi respuesta se limita a mirar al frente sin pestañear, coge el móvil y busca la dirección que he metido.

—Deberías ir atrás y echarte en la cama un rato.

Solo de pensarlo, un escalofrío me recorre de pies a cabeza. Pero no puedo decirle que no quiero estar sola, que no quiero alejarme de él, que quiero pasar a su lado las últimas horas.

—Además, no creo que mañana te convenga ver a ninguna madre y… —Debe de haber visto la dirección, porque su gesto cambia y me dice—: ¿Aeropuerto de Barajas, en Madrid? Pero ¿qué…?

Vale, tengo que terminar con esto de una vez, pero no quiero que me vea llorar, no soporto darle pena, así que busco y rebusco ese lugar en mi interior frío, distante, vacío de emociones, ese lugar que me ha ayudado a sobrevivir desde que era una niña, y por desgracia lo encuentro.

—Tienes que irte —le suelto con una frialdad pétrea—. Esta misma noche.

—Eh, espera un momento. —Se vuelve hacia mí con el ceño fruncido—. ¿Vas a contarme de una vez de qué va todo esto?

—¿Quieres saber de qué va todo esto? Va de que tengo un defecto congénito en mi corazón que… «pum» —gesticulo con mis manos imitando una explosión—, puede explotar en cualquier momento. —Le cojo el móvil y lo vuelvo a colocar en el salpicadero—. «Fecha de caducidad», ¿recuerdas?

Noto que me mira. No soporto que lo haga y, a pesar de que es medianoche, me planto las gafas de sol y continúo en plan Cruella de Vil:

—Así que te libero de nuestro acuerdo. Lo entiendo perfectamente, no te preocupes. Nadie quiere estar con una enferma que puede morir en cualquier momento. —Y aunque creo que solo estoy pensando, me oigo decir en voz alta—: Ya estoy acostumbrada.

Kyle me mira con los ojos muy abiertos, pálido, como si mis palabras hubieran aspirado sus preciosos colores.

Cruzo los brazos y aprieto los dientes con una rabia que no

me conocía. Dios, estoy enfadada con la vida, con él, con mi corazón defectuoso, pero sobre todo con mi madre.

—¿Te has vuelto loca? —me dice de repente como si todo estuviese bien—. No pienso largarme y dejarte sola. Además, tenemos un trato, ¿recuerdas? Venga, dame la siguiente dirección.

No logro encajar sus palabras, me quedo paralizada.

—Vale —añade, y se agacha para coger mi mochila. La pone entre los dos asientos y saca mi cuaderno, el de las direcciones.

Me acurruco en mi asiento con la espalda pegada a la puerta. No puedo pensar con claridad. ¿Lo está diciendo en serio? ¿De verdad se va a quedar? No, no quiero creérmelo, no puedo bajar la guardia y dejar que me rompa.

—«Plaza de España, en Sevilla» —dice—. Pero esto no es la dirección de una casa. ¿Qué es esto? ¿Un lugar que quieres visitar?

¿Cómo decirle que la plaza de España es el sitio por el que Noah quería venir a España? Bromeaba diciendo que no quería morirse sin haberlo fotografiado, pero claro, no se lo puedo contar. ¡Hay tantas cosas que ya no le podré contar! Quizá esté planeando dejarme allí, en Sevilla, o quizá se sienta tan culpable por lo de Noah que me quiera acompañar hasta que encuentre a mi madre, como en una especie de acto caritativo para limpiar su karma. He leído que hay gente que hace ese tipo de cosas.

Me mira y, al ver que no tengo intención de contestarle, pone la dirección en el GPS.

—Bueno —dice mientras arranca—, pues a la plaza de España, entonces.

Me muero de sueño, así que echo el asiento para atrás y apoyo la espalda en la ventanilla hecha un ovillo. Y aunque finjo dormir, le observo tras los oscuros cristales de mis gafas de sol. Nunca me imaginé lo prácticas que pueden llegar a ser. Le observo en silencio tratando de descifrar sus verdaderas intenciones.

Sus labios sonríen y parece tranquilo, pero su pecho tiembla ligeramente, como si llorase por dentro. Traga saliva una y otra vez y respira hondo como el que quiere mandar las lágrimas de vuelta al fondo de su garganta. Y por un instante me parece que quizá sea verdad, quizá sí le importe realmente, quizá no me abandone. Pero no quiero hacerme ilusiones, no puedo permitírmelo. El agotamiento me vence, la confusión me agota, quiero dormir, quiero dormir para siempre y quedarme con esta imagen de Kyle aún a mi lado, esta imagen de un Kyle que no me mira como si fuese un estorbo, como si fuese una carga de la que deshacerse, de este Kyle al que parece que le importo de verdad, de este Kyle que me importa mucho más de lo que es razonable.

KYLE

Cuando llegamos a Sevilla, ya está amaneciendo. Mia ha estado dormida casi todo el trayecto. Solo al salir del hospital estuvo observándome un buen rato en silencio. Debía de pensar que no la veía a través de sus cristales oscuros, así que, para evitarle el corte, fingí no darme cuenta. Me hizo sonreír por dentro, y menos mal, pues si no creo que me hubiera desmoronado en el acto. Me he pasado el resto del viaje dándole vueltas a ese informe de persona desaparecida y sobre todo tratando de encajar la noticia, tratando de convencerme de que una chica como Mia no puede morir, de que no puede existir un Dios tan cruel como para llevársela a ella también y de que tiene que haber una forma de que se cure. El médico habló de una operación y de que tengo que convencerla, así que he estado ensayando unas dos mil formas de sacar el tema para cuando se despierte.

La plaza de España está en un parque, una zona peatonal, así que busco un lugar cercano donde aparcar, para que Mia, si quiere visitarla, no tenga que caminar mucho. Aunque estaba tan agotada al salir del hospital que no sé si tendrá ganas de muchas visitas. Después de dar dos vueltas enteras al parque, encuentro un sitio en una avenida lateral rodeada de árboles. En cuanto aparco, la miro. Dios, está tan quieta que me asusta. Le pongo un dedo bajo la nariz para notar su respiración. Vale, aún respira. Y hasta me sorprendo dándole las gracias a ese Dios con el que aún no he hecho las paces por que siga viva.

Aprovecho para observarla como el artista que observa a su musa, una musa que cada día me gusta más. Fui un idiota al no verla como es desde un principio: preciosa. Toda ella es delicada, etérea, como si fuese un poco menos material que los demás. Si no sonase hipercursi diría que es como un ángel, o como lo expresaría ella: como una chica de las estrellas. Y aunque mi cuerpo me pide a gritos dormir, es mucho más fuerte el impulso de dibujarla, de plasmarla en el papel una vez más, una vez que podría ser la última.

Con cuidado de no hacer ruido me agacho para sacar el cuaderno de dibujo de mi mochila, y al hacerlo oigo el relincho de un caballo. Vale, el lugar es de ensueño, pero ese caballo ha sonado bien real. Levanto la cabeza pensando que el agotamiento me está haciendo alucinar, pero no. Al frente, en la calzada, dos policías a caballo cabalgan despacio en nuestra dirección. Mierda. Miro a Mia. Se le han caído las gafas de sol y con la cara como la tiene, apoyada contra la parte baja de la ventanilla, no les será difícil reconocerla. No puedo dejar que se la lleven. Y como los problemas extremos a veces necesitan soluciones extremas, me pongo sobre ella y, sujetando su cara entre mis manos, finjo besarla, mis labios solo a centímetros de los suyos. Abre los ojos, confusa. Primero me sonríe como si estuviese entre dos mundos, pero enseguida frunce el ceño y abre mucho los ojos.

—Pero ¿qué haces? —dice empujándome.

—Chisss —susurro—. Policía. Disimula.

Echa un vistazo rápido a la calle y al ver a los polis se encoge aún más en el asiento.

—Madre mía, madre mía —susurra acelerada—. Tápame, por favor, no dejes que me vean.

Me acerco aún más, deteniéndome, a mi pesar, a un milímetro de su boca. Su cuerpo entero tiembla bajo el mío. Los pasos de los caballos están cada vez más cerca. Nos miramos a los ojos tan cerca que respiramos el mismo aire. Me mira los labios y rápidamente vuelve a mis ojos; mis ojos hacen lo mismo. Nuestras respiraciones entrecortadas. ¿Estoy alucinando o ella también lo desea? Llevo días soñando estar en esta posición, pero en ninguno de mis sueños había polis, ni personas desaparecidas, ni pasaba nada extremo. Dios, me arden los labios y el pecho y las manos y otras partes menos nombrables. Ni de coña voy a poder seguir resistiéndome, es imposible. En mi mente, que va mil kilómetros por delante de mi cuerpo, la estoy besando con un fuego que no quema, la estrecho contra mi cuerpo, le beso el cuello, deslizo mi mano por sus caderas y vuelvo a subir hacia otros terrenos desconocidos, y entonces, justo a un segundo antes de que mi cuerpo se una a mi mente, oímos los cascos de los caballos alejarse. Me separo un poco y me quedo inmóvil; el deseo me tiene paralizado, embotado. Mia, como si no hubiese pasado nada, se agarra a mi nuca y, levantándose un poco, mira por el espejo retrovisor. Al ver que los policías se alejan, se deja caer y suspira aliviada.

—Gracias —me dice sin mirarme mientras se descuelga de mi cuello.

Pienso en responderle «un placer», pero no creo que sea lo más adecuado. Bajo su fachada de frialdad, me parece que está incómoda, incluso avergonzada, pero no se digna mostrarlo.

—Es que —carraspea—, tengo una pequeña fobia a la policía, ¿sabes? No es nada que deba preocuparte... Ya sabes, una de mis rarezas, supongo.

Vaya, lo de mentir se le da muy, pero que muy bien. Me enderezo y vuelvo a sentarme siguiéndole el rollo, como si lo que acaba de ocurrir solo hubiera pasado en mis sueños, como si su cuerpo no hubiese temblado bajo el mío ni sus ojos se hubiesen desviado hacia mis labios.

—Entonces ¿estás bien? —pregunto fingiendo que todo no

está raro entre nosotros—. Este tipo de sustos no debe de ser lo mejor para tu… ya sabes. ¿Quieres que vayamos a la farmacia o a un médico o lo que sea que necesites?

Niega con la cabeza, parece que le incomodan mis preguntas. Cuando se incorpora por fin, tiene el pelo hecho un gurruño a un lado. Intento no reírme, en serio, pero no puedo evitarlo. Incluso queriendo parecer seria, es graciosa. Carraspea y mientras empieza a rehacerse la coleta, aprovecho para sacar el parte de la mochila.

—No lo entiendo, Kyle —dice mientras se coloca la goma del pelo—. ¿Qué te ha hecho pensar que quiero esconderme de la policía?

Le enseño el documento y sus ojillos se llenan de miedo.

—Y esta vez vas a contarme toda la verdad —le advierto.

Coge el documento y lo lee, sus delgadas y pálidas manos temblorosas.

—Eh, venga, no pasa nada. —Quiero tranquilizarla, que su corazón no siga alterándose—. Solo necesito que me digas de qué va todo esto para que podamos arreglarlo, ¿vale?

Asiente varias veces antes de hablar.

—Vale, te lo contaré, pero…, ¿puedes llevarme a la estación de autobuses? De verdad, necesito llegar a Cuenca esta tarde. Te lo explicaré de camino a la estación. Te lo prometo.

—¿Estación de autobuses? Pero ¿de qué narices estás hablando, Mia? ¡Claro que no voy a llevarte a ninguna estación!

Mia se encoge en su asiento como un perrillo asustado. Desde luego, no es mi intención alarmarla, así que en el tono más tranquilizador que encuentro le digo:

—Venga, solo será un día. No hace falta ser médico para saber que necesitas recuperarte. Además, aún tenemos tiempo, ¿vale? Vamos a encontrar a tu madre. ¡Juntos!

Asiente, pero sus ojos me cuentan que no se lo termina de creer.

—Solo… necesito un poco de aire. —Y señalando hacia la calle dice—: ¿Te importa si…?

—No, claro que no, pero con esos tíos por aquí no creo que sea muy buena idea.

Se muerde el labio pensativa y, como si hubiese tenido la idea del siglo, coge las gafas de sol del suelo y se las pone.

—¿Qué tal así? —me pregunta—. Con ellas no me reconozco ni yo misma.

Tuerzo el labio.

—No está mal —digo—, pero es mejorable.

De mi mochila saco la gorra, la que me metió mi madre. Detesto las gorras, pero con tal de no escuchar su sermón habitual sobre lo peligroso que es el sol en la cabeza y todo ese rollo de la capa de ozono, la cogí sin rechistar. Cualquier cosa con tal de evitar que se pasase diez días aún más preocupada de lo que ya lo estaba. Al ponérsela a Mia se le cae hasta la nariz tapándole los ojos. Se queda tan quieta que me río por dentro mientras le ajusto la cinta de atrás y se la encajo.

—Mucho mejor —asiento—. A no ser que tengan rayos X en los ojos para mirar a través de tus megagafas escudo, ni de coña podrán reconocerte.

Se mira al espejo y lo que ve no parece convencerla mucho. Se recoloca la gorra hasta dejarla de lado, un poco torcida.

—Ahora sí —asiente satisfecha—, está perfecto. Vamos.

KYLE

Mia abre su puerta. Antes de salir inspira profundamente y estira los brazos y las piernas como un gato que hubiese hibernado cien años. No se queja, pero sus labios apretados y sus ojos entornados me cuentan que está dolorida. Pillo mi mochila y salgo. Al llegar a su lado, cual perfecto caballero inglés, le ofrezco el brazo. Mi madre tendría que ver esto, estaría encantada.

—Eh, venga —le digo—, apóyate en mí.

Evita mirarme.

—No hace falta, gracias —murmura con un deje altivo—, estoy bien así.

Entendido. O miente que alucinas, o lo de antes solo ha sido solo un engaño de mi imaginación y soy el único al que aún le hierve el cuerpo de deseo.

Lentamente y en un silencio que incomoda bordeamos el enorme palacio de estilo renacentista de ladrillos claros hasta llegar a su plaza, en la parte delantera. La majestuosidad del sitio nos obliga a pararnos. Su cara se ilumina y por fin vuelvo a ver a Mia, la Mia que conozco, la Mia que tanto ha llegado a gustarme. El palacio en forma de C parece abrazarnos, como si quisiera protegernos en el interior de sus muros. Hay gente remando en pequeñas barcas en el canal que da la vuelta completa a la plaza. Cuatro puentes lo sortean. Esto a mi padre le fliparía. Ya estaría hablándome de las alcobas de azulejos que recubren las paredes del palacio, y de las balaustradas de mármol y cerámica pintada que bordean el canal, que por cierto, son pequeñas columnas que forman una especie de barandilla. Y para rematarlo y darle un toque total de cuento de hadas, coches de caballos atraviesan la plaza paseando a los turistas.

Miro a Mia. Maravillada, se dispone a decir algo, pero entonces parece acordarse de que tiene una conversación pendiente. Baja los hombros y vuelve a caminar con la mirada gacha.

—Tuve que… escaparme de mi casa de acogida —empieza con dificultad—. No le conté a nadie adónde me dirigía.

Como ahora diga que la maltrataban o algo, juro que me los cargo.

—¿Por qué? —Me aseguro de que no note mi mosqueo.

—Querían obligarme a operarme, y bueno, quizá lo que te dije de que tenía dieciocho años no era cierto al cien por cien.

—Espera, espera. —Noto que mis cejas se juntan—. ¿Obligarte? El médico dijo que necesitas esa operación. ¡Ahora!

—Sí, lo sé, y lo voy a hacer. —Las baldosas del suelo parecen reclamar de nuevo su atención—. Pero… todavía no.

Un coche de caballos viene hacia nosotros. Mientras nos apartamos hacia un lado para dejarlo pasar, me fijo en sus grandes ruedas de madera y su elegante carroza con asientos forrados de cuero. Por un instante me imagino a Mia acurrucada en mis brazos, sentados en el carruaje, y justo cuando voy a proponerle dar un paseo, la oigo decir:

—¡Debería darles vergüenza! Esto es explotación animal pura y dura.

Uf, como decía mi abuela: «Calladito estás más guapo».

—Mia —intento—, aún no me has dicho…

Finge no oírme, en su lugar señala a una de las alcobas como si hubiese visto un túnel mágico a otro mundo y me dice:

—Oh, mira, ¡qué pasada!

Vale, buena jugada. Antes de que pueda protestar ya se está

sentando en una. Las paredes y los bancos de ladrillos están cubiertos de azulejos pintados a mano, como piezas de un puzle de otra época. Es verdad que el sitio es alucinante y me encanta verla disfrutar, pero preferiría seguir la conversación donde la hemos dejado.

—Mira, mira esta —me dice sentándose despacio en la alcoba de al lado.

Mia mira hacia el cielo y, con los ojos cerrados, coge aire como si quisiese inspirar el cielo entero, como si en lugar de aire fuera paz lo que entrara en sus pulmones, como si fuera una felicidad pura, virgen, distinta. Una que solo ella conoce.

—Gracias —le murmura al cielo en un tono tan suave que araña.

Un escalofrío me sacude la espalda. Dios, no lo entiendo. ¿Cómo puede estar agradecida al de más arriba? Debería estar supercabreada. Como si captara mis pensamientos, sus ojos se abren de golpe, fijos en los míos. Provoca un terremoto en mi corazón. Nos miramos unos segundos, en un silencio lleno de palabras no pronunciadas. Termino por bajar la mirada. Cuando logro volver a levantarla, compongo un gesto molesto para mostrarle que no puede seguir con su esquivo jueguecito.

Mia coge aire y, regresando a mi lado, seguimos bordeando el canal en un silencio que deseo que rompa. No lo hace.

—Mia… —digo tras más de un minuto de espera—, volviendo a tu operación, el médico…

—Vale, volviendo a la operación —me corta—, lo voy a hacer, por supuesto, pero solo cuando haya conocido a mi madre. —Su cabeza muy levantada se gira hacia mí—. Sería una ironía haber esperado toda una vida para terminar muriendo en una mesa de operaciones antes de encontrarla, ¿no crees?

Mierda, ¿por qué tiene que hablar con tanta crudeza? Tragándome mis ganas de gritar, le pregunto:

—¿De verdad es tan peligroso?

—La mitad de los que se someten a ese tipo de operación no despiertan para contarlo.

Mientras lo dice clava sus pupilas congeladas en una fuente a lo lejos. Un puño atravesándome el estómago no hubiera dolido más.

—Pero eso significa que la mitad de ellos viven, ¿no? —Mi voz ha sonado rasgada, mucho más de lo que hubiese deseado.

Su respuesta es muda, sorda, ciega: solo sus hombros se levantan, nada más se mueve, ni siquiera sus ojos aún clavados como dos dardos en la fuente lejana.

—¿Por qué no me lo contaste? —Ya no me molesto en disimular que estoy mosqueado—. ¿No crees que tenía derecho a saberlo?

Cabizbaja, asiente varias veces. Me parece percibir una ligera humedad en sus pupilas, como si el hielo empezara a deshacerse.

—Es que… no sabía si podía confiar en ti —susurra. En su tono hay una nota de tristeza, de culpabilidad, pero la forma en que se muerde el labio me muestra que ni siquiera ahora lo sabe. Eso duele, y mucho.

—Vale —digo con más firmeza de la que siento—, pero que te hayas fugado no me explica cómo narices ha llegado este parte policial a un hospital de España.

—No tengo ni idea… La operación estaba programada para hoy y supongo que mi familia de acogida habrá denunciado mi desaparición pero —se para, pensativa, levanta la mirada hacia mí—, lo que no entiendo es cómo han averiguado que estoy aquí, en España. Tuve mucho cuidado de que nadie se enterara.

—Tienes que haber dejado alguna pista sin darte cuenta.

—No, de verdad, en eso fui muy cuidadosa. No le dije a nadie adónde iba, ni dejé nada que pudiera hacerles pensar que venía aquí.

—Quizá tu ordenador o un disco externo, no sé…

—Imposible, borré el disco duro de mi ordenador antes de irme y no tengo uno externo.

—Vaya —intento bromear—, te veo muy puesta en estos temas.

—Qué va, he tenido ayuda… —Vuelve a caminar, pensativa, como si quisiese descifrar los mosaicos de las baldosas del suelo y me dice—: No sé, quizá hayan sido los padres de Noah, son los únicos que sabían sobre este viaje, pero me extrañaría mucho que hubieran hablado con mi familia de acogida. Ni siquiera se conocían, no tiene sentido.

No puedo evitar que se me retuerza el estómago al oír el nombre de Noah. Disimulo.

—Vale, pero sea como sea, ahora lo saben, y no podemos arriesgarnos a que te encuentren, así que…

—No me encontrarán —declara con una tranquilidad absoluta.

—¿Cómo puedes estar tan segura? Quizá hoy hayamos tenido suerte, pero ir por ahí con esa furgoneta *flower power* no es lo que se dice un ejemplo de discreción. En cuanto vean la matrícula…

—Venga, no soy tan ingenua. —Sonríe con picardía—. Puse todo: la furgoneta, las reservas en los campings, el vuelo, a nombre de Miriam Abelman, o sea yo, o mejor dicho la yo que pone en mi pasaporte falso. Imposible de rastrear.

La miro flipado, esta chica nunca dejará de sorprenderme. Y en cuanto me doy cuenta de que «nunca» y «siempre» ya no pertenecen al vocabulario que pueda usar con Mia, mis mandíbulas se sueldan.

Se ríe y mientras acaricia a su paso las balaustradas azulejadas, me dice:

—De algo tenía que servirme ser adicta a Sherlock Holmes.

—Vale, pero que yo sepa, Sherlock Holmes no se dedicaba a falsificar pasaportes.

—Ya, porque era otra época; seguro que de haberlo necesitado no hubiese dudado en hacerlo.

—Pero ¿cómo narices lo has hecho?

Vuelve a sonreír con esa picardía que la hace aún más sexy.

—Una tiene sus contactos. ¿Recuerdas al exnovio de Bailey?

—¿El *hacker* reconvertido en falsificador?

—El mismo. Me hizo un precio especial por ser antigua clienta.

Parece cansada pero no se queja, así que finjo estarlo yo y me siento sobre la balaustrada. Mia se sienta a mi lado. Mientras lo hace, saco de mi mochila el paquete de galletas de chocolate que pillé en la máquina del hospital y se las ofrezco.

—Debes de estar muerta de hambre, venga, coge.

Se pone una mano en el estómago y, arrugando la nariz, niega con la cabeza.

—Me encantaría, pero todavía me quema el estómago de toda la porquería que me han metido en el hospital.

Me rugen las tripas, pero si ella no come prefiero pasar. Miramos el agua en silencio. Hay parejas y familias remando en las barquitas de madera de colores que recorren el canal. Mia les mira con una especie de nostalgia, con una especie de anhelo. Me dan ganas de abrazarla, de mirarlo juntos, de poder decirle «todo está bien, Mia, vamos a salir de esta, tu corazón va a salir de esta», pero no puedo, no puedo decirle nada porque puede que nada de lo que le diga sea en el fondo verdad.

MIA

Me da rabia haberle tenido que mentir, pero ¿qué otra cosa podía hacer? ¿Decirle que no tengo intención de operarme? ¿Decirle que en unos días o semanas o, si los astros se alinean a mi favor, quizá en unos meses ya no estaré aquí? No, sé que Kyle no lo entendería, en realidad casi nadie puede entenderlo. Además, este lugar es demasiado maravilloso como para estropearlo con discusiones que no llevarían a ninguna parte.

Kyle está sentado a mi lado sobre la robusta barandilla de azulejos pintados. Miro su reflejo en el agua y deseo con todas mis fuerzas que me abrace, poder recostarme sobre él, sentir su calor, su olor, sus fuertes brazos rodeándome. Deseo llevarme ese recuerdo conmigo para siempre, pero no puede ser. Lo de antes en la furgoneta ya fue demasiado embarazoso. Mi cuerpo entero vibraba bajo el suyo, como si un fuego ardiente hubiese tomado posesión de todos mis sentidos, de mis labios, de mis manos, de mi pecho y de algunos lugares aún inexplorados. Si no llega a separarse cuando se marcharon los policías, no sé lo que hubiese sucedido. Como mínimo le hubiese besado y eso es algo que nunca, jamás, de ninguna manera, ni siquiera en mis sueños más fantasiosos, puedo permitir que suceda.

—¿Estás usando el truco ese del orfanato?

Mi corazón se tambalea al verme sorprendida in fraganti en mis más vergonzosos recuerdos. Le miro sin lograr ordenar mis pensamientos y debo de poner cara de «no tengo ni idea de qué estás hablando», porque añade:

—Sí, ese truco de que si fijas tu atención mucho tiempo en algo que deseas de verdad, lo terminas consiguiendo.

Señala divertido a una pareja de patos que nada a nuestros pies. Y en este preciso instante me doy cuenta de que mientras me recreaba en nuestro fogoso episodio en la furgoneta, los he estado mirando fijamente, casi sin pestañear.

—En serio —sigue—, si tienes hambre te invito a comer en algún lado, pero deja en paz a los pobres patos, ¿vale? Ya sé que estos se han criado en libertad y todo eso, pero no sé, es un poco…

—¡Nooo! —Le empujo riendo—. ¿Qué dices?

—¿Y funciona?

—¿El qué?

—El truco, claro.

—Supongo —respondo sin mucho interés.

—Oye —junta las cejas en un gesto de sospecha—, ¿desde cuándo pierdes tú una oportunidad de explayarte?

Logra hacerme sonreír, aunque el tema no me haga mucha gracia. Me mira fijamente esperando una respuesta, pero las palabras se niegan a salir. Estoy muy cansada, y no solo físicamente, así que tengo la esperanza de que si no contesto quizá lo deje pasar. No lo hace. Muy serio, me sujeta la barbilla con una mano y, empujando hacia abajo, mira en el interior de mi boca.

—Ah, qué susto —me dice—. Pensé que te había comido la lengua un gato. —Me río—. Venga, confiesa. ¿Funciona o no funciona? Porque, en serio, si funciona tenemos que patentarlo. Seguro que nos hacemos ricos y podemos dar la vuelta al mundo sin tener que ponernos a vender mis dibujos por las esquinas.

Me enternece lo que dice, me enternece cómo me mira, creo que todo en él me enternece. Me observa fijamente esperando mi respuesta.

—Sí, sí, supongo que funciona, aunque no para todo.

Kyle hace un remolino en el aire con la mano, instándome a seguir. Buceo en mi interior, allí donde los recuerdos parecen el presente y las emociones están anestesiadas, e intento explicarle lo que ni siquiera sé si deseo explicarle. No le miro mientras hablo, no podría, ni aunque quisiera.

—En St. Jerome, los domingos nos hacían pasar al gran salón. Los demás días teníamos la entrada totalmente prohibida. A mediodía, las parejas que no podían tener hijos y querían adoptar venían a vernos, por lo general después de salir de misa. Era el mejor día de la semana, supongo. Nos cepillábamos el pelo, a veces durante horas, nos poníamos la ropa más decente que teníamos y luego, cada uno en la privacidad de su soledad, ensayábamos nuestras mejores sonrisas. Todo para gustar a los que podrían ser nuestros futuros padres, todo para que se fijaran en nosotros, para que nos dieran una oportunidad de ser queridos. Era emocionante, terrible, pero emocionante. Muchos pasábamos la noche del sábado sin dormir. Así que en cuanto me enteré del truco, cada domingo me concentraba en una pareja y no dejaba de mirarlos procurando que me vieran, que me escogieran, deseando ser la siguiente en tener unos padres y... Bueno, en dos ocasiones funcionó. Así que, para responder a tu pregunta, supongo que sí, que técnicamente el truco funciona. Puedes patentarlo.

Cuando por fin logro mirarle, parece que la sangre ha abandonado su cuerpo, hasta parece haberse olvidado de respirar.

—¿Y qué pasó entonces? —pregunta con dificultad.

—Pues, supongo que el truco no funciona tan bien como para conseguir que tus nuevos padres te quieran, o al menos que te quieran lo suficiente como para no devolverte al centro de acogida en cuanto se enteran de que eres defectuosa.

—¡Cabrones! —se le escapa—. Mierda, lo siento, Mia...

—Bueno, pero siempre hay un lado bueno, y en este caso es

que nunca más me obligaron a ir al salón los domingos. Así tenía todo el cuarto de los juguetes para mí sola.

Él también intenta aparentar que mis palabras no han hecho tambalearse su alegría, pero su barbilla temblorosa le traiciona. Y aunque ha visto que le he visto, aun así trata de disimular moviendo la mandíbula a ambos lados, como si le doliese.

—Mia… —empieza.

—No, no, te lo ruego, cambiemos de tema… El pasado ya no existe y no me apetece malgastar ni un segundo de la que puede ser una corta vida reviviendo momentos que desearía borrar.

—Entendido.

Finge cerrarse una cremallera en la boca. Después, coge el paquete de galletas, saca una y cuando creo que se la va a comer, la desmenuza entre sus dedos y se la tira a las carpas que nadan en el agua. Buena idea. La imito.

Atraídos por las migas, una mamá pato y sus patitos se acercan nadando a toda prisa. Les tiramos las galletas desmenuzadas. Mientras los pequeños picotean los trocitos, la mamá pato espera vigilante, protectora. No puedo evitar sentir una punzada en el centro de mi centro. Intento convencerme de que no todas las madres deben de nacer con el mismo instinto de protección. Pero una pregunta va tomando forma en mi cabeza: si ni siquiera mi madre se quedó a mi lado, ¿por qué lo hace Kyle? ¿Es por pena? ¿Es por lo de limpiar su karma? ¿O es porque empieza a sentir algo que no debería? Con todo el disimulo que puedo, le miro de reojo en un intento de encontrar una respuesta clara. Pero no es eso lo que encuentro. Kyle, riéndose, se gira hacia mí de sopetón y me dice:

—¿Qué?

Vaya, voy a tener que practicar mi «mirar disimuladamente». Tardo un momento en recopilar el valor para empezar.

—Kyle, necesito que me contestes con total sinceridad, en serio; me digas lo que me digas, lo entenderé.

—Dispara.

—¿De verdad… —se me atragantan las palabras—, de verdad decías en serio lo de que no te vas a marchar?

La sonrisa desaparece de su rostro.

—Pues claro, Mia, ¿por qué iba a hacerlo?

—¿Aunque me pueda morir en cualquier momento?

—¿Y perderme un segundo al lado de la chica más extravagantemente divertida que he conocido? —Niega con la cabeza tratando de sonreír—. Jamás.

Sus ojos tristes, profundos, me hablan mucho más que sus palabras. Intento leer en ellos, entender lo que quiere decirme sin decírmelo, pero los pensamientos y el mogollón de preguntas que se arremolinan en mi mente me hacen sentir vértigo. ¡Basta! Quiere quedarse a mi lado, no necesito saber más. Disimulando mi vorágine interior, le sonrío en un intento de darle las gracias. Y así, de repente, veo aparecer dos cisnes, uno negro y un blanco, tras una barca, como si se hubiesen materializado de la nada.

—Madre mía —digo—, ¿has visto eso?

En cuanto me vuelvo a girar, le veo apuntándome con su móvil dispuesto a hacerme una foto.

—Eh, pero ¿qué haces?

—Para tu fotoblog.

—No. —Tapo el móvil con una mano—. Házsela a los cisnes, solo a los cisnes.

Me aparta la mano con suavidad y me saca un montón de fotos.

—A tus lectores les va a encantar ver a la preciosa chica que siempre está detrás del objetivo.

Y según termina su frase maravillosa, baja el móvil con la mirada fija en mí. Está serio, tan serio que logra que me tiemblen las rodillas.

—¿Tienes miedo? —me pregunta.

—No, claro que no, solo es que no me gusta aparecer en las fotos.

—Me refiero a morir.

—Oh, eso… —Niego con la cabeza—. La muerte nunca me ha asustado.

—Entonces ¿a ti qué te asusta, Mia Faith?

«¿Enamorarme de ti? ¿Que mi madre no quiera saber nada de mí? ¿Morir sola?». Y otra cosa, aún más importante. Se la digo.

—Supongo que lo que más me asusta es morir habiendo sido invisible.

No lo entiende. Sus cejas arrugadas lo delatan.

—Si no marcas una diferencia en la vida de nadie, si no has contribuido a nada en este mundo, entonces ¿para qué has nacido? ¿Para qué seguir viviendo? No tiene sentido.

Me mira como si estuviese asimilando mis palabras.

—Y de ahí tu fotoblog.

—Supongo…

Cojo otra galleta y empiezo a desmenuzarla concienzudamente.

—¿Cuántos seguidores?

Me encojo de hombros.

—¿En serio? ¿No sabes cuántos seguidores tienes? ¿Visitas? ¿Algún tipo de estadísticas?

—Fue Noah el que me ayudó a crearlo y no estaba mucho más puesto que yo en estas cosas.

Noah decía que la tecnología estrangulaba el arte.

Kyle niega con la cabeza, en plan «no tienes remedio», me da su teléfono y me dice:

—Escríbeme la URL.

No tengo ni idea de lo que me está hablando. Mi gesto debe de hablar por sí mismo, porque añade riendo:

—El fotoblog, abre el fotoblog.

—Ah, eso —protesto—, ¿por qué no lo has dicho claramente desde el principio?

Abro la página de «Fecha de caducidad» y le devuelvo el teléfono. Teclea unas cuantas cosas mientras sigo compartiendo nuestro desayuno con los patos, cisnes y carpas del canal.

—Increíble. Ni siquiera has activado la opción de dejar comentarios —me dice sin dejar de teclear. Vaya, ¿hay una opción para dejar comentarios?—. Vale, ya está. De ahora en adelante tendrás estadísticas de cuánta gente visita tu blog, y podrás ver si dejan comentarios.

—¿En serio? Oh, gracias, significa muchísimo para mí.

Estoy tan contenta que me dan ganas de besarle, pero claro, no lo hago. Se ríe.

—Eres increíble, ¿lo sabías?

Kyle coge un trozo de galleta de chocolate y lo echa al agua, pensativo. De repente se pone muy serio y gira la cabeza ladeada hacia mí.

—¿Por qué no me lo contaste? —pregunta—. Lo de tu corazón...

«Porque estoy segura de que, de saberlo desde un principio, no hubieras querido acompañarme». No, mejor improviso otra respuesta.

—Supongo que... por una vez en mi vida quería sentir lo que es ser una chica normal.

Kyle me mira pensativo por un instante, después se levanta con una sonrisa traviesa y me dice:

—Espera aquí un momento, ¿vale?

Asiento. La intriga invade mi espacio y le miro mientras camina sobre uno de los curvados puentes que cruzan el canal. Le saco mil fotos imaginarias. Soy una tonta, no debí dejarme la cámara en la mochila. Y aunque detesto hacer fotos con el móvil, tampoco es que vaya a tener muchas más oportunidades de fotografiarle, así que lo cojo y empiezo. Clic, clic, clic. Le saco una de espaldas cruzando el puente, otra llegando a un quiosco de helados, otra cuando habla con la heladera, otra señalando el cartel donde anuncian los sabores. Madre mía, está señalando un montón, el pobre debe de estar muerto de hambre. Le saco otra foto cogiendo los cucuruchos y otra más pagando.

Se acerca caminando con una gran sonrisa que me calienta el corazón. Clic, clic. En una mano sujeta un cucurucho con un helado blanco, y en la otra otro cucurucho con un montón de bolas de todos los colores y virutas.

—Dijiste que te ardía el estómago —me dice en cuanto llega a mi lado—, así que qué mejor que un helado para apagar el fuego. Además, has dicho que querías sentirte como una chica normal, ¿no? —comenta. Yo asiento extrañada—. Bueno, ya hemos hablado de ese tema, ¿recuerdas? Por mucho que te esfuerces, por mucho que lo intentes, nunca serás normal. —Me da el helado multicolor—. Lo siento.

Me muero de risa y, cogiéndolo, le aseguro:

—¡Es la cosa más bonita que nadie me ha dicho jamás!

—Pues no debería, deberías haber oído muchas cosas bonitas en tu vida, Mia. Venga, pongámosle remedio cuanto antes. ¿Dónde vive tu siguiente candidata a madre?

Sus palabras son como un soplo de alegría, de amor, de libertad. Hasta me hacen recuperar el apetito. Me acerco el enorme helado multicolor a los labios. Su explosión de sabores entremezclados estalla en mi boca como un festival de arcoíris. Es genial poder disfrutar de un día más en este planeta. En silencio, le doy las gracias a mi corazón, a mi vida y, sobre todo, a Kyle.

MIA

Al final, por mucho que intenté convencerle para que retomáramos el camino, fue él quien me convenció para que pasáramos la noche aquí, en este parque de Sevilla, y aunque según mi guía de viaje está totalmente prohibido aparcar furgonetas en los parques, había tantas cosas que ver en esta ciudad que no pude negarme. Todo es superemocionante. Por la tarde, después de echarnos la siesta más larga de la historia y de que Kyle rechazara por centésima vez mi petición de irnos a Cuenca, me invitó a cenar unas tapas en una de las callejuelas de un barrio antiguo de Sevilla. Madre mía, no me podía imaginar que existiesen sitios tan coloridos, tan llenos de vida, de alegría, de música y con una comida que parece traída de otro mundo.

Ya ha amanecido y, como Kyle me aseguró, nadie ha venido a decirnos nada sobre Moon Chaser. Bueno, en realidad lo que me aseguró Kyle fue que si la policía veía una furgoneta tan destartalada y ridícula, les daríamos más pena que otra cosa y seguro que nos dejaban tranquilos. Aunque yo prefiero verlo como una señal, sí, como una señal de que hoy va a ser un gran día. Después de desayunar un paquete entero de churros, nos hemos puesto en camino hacia el lugar donde vive la siguiente candidata. Mientras Kyle conduce, un poquitito más deprisa que los días anteriores, yo aprovecho para contarle a mi madre cada momento en mi diario.

1 de abril

Hola, mamá, mi corazón nos ha obligado a retrasarnos un día entero, pero ya estamos de nuevo en camino. No sé si te lo conté ayer, pero hoy vamos de camino hacia Cuenca. En las fotos, la ciudad tiene un aspecto mágico y me muero de ganas de verla, pero de lo que ya no estoy tan segura es de si me muero de ganas de verte a ti. No, no me malinterpretes, no es que no quiera conocerte, pero prefiero poder pasar los tres últimos días de este viaje al lado de Kyle. Y es que, aunque los dos evitemos hablar de qué pasará cuando te encuentre, supongo que no por eso dejamos de pensar en ello, al menos yo. A mí me encantaría que se quedase con nosotras, que lo conocieras y vieras que es verdad todo lo que te he contado de él. Pero tú y yo tenemos tantas cosas de las que hablar que quizá se sienta incómodo o se aburra, o quizá seas tú la que prefieras que estemos solas, no sé. Supongo que lo más normal sería que adelante su billete y regrese a Alabama. Pero ¿sabes?, solo de pensarlo se me acumulan un mogollón de emociones en el pecho. Y aunque cada día me repito que tarde o temprano se irá, que tiene que hacerlo, que tiene que seguir su vida, mi corazón no parece entenderlo, no parece estar de acuerdo y amenaza con romperse definitivamente. Aunque eso ya no importa, Kyle debe marcharse. Quiero que sea feliz y eso es algo que solo puede ocurrir si se aleja lo antes posible de mí.

Y hablando de mi corazón: está muy débil, lo siento, cada vez más, como si le costara latir, como si le costara seguir adelante. Bueno, cuando lleguemos te cuento un poco más, quizá en persona, ¿quién sabe?

15.00 h

Acabamos de comer en una terraza en el centro de Cuenca. La ciudad es como de cuento, con sus Casas Colgadas sobre el valle y el río, las calles adoquinadas, sus iglesias antiguas y ese puente que conecta la ciudad y que, por cierto, si no lo has pasado, no lo hagas, da un vértigo increíble. Pero, bueno, como ya sabrás al leer esto, no estabas allí.

Conocer a esta María Astilleros ha sido superdivertido. Imagínate, cuando estaba haciéndole las preguntas que le hago a todas las posibles madres, salió su hija. Debía de tener mi edad e iba vestida toda de negro, con un piercing en la nariz, un collar de perro en el cuello y un pintalabios de un morado tan oscuro que parecía negro. La chica salió de la casa y, cuando pasó a nuestro lado fingiendo que teníamos el don de la invisibilidad, la mujer nos preguntó si creíamos que era legal cambiar de hijas. Sí, sí, y lo decía muy en serio. ¿Te imaginas? Kyle y yo estuvimos riéndonos un buen rato. Creo que los dos lo necesitábamos y mucho. Bueno, esta tarde vamos a dormir en Guadalest, un pueblo de Alicante. ¿Lo conoces? ¿Has estado allí? Pero qué tonta soy, si hasta puede que vivas en él.

21.00 h

Tampoco estabas en Guadalest. Bueno, al menos la visita a ese pueblo de piedra construido en lo alto de una colina, con su castillo presidiendo el valle y el río ha merecido la pena. He hecho un montón de fotos. Pero esta noche le he dicho a Kyle que me quería acostar temprano. Es verdad que estoy cansada, pero sobre todo quería escribirte. Sí, quería contarte cómo me siento. De repente, mientras hablaba con la sexta María Astilleros, he sentido un torbellino enredándose en mis pulmones. Al principio no sabía por qué, pero enseguida me ha venido una pregunta a la cabeza: ¿por qué soy yo la que te estoy buscando a ti, mamá? ¿Por qué no eres tú la que me buscas a mí?

A Kyle le importo de verdad, se ve, incluso se esfuerza cada día por demostrármelo. Y también hay otras muchas personas a las que parece que les caigo bien y que hasta son amables conmigo, así que, mamá, ahora que sé que soy una persona a la que se puede querer, me duele a rabiar que tú no lo hicieras.

He rezado millones de veces a cada Dios, a cada estrella, a cada ser luminoso que pueda oírme, para que el día que te encuentre pueda oír de tus labios que alguien te obligó a darme en adopción o que estabas enferma, o que tenías depresión postparto o una enfermedad mental, o un problema de vida o muerte, porque si no, de verdad, no podré entender cómo pudiste dejarme. ¡Dios! Solo era un bebé recién nacido. ¿No sentiste nada por mí? ¿Es que te daba asco?

¿Por qué lo hiciste? ¡Me lo he preguntado tanto! Y hay algunas veces, pocas, pero las hay, en las que temo tu respuesta y rezo por no encontrarte jamás, o pido hacerlo, pero solo para obligarte a mirarme a la cara y que te mueras de vergüenza al confesarme el porqué. Vale, cuando nací eras joven y quizá no pudiste hacer nada, pero ¿y después? Era fácil encontrarme. ¿Por qué no viniste a buscarme? ¿Por qué no me escribiste o me llamaste o hiciste algo, cualquier cosa para que supiera que había alguien en este planeta que sí me quería? Ni siquiera te has molestado en averiguar si estaba bien, si era feliz, porque de haberlo hecho hubieses sabido que cada día de mi vida te he echado terriblemente de menos. Me dan ganas de gritar.

No puedo seguir. Kyle me acaba de preguntar si estoy bien y no quiero que se baje de la cama y me vea aquí llorando. Buenas noches, madre. Solo te pido que no me decepciones.

2 de abril

Lo siento, lo siento muchísimo, mamá, ayer estaba muy dolida. Pero yo no soy así, yo no soy esa. Solo es que a veces el dolor y la duda son tan fuertes que llegan a confundirme, me llevan a pensar locuras y a escribirte cosas que no pienso de verdad. Mamá, de verdad, estoy segura de que tuviste una buena razón para dejarme. ¿Podrás perdonarme?

Kyle ha debido de darse cuenta de mi follón emocional, pues me ha traído a desayunar a un pueblo precioso frente al mar Mediterráneo y no deja de intentar hacerme reír. El sitio se llama Jávea y está muy cerca de Altea, el lugar donde vive la siguiente candidata o quizá tú. Luego te sigo escribiendo, ¿vale? Kyle se había ido a pagar, pero ya le estoy viendo venir. Espero que, si vives en Altea, en media hora estés en tu casa. Ah, y por favor, acuérdate de invitar a Kyle a quedarse con nosotras. Significaría mucho para mí. 😊

16.00 h

Tampoco estabas en Altea, el pueblecito de casas blancas e iglesias de cúpulas azules en cuyas calles se respira el aire del mar. Kyle ha insistido en que descanse un poco antes de ir a visitar a la siguiente candidata. Está siendo muy bueno conmigo, siempre atento a que no me canse, a que coma bien y sin quejarse nunca por lo suyo. ¡Y pensar que hace solo una semana estaba en el borde de una cascada dispuesto a saltar! Buf, la simple idea me revuelve el estómago. Este planeta hubiera perdido a un chico increíble. Cuando pienso que ha dejado a un lado su dolor para estar al cien por cien para mí, me toca más de lo que nunca te podrías imaginar. Sus ojos, antes apagados y mates, ahora brillan con una intensidad que parece de otro mundo. No hemos vuelto a hablar de Noah, claro, me parece que lo de viajar al lado de una chica como yo ya tiene que ser bastante duro de por sí.

22.00 h

Nuestra tarde en Benidorm ha sido emocionante, es una ciudad loca y tranquila, de casitas bajas y rascacielos, tradicional y moderna, preciosa y fea, todo y nada a la vez. Después de descartar a la octava candidata, hemos paseado por sus calles repletas de restaurantes con terrazas, de tiendecitas, de bares con música a toda pastilla y de cantantes ambulantes. Había tanta gente que en un instante me he rezagado un poco mirando un escaparate y he perdido de vista a Kyle. Y así, de repente, sin que aún entienda por qué, me he sentido abandonada, sola, indefensa en medio de la calle como una niña de dos años. El tornado eléctrico que giraba y giraba en mi pecho me dejó paralizada, sin poder moverme entre la gente que pasaba, sin poder reaccionar. Y justo un segundo antes de que el tornado me tirase al suelo, llegó Kyle. No hizo falta decir nada. Solo me miró, como si sus ojos pudieran ver más allá de mis pupilas, como si pudiese adivinar los fragmentos de mi roto corazón, y cogiéndome la mano con firmeza me sacó rápidamente de aquel lugar.

No hablamos de ello, no hizo falta, pero sí decidimos que nos apetecía cenar tranquilos en el camping, así que tras comprar algo de pan, jamón, queso y unos tomates, nos hemos puesto las botas en la mesa plegable delante de la furgoneta. Kyle se ha abierto más que nunca. Quizá haber mirado en mi interior le ha dado el coraje de apartar un poco su coraza. Me ha contado cosas de sus padres, de sus abuelos, de lo que hacía de pequeño, de sus vacaciones en un lugar de Arizona que se llama Sedona y que, por lo que me ha contado, debe de ser precioso. Sus abuelos maternos viven allí. Bueno, ha sido... yo diría que el mejor momento de mi vida, hasta ahora. He sentido que pertenecía a algo más grande, he sentido lo que debe de ser tener una familia, gente que te quiere y que daría su vida por ti... Por un instante me he imaginado cómo sería tener más tiempo, cómo sería tener un corazón sin defectos de fábrica, no tener que decirle adiós tan pronto; incluso me ha hecho desear estudiar fotografía, recorrer el mundo a su lado, conocer mejor a sus padres, visitar Arizona y todos esos sitios de los que me ha hablado. Y, sobre todo, lo que más me ha hecho desear, por encima de cualquier otra cosa, es no tener que separarme de él nunca. Pero entonces me he acordado de esa calle de Benidorm, de la angustia que sentí y todas las ganas se han esfumado como han venido. ¿Para qué quedarme? ¿Para que al cabo de unos años se dé cuenta de que ya no siente nada por mí, o que decida dejarme o incluso que le pase algo? No, no podría vivir todos los días de mi vida con la angustia de saber que en cualquier momento podría perderlo. No sé cómo lo aguantan los demás. Le abres tu delicado corazón a alguien, te entregas, le dejas entrar en tu intimidad y después, simplemente, sin avisar, tu corazón termina hecho pedacitos. No, gracias, eso no es para mí. ¿A ti te han roto el corazón alguna vez, mamá? Seguro que sí.

Supongo que por eso nací con este defecto, o a lo mejor en vez de un defecto es un escudo, una protección para no tener que sufrir la desesperación del género humano. Sí, claro que sí, estoy total y absolutamente segura de que es así. Pero entonces, si estoy tan segura, ¿por qué corre un río interminable de lágrimas por mis mejillas mientras te lo escribo?

KYLE

Esta mañana hemos dejado Alicante para ir en busca de la penúltima madre de la lista. Espero que esta sí sea la buena y por fin regresemos a Alabama. Ya no soporto verla así, agotada, débil, frágil, jugándose la vida por encontrar a una madre que no se merece que la encuentre. Últimamente se toma muchas de esas pastillas que siempre lleva con ella. Dice que el medico se las recetó para que pudiese viajar sin complicaciones. Pero cuando le pregunto, siempre me contesta que se encuentra perfectamente. Y como si la vida quisiese mostrarle lo que ella misma se hace, llevamos media hora siguiendo el GPS por un entramado de carreteras secundarias y caminos sin asfaltar que parecen llevarnos directos al centro de ninguna parte.

Después de kilómetros sin ver una casa ni tampoco un alma, nos topamos de frente con una enorme propiedad vallada llena de olivos, frutales y caballos pastando en libertad. Mientras me detengo frente al portón de hierro que da acceso a la finca, Mia le hace fotos a un cartelito de madera oscurecido por el tiempo que anuncia: CORTIJO LAS TRES MARÍAS. El lugar es muy distinto a los que hemos visitado hasta ahora. Esta gente debe de estar forrada.

—Oye —le digo—, estás segura de que has metido bien la dirección, ¿verdad?

—Al quinientos por cien. He comprobado cada dirección al menos cinco veces.

Me lo creo.

—Vale, pues vamos para allá.

El portón está abierto, así que arranco.

—¡No! ¿Qué haces? No podemos pasar así, sin llamar antes.

—Es que no hay timbre.

—Ya, bueno, pero ¿y si no hay timbre precisamente porque no quieren que nadie llame, o porque no quieren ser molestados o porque todo el mundo en la zona sabe que no se puede entrar?

—Tranquila —le digo—, todo está bien, en serio.

Pero mis palabras no parecen surtir efecto, pues según nos adentramos por el camino de arena que conduce a la casa, se va encogiendo más y más en su asiento.

—No entiendo cómo puedes estar tan tranquilo —protesta.

—Venga, ¿qué es lo peor que puede ocurrir?

Se gira hacia mí como si se estuviese preguntando de qué extraño mundo he salido.

—¿De verdad quieres que te haga una lista?

Antes de que pueda enumerarme todas las cosas que no pueden ocurrir más que en su cabeza, comienzo a divisar el cortijo. Es blanco, en forma de U, con puertas rústicas de madera oscura y dos torres en las esquinas.

—¡Para, para! —me grita en cuanto lo ve—. Da la vuelta, por favor.

Freno sin lograr contener ya la risa.

—Pero ¿qué te pasa ahora, Mia?

—¿Estás ciego? ¿No has visto el casoplón? No podemos entrar con el pobre Moon Chaser en un sitio tan elegante. ¿Y si piensan que somos delincuentes, u okupas, o que venimos a robar, o que somos de una secta? ¿Y si ya están llamando a la policía y me deportan y me obligan a operarme? Venga, ¿a qué esperas? Da la vuelta, corre.

Guau, debería presentarse a un doble récord del libro Guin-

ness: la persona que es capaz de hablar más rápido con la imaginación más enrevesada del mundo entero.

—Eres increíble, ¿lo sabes? ¿Cómo consigues ponerte tan
histérica en tan poco tiempo? Si no quisiesen que entrasen visitas
no dejarían el portón abierto.

—Ya… —protesta—. Está claro que por tu mente no pasan
todos los «y si» que pasan por la mía. Si lo hiciesen, tú también
entrarías fácilmente en modo «dramistérico».

El color miel de sus enormes ojos casi desaparece en la ne-
grura de sus dilatadas pupilas. Le cojo la mano, así, sin siquiera
pensarlo.

—Mia, todo está bien, en serio.

Parece tan sorprendida como yo. No le suelto la mano y ella
tampoco trata de apartarla. Tiembla, solo un poco. Se la aprieto con
suave firmeza. Quiero que sienta el cariño que no me permite ex-
presarle con palabras, quiero que se sienta segura, tranquila, en casa.

—¿Podemos seguir? —le pregunto.

Asiente con los ojos brillantes, frágiles, vulnerables. Conduzco así, sujetando su mano por el camino de arena que conduce a
la casa. Tocarla es como estar montado en una montaña rusa que
no deja de descender. Por mí, conduciría así hasta Alabama, pero
claro, no puedo, y mucho antes de lo que me gustaría llegamos
frente a la casa.

Aparco bajo un olivo centenario a pocos metros de la entrada. Mia tiene la mirada fija en la gran puerta rústica de madera
oscura en forma de arco que da acceso al cortijo.

—¿Preparada?

Se gira hacia mí, sus ojos llenos de interrogantes, de miedo,
de anhelo y solo tras un instante logra asentir. Abre la puerta
y, delicadamente, retira su mano de la mía. De inmediato siento
un vacío, un hueco, algo que me falta más que el aire. No quiero
imaginarme cómo será cuando tenga que separarme de ella durante el tiempo que dure la operación.

Al final soy yo el que llama al timbre, Mia prefiere esperar unos pasos más atrás. Una sirvienta uniformada nos recibe y su amable sonrisa parece obrar milagros: Mia esboza un amago de sonrisa. La mujer nos acompaña hasta un patio interior, donde nos pide que esperemos mientras avisan a la señora de la casa. Incluso nos trae una bandeja, que parece de plata, con galletas caseras y un poco de limonada. Mia ni siquiera las prueba y eso, en ella, no es buena señal, así que para mantener sus «y si» a raya, le cuento todo lo que sé sobre los cortijos, que se resume a lo poco que me explicó mi padre cuando supo que veníamos a España. Son propiedades enormes típicas del sur de España en las que los trabajadores conviven con los propietarios en una casa grande o en un grupo de casas. En esta, a un lado del patio están los establos, el otro es para los trabajadores y la parte central es la casa principal.

Me escucha atenta, sin decir nada, y cuando he terminado mi rollo, se levanta y avanza como hipnotizada hacia uno de los naranjos que hay en el patio e inspira el aroma de sus flores.

—¿Alguna vez habías olido algo tan maravilloso? —no espera respuesta y como hablando para sí misma dice—. Ojalá en Venus también haya estos olores. Sí, seguro, tiene que haberlos.

No me mola el tema, ni un poquito, así que intento desviar la conversación:

—Espero que esta sea tu madre, en serio. —«Para que te operes de una vez y dejes de hablar de Venus»—. No estaría mal que heredases un sitio como este.

Mia se gira hacia mí, con el ceño a lo «me parece increíble que seas tan lerdo».

—No te pega ser tan materialista, Kyle.

Antes de que pueda defenderme aparece una elegante mujer montada en un caballo gris de crines trenzadas. Nos bastan un par de preguntas para saber que tampoco es ella. Al menos le hemos caído bien, pues después de contarnos mil cosas del cortijo, de los caballos y los olivos, nos acompaña hasta la puerta y, haciendo honor a la hospitalidad española, nos regala una bolsa con unas botellas de vino y de aceite y un queso entero de sus propias ovejas cuyo olor nos hace salivar, y mucho. Viva España.

En cuanto la puerta se cierra a nuestras espaldas, me da la sensación de que otra puerta se cierra en Mia. Parece distinta, como ausente, quizá decepcionada. Camina despacio hacia la furgoneta.

—Venga —intento animarla—, no pasa nada. Esta no era, pero eso quiere decir que la siguiente sí es la buena. ¿No es genial? Por fin vas a conocer a tu madre.

Si las miradas matasen, acabaría de palmarla. Vale, ¿y ahora qué ha pasado?

—¿Va todo bien? —le pregunto.

—Sí, claro, todo va perfectamente.

Su tono me dice: «Estoy cabreada y no te voy a decir por qué».

—Vamos, ¿qué pasa? ¿He hecho algo que te ha molestado? ¿He dicho algo? ¿Es por lo de las galletas? Oh, venga, tampoco he comido tantas.

Me ignora por completo. Sacando el móvil de su mochila sin dejar de caminar me dice:

—Iré poniendo la dirección; cuanto antes me dejes con mi madre mejor que mejor.

¿Por qué hace eso? Duele como un balonazo en la boca del estómago. Muy estirada, entra en la furgoneta mientras yo, tratando de mantener mis emociones a raya, meto la bolsa con el aceite y lo demás en la cocina de atrás. Justo cuando salgo y cierro la puerta, oigo que grita:

—¡No puede ser!

Con el corazón a mil, me apresuro al asiento del conductor convencido de que debe de haberle pasado algo realmente grave, y me la encuentro moviendo el móvil en el aire en busca de cobertura.

—¿Qué pasa? —le digo con retintín—, tu teléfono no quiere que te deje en casa de tu madre cuanto antes.

Mira la pantalla muy de cerca mordiéndose el labio.

—Me prometieron que 2GB era más que suficiente para los diez días y ahora me dice que he consumido todos mis datos —protesta—. Debería estar prohibido dar informaciones erróneas a los turistas. Y ahora, ¿qué vamos a hacer?

—Venga, no es el fin del mundo —le digo con un tono más burlesco de lo que era mi intención—, pondremos el GPS en mi teléfono. No creo que por unos días de *roaming* me vaya a arruinar.

—Pues este lugar se parece mucho al fin del mundo, y si a tu teléfono le da por no volver a funcionar no sé cómo vamos a salir de aquí.

Rebusco en mi mochila y saco el móvil. Lo que veo en la pantalla me borra la sonrisa como una bofetada.

—¡No puede ser! —digo—. No tengo cobertura.

—«Venga» —me imita burlesca—, «no es el fin del mundo».

—Te juro que en cuanto llegue a casa les pienso poner un comentario que lo van a flipar.

Se limita a mirarme con los brazos cruzados y ese gesto irritante de «te lo dije».

—Bueno —añado sin darle el gusto de que note mi irritación—, no pasa nada, en los *scouts* me enseñaron a orientarme con el sol, así que si me dices hacia qué dirección estamos yendo quizá logremos llegar a una carretera principal. ¿Norte? ¿Sur? ¿Alguna idea?

Resopla y se pone a buscar algo en su mochila.

—Venga, si no sabes decirme la dirección, no pasa nada, puedo volver a la casa y pedirles que nos impriman un mapa, no creo que les importe.

Mia, con la cabeza metida literalmente en su mochila, practica el arte de ignorarme.

—¿Dónde te has metido? —Ahora además habla con algo en la mochila.

—Oye, no sé qué haces ahí dentro, pero déjalo, vale, iré a la casa y…

—¡Te encontré!

Saca la cabeza de su mochila y me enseña su SIM americana con una sonrisa victoriosa.

—Siempre preparado, ¿no es eso lo que os enseñan en los *scouts*?

—Eres la mejor —le digo—, en serio.

—Sí, bueno… —Encoge los hombros resignada—. Dejaré que el *roaming* termine con mis ahorros inexistentes.

—Pillaremos una nueva SIM en cuanto lleguemos a un sitio civilizado. —Y levantando la mano en el gesto *scout* y una sonrisa pícara añado—: Palabra de *boy scout*.

Arranco y, mientras avanzamos hacia la salida, Mia cambia la SIM. En cuanto ha metido la nueva dirección, deja el teléfono en el salpicadero y se acurruca contra la ventana dándome la espalda. Intento ponerme en su lugar, entender por lo que está pasando, pero no es fácil. Ir en busca de una madre que ni siquiera sabes si quiere verte no debe de ser precisamente genial. Y que sea la última de toda la puñetera lista es aún peor. Y también está el tema de la policía y todo ese rollo; debe de estar hiperpreocupada.

—Mia… —tanteo.

—¿Hummm?

No se gira, me da la sensación de que intenta evitar que vea su cara.

—Oye, no quiero que te preocupes por nada, ¿vale? —No reacciona—. Te ayudaré a hablar con la policía, les explicaremos lo ocurrido. —Sigue inmutable—. Todo se va a arreglar, ya lo verás. En cuanto sepan lo de la operación, no te pondrán pegas para regresar a Alabama.

Niega ligerísimamente con la cabeza, es todo lo que hace.

—No estarás sola, Mia. —Y con una emoción que me llena el pecho, murmuro—: Nunca más vas a estar sola.

Por única respuesta se encoge aún más en el asiento, sin dejarme ver aún su rostro. Por mucho que me devano los sesos, tratando de interpretar su reacción, no lo consigo. Lo único que me queda claro es que no quiere hablar del tema. Y así pasamos las siguientes cuatro horas del viaje: Mia perdida en ese mundo propio que aún rehúsa compartir conmigo, y yo poniéndole todo el repertorio de su «cantante favorito en el mundo» en un intento fallido de animarla.

MIA

El cielo está teñido de los colores más increíbles: rosa, verde, amarillo e incluso un poco de morado. Estoy de pie, frente a una puerta de madera roja. A un lado hay uno de esos timbres antiguos, con un pájaro de metal y una campanilla debajo. Llamo. La puerta se abre casi al instante y aparece una mujer igualita a mí: el mismo color de pelo, los mismos ojos, la misma forma de labios, solo que veinte años mayor que yo.

—¿Sííí? —me pregunta alargando mucho la «i».

Abro la boca dispuesta a decirle un millón de cosas, pero por alguna extraña razón no logro que salga ningún sonido. Cruza los brazos, un poco molesta.

—No entiendo qué haces aquí otra vez —me dice.

Intento hablar, lo intento con todas mis fuerzas, pero no logro que salga nada de mis labios. Mirando por encima de mi hombro sonríe de una forma extraña, maliciosa.

—Por fin llegan —dice—. Menos mal, ya no sabía cómo deshacerme de ti.

Me giro aterrada y veo a dos médicos que vienen hacia mí. Llevan batas blancas, y gorro y guantes y todas esas cosas que se ponen cuando te van a operar. No puede ser. Quiero gritar, quiero que venga Kyle, pero mi voz me ha abandonado. Mis pies parecen extensiones del suelo, no consigo levantarlos. Grito y grito con todas mis fuerzas, pero ni siquiera yo logro oírme. ¡No puede ser! ¿Dónde está Kyle? Los médicos se acercan con un enorme bisturí en la mano. ¡Me van a abrir! ¡Me van a abrir el corazón! ¡Kyle!

—¿Mia?

Abro los ojos. Kyle me está mirando desde arriba. Mi respiración está agitada y por mis axilas corren ríos de sudor.

—Eh, ¿estás bien? —me dice con una suavidad que tranquiliza mis pulmones—. Creo que estabas teniendo una pesadilla.

Me agarro a su brazo para incorporarme en el asiento, sin saber aún dónde estoy ni en qué mundo vivo, lo único que sé es que me alegro de verle. Aunque sus ojos han perdido parte de su brillo. Parece triste.

—Sí, sí, estoy bien. —No sé por qué he dicho eso, está claro que no lo estoy—. Yo…

Miro afuera. Estamos en una especie de plaza en un pueblo de casas bajas. Al fondo hay un edificio con tres banderas, y a un lado una iglesia de piedra con nidos de cigüeñas en su campanario. Vale, estamos en el planeta Tierra y más concretamente en España, hasta ahí todo bien.

—Hace un rato que hemos llegado a Almagro —me dice—, pero parecías tan cansada que no quise despertarte.

Poco a poco empiezo a recordar y recuerdo también por qué la tristeza estrangula mi garganta. ¿Cómo puede alegrarse tanto de que vaya a encontrar a mi madre? No lo entiendo. Me había prometido que no quería deshacerse de mí. ¿Y lo de la policía? Supongo que en mi interior había un resquicio de esperanza de que quizá él sí me llegase a entender, de que él pudiese apoyarme para evitar esta locura de operación, pero no. Al final, Kyle es como todos los demás.

—Es ahí. —Señala una casa de aspecto modesto—. El número cincuenta y cuatro de la plaza de las Fuentes.

La casa es baja, pintada de blanco con unos azulejos verdes un pelín horteras que recubren la parte inferior de la pared. Todo me parece ajeno, extraño, me grita que no pertenezco a este lugar, que no pertenezco a ninguna parte. ¿Por qué nada es como me lo había imaginado? ¿Por qué no me siento como debería sentirme? Toda una vida esperando este momento y ahora que ha llegado, ni siquiera consigo encontrar mi alegría. Me giro hacia Kyle y le pillo mirándome en silencio, con los ojos cargados de compasión y tristeza.

—He intentado aparcar en la plaza —me dice—. Imposible. En la media hora que llevamos aquí no ha salido nadie.

Ni siquiera me había fijado en que la plaza está abarrotada, llena de coches y de gente por todos lados. Deben de estar de fiestas, porque hay banderitas colgando de los tejados de las casas y las farolas, y los balcones están adornados con flores y guirnaldas. Kyle parece incómodo, con los ojos fijos en el volante.

—Si quieres —empieza— puedo esperarte aquí. Me imagino que querrás hacer esto sola… y, bueno, supongo que lo entiendo, y…

Sus palabras no concuerdan con su tono. Su tono sí me dice lo que quiero oír, su tono me dice que él tampoco quiere separarse de mí.

—¿Vendrás conmigo? —le pregunto.

Su enorme sonrisa ilumina su tristeza. Asiente.

—Aparcaremos en alguna calle lateral —dice mientras arranca—. Antes me di una vuelta y había algún sitio.

Mientras avanzamos por la plaza, el silencio entre nosotros se llena de palabras no dichas, tantas que ensordece. En cuanto gira en la primera calle, encontramos aparcamiento. Una furgoneta verde, conducida por una monja, está a punto de salir. Kyle se para y, mientras esperamos a que maniobre, el silencio se hace cada vez más espeso, más duro, casi explosivo. Cuando aparcamos y tira del freno de mano, siento como si me hubieran rasgado por dentro, como si ese freno me dijera que se acabó, que él y yo, yo y él es un sueño imposible a punto de expirar. Me mira.

Yo también lo miro, ¿cómo podría no hacerlo?, ¿cómo podré dejar de hacerlo cuando se vaya, cuando yo me vaya?

—Bueno… Supongo que aquí se acaba nuestro viaje —me dice con una sonrisa que no logra disimular su tristeza.

Intento encontrar qué decirle exactamente, algo que le transmita lo mucho que me importa, pero sin dejar que se entere de lo mucho que me importa en realidad. Demasiado confuso, y junto al atontamiento que me provocan las pastillas, solo logro asentir.

—Supongo que tu madre y tú tendréis muchas cosas de las que hablar y —acaricia el volante y siento su caricia como si se deslizase por todo mi cuerpo—, por si acaso luego no tengo ocasión, quería darte las gracias, Mia. —Me mira con una intensidad que derrite todos mis hielos—. Por este viaje, por permitirme compartir estos días contigo, por abrirme las puertas de tu intimidad y…

No, no quiero oírlo, no puedo.

—Déjalo, Kyle, por favor —digo cubriéndole los labios con la mano. Si sigue voy a terminar llorando en sus brazos.

Me la aparta con una ternura que me deshace.

—No, Mia, necesito decírtelo, necesito que sepas que me has salvado la vida. —Ahora me mira muy, pero que muy intensamente, y sus ojos parecen retener toda el agua del Tennessee—. Y no me refiero solo a aquel día en las cascadas.

Rompo a llorar. No puedo dejar que siga, no puedo escuchar estas cosas, lo hacen todo demasiado duro, demasiado difícil, me hace dudar.

—Cállate, por favor. —Me muerdo el labio con tal fuerza que brota una gota de sangre.

No le doy tiempo a reaccionar, solo pongo la mano en la manilla y con un esfuerzo sobrehumano abro la puerta. Es lo más duro que he hecho en toda mi vida. Subir a la cima del Everest sería un juego de niños al lado de lo que acabo de hacer. Todo mi cuerpo me pide que me quede, me pide abrazarle, besarle, quedarme para siempre a su lado, pero no puedo hacerle esto, mi siempre es demasiado corto, mi siempre hiere como un cuchillo ardiente. Le quiero demasiado para decirle lo mucho que le quiero. Oh, Dios mío, ¿acabo de pensar lo que acabo de pensar?

En cuanto pongo los pies en el suelo el sol me ciega y todo es confuso. Me seco las lágrimas con una furia que no entiendo. Kyle aparece a mi lado y el suelo se materializa de nuevo bajo mis pies. Y así, el uno al lado del otro, avanzamos en un momento que dura una eternidad, en un momento que termina demasiado pronto. Miro al cielo y le pido a todas las estrellas que oculta el día que me ayuden, que obren un milagro, que hagan algo para que este dolor que taladra mis entrañas cese, para que deje de doler así, pero no funciona.

Y cuando llegamos frente a la puerta, frente a esa puerta que llevo una vida entera imaginando, frente a esa puerta que ya no sé si quiero franquear, nos detenemos. Miro al timbre. No puedo hacerlo. No me apetece hacerlo. Ya no sé ni lo que quiero.

—¿Llamo? —me pregunta poniendo el dedo en el timbre.

Dudo, pero termino asintiendo. Kyle presiona el botón blanco muy despacio, como si él tampoco quisiese que este momento terminara. Un estridente ding dong me encoge el alma. Miro a Kyle, planteándole mil preguntas que aún no he conseguido formular. Asiente como si pudiese leer más allá de mis ojos, como si quisiese decirme que todo está bien. Pero no lo está, nada lo está. Unos pasos rápidos se acercan desde dentro y mi corazón se dispara con ellos. El metal de una llave gira en el interior. Sé que no debo, pero le cojo la mano, necesito sentirle. Me la sujeta con una firmeza que me hace sentir segura, me hace sentir en casa. La puerta se abre. ¡Es ella, tiene que ser ella! Su cara, su pelo, su estatura es exactamente como yo, solo que mayor. Aparte de la ropa, claro: su delantal a cuadros y las zapatillas de lana nunca serán muy de mi estilo. Kyle me mira y sus ojos ríen de emoción.

—¿Sí? —pregunta extrañada.

Abro la boca, pero no sé qué decir. Mi mente y mis emociones se han quedado totalmente en blanco.

—¿María Astilleros? —Es Kyle quien lo pregunta.

—La misma —responde la mujer en español—. ¿Quién me busca?

—Siento molestarla —sigue Kyle—. ¿Habla inglés?

—Sí, pero lo tengo un poco oxidado. No he vuelto a hablar desde que fui estudiante de intercambio durante un año en Estados Unidos.

—Verá —logro articular—, estoy buscando a alguien y…

De nuevo mi lengua se traba. Kyle termina mi frase:

—¿No estaría usted en Alabama en la primavera de 2003?

Demasiado directo. Le tiro de la mano.

—¿Alabama? —dice extrañada—. No, era una universidad al norte del estado de Nueva York.

Y no sé por qué, pero siento un gran alivio, incluso logro recuperar el habla.

—Lo siento mucho —digo reculando.

Ahora es Kyle el que me tira de la mano con gesto de «¿te has vuelto loca?».

—¿Está segura? —le dice a la mujer—. Por casualidad no habrá tenido usted una hija mientras estaba allí, ¿verdad?

Le clavo las uñas. La mujer se ríe, menos mal.

—No, lo siento, no puedo tener hijos. Aunque me hubiese encantado. Pero ¿por qué me hacéis todas esas preguntas?

Algo reclama su atención a nuestras espaldas.

—Qué raro —dice la excandidata a mi madre—, ¿qué habrá pasado?

Kyle y yo nos giramos a la vez. Hay cuatro policías saliendo de dos coches. Uno de ellos tiene una especie de GPS en la mano. Señalan en nuestra dirección. «Madre mía, madre mía, madre mía».

—¡Mierda! —dice Kyle, y no puedo estar más de acuerdo. Se gira hacia mí—. ¿Cómo te han encontrado? —Luego se vuelve hacia la mujer—. Por favor, se lo suplico, tiene que ayudarnos.

La pobre mujer arruga el entrecejo, totalmente perdida.

—No hemos hecho nada malo, lo juro —dice Kyle y me señala—. Solo estamos buscando a su madre biológica.

Los polis se acercan.

—Es verdad, yo también se lo juro, por favor, tiene que ayudarnos. Si nos encuentran me detendrán y me enviarán de vuelta a Alabama, pero yo no puedo irme sin encontrar antes a mi madre, por favor, por favor.

La mujer nos mira como tratando de encajar todo lo que le he dicho, después mira a los policías que se acercan y abriendo su puerta, nos dice:

—Pasad. Rápido. Ahí hay una puerta trasera.

Entramos a toda prisa y cerramos la puerta a nuestras espaldas.

KYLE

Corremos de la mano hacia el fondo de un largo y lúgubre pasillo con puertas a los lados. Mia empieza a quedarse atrás. Me giro. Está pálida, casi azulada. Respira con dificultad.

—¡Mia! —exclamo, y mi voz suena más alterada de lo que pretendo.

Hay terror en sus ojos. La cojo en brazos y la levanto en el aire. Ni siquiera se resiste. Me agarra por el cuello y se pega a mí, como si quisiese facilitarme la huida.

—Lo siento —murmura, con la cara contra mi hombro.

—Te voy a sacar de esta, Mia —digo con la rabia que nace de la determinación—, ¡te lo juro!

En el momento en que atravieso el arco que da acceso al patio, el ding dong del timbre me eriza la nuca. Nos miramos y veo la súplica en sus ojos. El patio, con un pozo en su centro, tiene decenas de macetas y de cosas por todas partes, pero ni rastro de la supuesta puerta.

—Es una encerrona —gime Mia—. Kyle, esa mujer nos ha traicionado.

—No, Mia, esa mujer quiere ayudarnos…, estoy seguro.

Me pregunto qué tipo de cosas ha vivido para pensar así. Oímos que la puerta de entrada se abre al otro lado del pasillo y voces que discuten en español. Busco la puerta por todas las paredes mientras escuchamos a María hablar nerviosa. Pasos apresurados comienzan a resonar por el pasillo.

—¡Allí! —grita Mia—. ¡Mira, allí!

Señala hacia una de las esquinas oculta tras un viejo frigorífico. Corro y ¡bingo! Tras el aparato hay una puerta cubierta de polvo y telarañas con una llave puesta. Me agacho y, en un movimiento tan sincronizado que parece ensayado, Mia gira la llave e intenta abrir. Las bisagras, atascadas por el paso de los años, se niegan a girar impidiendo que la puerta se abra.

—¡Deténganse! —nos gritan a nuestras espaldas.

No me vuelvo. Mia los mira y su gesto se llena de terror. Reculo un paso y, aunque la rodilla me duele a rabiar, abro la decrépita puerta de una fuerte patada.

—¡Corre, Kyle, corre! —dice Mia, agarrándose con tal fuerza a mi cuello que amenaza con asfixiarme.

Salgo, sintiendo las respiraciones furiosas de los polis detrás de mí. Cierro la puerta y la empujo con la espalda, con el cuerpo de Mia pegado al mío. Tratan de abrirla. La bloqueo como puedo, mientras Mia, estirando el brazo, cierra con la llave. Al incorporarse, su cara queda frente a la mía. Nos miramos por un instante tan intenso que marea. Un fuerte golpe hace temblar la puerta. El delicado cuerpo de Mia se estremece en mis brazos.

—No pasa nada —le digo en el tono más tranquilo que mi garganta se digna pronunciar—. Llegaremos a la furgoneta y nos largaremos de este lugar.

Asiente, pero su gesto me dice que no las tiene todas consigo.

Intento orientarme. Moon Chaser está aparcada en la calle que sale unos metros a la izquierda, pero si los polis han de dar la vuelta y salir por la puerta principal, tendrán que pasar por allí, así que…

—¡Allí! —grita Mia señalando a una calle paralela al fondo.

Vale, está claro que su neurona va más rápido que la mía. Casi sin mirar a los lados, cruzo la carretera con Mia en brazos. Un imbécil al volante de un cochazo que no se merece me pita como un poseso. Paso y me meto en la calle paralela. Es estrecha y corta. Oímos el estrépito de la puerta retumbando contra el suelo, algunos gritos y pasos que corren. Mia no puede dejar de temblar.

—Están como putas cabras —protesto—. Esos tíos han visto demasiadas pelis policiacas.

—Kyle, ¡mira!

Al final de la calle, donde se cruza con otra perpendicular, aparece un coche de policía. Me paro en seco. Los pasos y las voces a nuestras espaldas cada vez suenan más cerca. Giro sobre mí mismo estudiando nuestras opciones.

—¡Aquí, Kyle, aquí!

De nuevo su neurona ha sido mucho más veloz que la mía. Señala una verja de hierro que da paso al pequeño patio de un edificio religioso. Mientras corro adentro me da el tiempo justo de leer el cartel: Convento de las Carmelitas Descalzas. El cuerpo de Mia se encoge al ver la estatua de una Virgen ennegrecida por los años y la humedad. Subo los tres escalones hasta la puerta de madera que da acceso al edificio y la empujo de costado.

Entramos en una iglesia antigua. Finas líneas de luz se filtran por las alargadas vidrieras de la pared. Huele a cera, a madera vieja y a polvo. El chirrido de la puerta al cerrarse me provoca escalofríos. Dejo a Mia en un banco mientras echo un vistazo al lugar: hay bancos de madera, un órgano antiguo, un Cristo crucificado y una decena de estatuas que nos miran en un silencio escalofriante. Tras el altar me parece ver una puerta. No es lo que busco, no ahora.

—Kyle, no hay tiempo que perder, vamos, ¿qué haces?

—Ganarlo —respondo—. Tenemos que cortarles el paso.

Y como si no hicieran falta las palabras entre nosotros, asiente, entendiendo en el acto lo que voy a hacer. Miramos hacia la misma vieja mesa de madera maciza junto a la entrada. Sus robustas patas talladas y su grueso tablero delatan su peso. La rodilla me está haciendo polvo, pero aun así la empujo con todas mis fuerzas. Pesa como un bloque de hormigón. Voces y gritos se acercan por fuera. Empujo y empujo, pero no se mueve ni un milímetro. Un dolor agudo me taladra la rodilla.

—¡Kyle!

Su voz aterrada despierta una sensación extraña en mí, una sensación de poder, de fuerza sobrehumana. Y como si estuviese apoyado por los colegas de Marvel y DC, empujo una vez más, esta vez con más fuerza de la que mis músculos soportan. La puerta se está abriendo.

—¡Ah! —grito empujando con furia. La mesa empieza a ceder.

—Kyle, ¡deprisa!

Empotro la mesa contra la puerta décimas de segundo antes de que logren abrirla.

—¡Policía! —gritan, sin recordar lo que es la amabilidad—. ¡Abran la puerta!

Mia se levanta y me mira. Jadeando le pregunto:

—¿Cómo narices te han localizado?

Niega con la cabeza, confusa. De repente abre mucho los ojos, como si de pronto se diera cuenta de algo vergonzoso. Los polis empujan la puerta y la golpean, pero la mesa parece soldada al suelo.

—¡La SIM! —exclama—, me han localizado en cuanto he vuelto a usar mi SIM americana. —Se golpea la frente—. ¿Cómo puedo haber sido tan idiota?

—Venga, no te tortures —le digo—, Sherlock no sabía de la tecnología moderna.

Con un amago de sonrisa nerviosa, saca el móvil y, como si fuese un artefacto explosivo, extrae la SIM.

—Vamos. —La cojo de la mano y tiro de ella hacia el altar—. Tenemos que salir de este agujero.

Mientras avanzamos, Mia tira con rabia la SIM en un buzón que pone Limosnas y dice:

—Y ahora que me encuentren si pueden. ¡Desalmados!

Los golpes y los gritos de los polis al otro lado de la puerta me borran la sonrisa.

—¡Policía! —gritan furiosos—. ¡Abran!

Llegamos a la puerta junto al altar. Me preparo para cogerla en brazos, pero se aparta.

—No, no hace falta, de verdad, ya estoy mejor, puedo caminar.

Su mirada gacha no me convence, así que la levanto en volandas.

—Ya caminarás cuando hayamos salido de esta. —No parece convencida. Mirándola fijamente, añado—: Si tienes otra recaída, sería el fin. ¿Quieres volver a Alabama?

Ha funcionado. No solo se queda muy quieta, sino que me ayuda a abrir y empujar la puerta. Los gritos y los golpes de los polis aumentan unos cuantos decibelios. Pasamos a lo que parece una sacristía: un pasillo ancho con roperos a ambos lados y vestimentas de curas. Corro hacia otra salida al fondo y tras ella avanzo por otro largo pasillo con muchas puertas a los lados, todas iguales. Una está abierta. Mia la señala. Me asomo: solo hay una cama estrecha, un baúl y un reclinatorio de madera negra.

—Entra, vamos —grita nerviosa—, tenemos que escondernos.

En lugar de hacer lo que me pide, retomo el paso aún más rápido.

—Unos tíos que son capaces de echar abajo una puerta para encontrarte no dudarán en registrar cada rincón de este lugar.

Me mira sin decir nada, pero sus ojos gritan «socorro». Intentando que los míos no griten lo mismo, le digo:

—Tenemos que llegar a la furgoneta antes de que esos imitadores de Robocop lleguen a nosotros.

El pasillo, que ahora gira a la derecha, desemboca en una puerta doble de madera. Mia inspira profundamente, pero el aire no parece entrar libremente en sus pulmones. La impotencia y el miedo a perderla me sacuden como un terremoto mientras me paro frente a la puerta. La deposito en el suelo con la mayor suavidad posible y nos cogemos de la mano.

Empujo la puerta. Un olor a galletas recién horneadas nos golpea la nariz. Es una cocina donde unas monjas sacan galletas del horno, otras las empaquetan, otras amasan algo a un lado y otras limpian cacharros en grandes fregaderos de piedra. Se quedan petrificadas al vernos entrar. Cuando nos miran, sus gestos son tan inexpresivos que me dan escalofríos. Mia me aprieta la mano. Al fondo hay otras dos puertas. Al menos una debe de dar a la calle.

—Hola —saluda Mia con esa voz de niña buena que tan bien le sale—, nos hemos perdido, ¿no habrá otra salida por algún lado?

Oímos sirenas de la policía que se acercan desde el otro lado de la cocina. Deben de haber dado la vuelta. Mia me mira rogándome que haga algo, que no la deje tirada.

—Por favor, hermanas, se lo suplico —les digo con el gesto inocente del que no ha matado a su mejor amigo—, tienen que ayudarnos, no hemos hecho nada malo. —Al menos ella no—. Y…

—Nos amamos —continúa Mia en plan dramático—, y nos hemos casado en secreto, pero nuestros padres se oponen y por eso han llamado a la policía y ahora…

Mia se calla al ver las miradas confusas de las monjas. Está claro que no han entendido ni una palabra. Una puerta se abre a lo lejos. Nos llegan voces de hombres en español. La respiración de Mia se acelera, su mano se humedece en la mía. Nos damos la vuelta, dispuestos a largarnos por donde hemos venido, cuando oímos la voz firme de una mujer hablando en inglés.

—No, se han equivocado de puerta, la tienda está al otro lado.

Nos giramos. Una monja mayor tan alta como yo y con gruesas gafas nos habla desde el fondo de la cocina. Las otras la miran como si acabase de poner fin a su entretenimiento del día.

—Vengan conmigo, les acompaño a la salida. —Y de repente, en un inglés alto y claro, nos dice—: Venid por aquí, ¡deprisa!

MIA

Un soplo de esperanza alivia mi fatigado corazón. Mientras seguimos a la monja por una puerta al fondo de la cocina, Kyle me coge la mano con firmeza, como si temiese perderme, como si temiera que me fuese a evaporar. Entramos en una despensa cuyas estanterías están repletas de cajas de galletas. Un auténtico paraíso, de no haber sido por el dolor. Con cada paso, me oprime más, me ahoga más, como un puño empeñado en arrancarme a destiempo de este mundo. Tengo miedo, creo que nunca he tenido tanto miedo. No puedo morirme aquí, así, no ahora.

Kyle se gira hacia mí, como si me estuviese sintiendo, y sus brillantes ojos gritan preocupación. No dice nada, no hace falta, solo me coge de nuevo en sus fuertes brazos, haciendo que mis ojos se humedezcan sin permiso. La monja gira la cabeza y nos mira por encima de sus gruesas gafas de pasta marrón. Por un instante solo me observa, atenta, conmovida, como quien intenta encajar una información que no cuadra. Las voces y los pasos bruscos de los policías se acercan a la puerta por la que acabamos de pasar.

—Vamos, vamos —susurra la hermana, señalando hacia el fondo de la sala—, por allí.

Kyle la sigue a través de una puerta que cierra con llave a sus espaldas, después atravesamos un estrecho pasillo y salimos a un claustro protegido por arcos de piedra. Los pasos de Kyle rompen el extraño silencio que emana del lugar. Cada piedra, cada columna parecen gritarnos secretos que no consigo oír. El corazón de Kyle palpita contra el mío, acelerado, alborotado, pero al mismo tiempo yo diría que triste. Me apoyo en su hombro mientras avanza y, extrañamente, me siento en casa, me siento en una casa que no entiende de paredes ni de fronteras.

La monja pasa bajo uno de los arcos. Kyle la sigue hasta una pequeña capilla sin puerta. En su interior, solo hay ocho bancos, un altar sencillo y un confesionario. El olor a humedad y a incienso me provoca escalofríos. Hundo la nariz en su cuello. La mujer camina decidida hacia el altar.

—¿Qué hacemos aquí? —le pregunta Kyle con cierta desconfianza—. Nos encontrarán.

La mujer le responde sin girarse:

—Ten fe en los pasos que te guían, hijo mío.

Kyle me mira con el ceño fruncido, pero la sigue hasta el otro lado del altar. En el suelo, bajo una alfombra roja desgastada, hay una trampilla. A partir de este momento todo transcurre muy deprisa: Kyle me deja en el suelo, la abre y, siguiendo a la monja, me ayuda a bajar las escaleras empinadas que no parecen tener fin. Pero lo tienen, y de nuevo en sus brazos atravesamos un entramado de pasillos excavados en la tierra. La monja, a nuestro lado, ilumina el camino usando su móvil como antorcha. El lugar parece antiguo, secreto. Huele a tierra, a humedad y al paso de unos años que no parecen haber pasado.

Kyle me mira cada poco como si quisiese asegurarse de que estoy bien, de que no me voy a marchar. La monja también lo hace y hasta parece rezar en voz baja. El dolor de mi pecho se va suavizando, bajando de intensidad, pero ella parece agotada, su tez sonrojada está cubierta de sudor. Por fin empezamos a ver una puerta al final del pasadizo. Al acercarnos resuena en nuestros oídos la voz severa de un hombre que recita palabras carentes de emoción. Se parece a los sermones del cura de St. Jerome. La anciana se para delante de la puerta, jadeante.

—¿Cómo estás, pequeña? —me pregunta.

Kyle me mira como si su vida dependiera de mi respuesta. Asiento deseando con todas mis fuerzas hacerme invisible.

—¿Podrás caminar? —me pregunta la mujer—. Me temo que así llamaríais demasiado la atención.

—Sí, claro —digo, haciendo amago de querer bajarme de los brazos de Kyle. Él no parece dispuesto a soltarme—. Solo necesitaba un momento para recuperar el aliento, pero ya estoy bien.

Tras compartir una mirada de esas que dicen «no me creo ni una palabra», Kyle me deja en el suelo y me coge la mano con esa firmeza que parece querer retar hasta a la mismísima muerte.

—Yo saldré primero —dice ella—. Por si hubiese algún policía.

Asiento y no dejamos de mirarla mientras abre la puerta despacio, inspira profundamente haciendo la señal de la cruz y sale. Kyle resopla, agobiado. Cuento uno, dos, tres y hasta siete segundos antes de que vuelva a entrar.

—Todo despejado —nos dice—. Id con Dios.

—Muchísimas gracias —responde Kyle.

—Le estaremos eternamente agradecidos —añado deprisa.

—No, pequeña, soy yo la que os doy las gracias por permitirme ayudaros. —Y mirando a Kyle fijamente le dice—: Dios está siempre en las acciones que emprendes, sin importar los errores que cometas o hayas cometido.

La respiración de Kyle se corta un instante. La mujer nos regala una última sonrisa antes de desaparecer tras la puerta. Me dispongo a salir, pero Kyle me corta el paso.

—¿En serio estás bien? —me pregunta—. Si quieres podemos descansar aquí hasta que anochezca y…

—No soportaría quedarme ni un segundo más —le digo. Tiro de su mano y cruzamos la puerta que, escondida tras un confesionario, nos conduce a una iglesia llena de gente con sus ropas de domingo.

—Podéis ir en paz —dice el cura en un tono tan triste como solemne.

Debe de haber dado la misa por concluida, pues todos comienzan a levantarse y a dirigirse a la salida. Nos mezclamos con la gente y salimos por la puerta doble de madera que da a la calle. ¡Estamos en la plaza! Justo al otro lado de la casa de la mujer que hubiera podido ser mi madre. Delante de la entrada hay un coche de policía y, apoyado en él, un agente habla por la radio. Parece cabreado.

—Oh, Dios mío, ¿le estás viendo?

Por toda respuesta tira de mí hasta que nos pegamos a un grupo de chicos que avanzan charlando y riendo. Caminamos junto a ellos, del lado más alejado del policía, con nuestras manos fundidas en una sola. Rezo todo lo que sé y también lo que no sé mientras pasamos al lado del agente. Estamos tan cerca que puedo oír todo lo que dice. Nuestras manos se estrechan, ni siquiera respiramos. Uno de los chicos grita riendo. El hombre se gira hacia nosotros. ¡Va a vernos! Y en este preciso instante, unas palomas alzan el vuelo. Parecen distraerle. Seguimos caminando con la mirada fija al frente. Oigo las voces de los otros polis por la radio. Nos alejamos poco a poco y solo cuando llegamos a la calle donde dejamos a Moon Chaser, me atrevo a mirar hacia atrás de reojo.

—Le hemos despistado —susurro.

Kyle asiente sin dejar de caminar, atento al menor movimiento. Al llegar junto a la furgoneta, me abre la puerta de atrás mirando en todas direcciones. Me meto y me siento en el medio, de modo que puedo ver todo sin ser vista. Kyle se sienta en el asiento del conductor. Mete una marcha y al mirar por el retrovisor, se encuentra con mi mirada. Le sorprende, pero no la suelta. Arranca, puedo oír el motor. Empezamos a movernos lentamente. No deja de mirarme. Me parece que busca en mi interior, que busca respuestas para preguntas no pronunciadas. Temo que las pronuncie, rezo para que no lo haga. Ya no quedan madres en mi lista, ya no quedan razones para seguir juntos. O quizá sí, quizá haya muchas razones, quizá haya demasiadas. Nunca debí pedirle que viniera a este viaje conmigo.

KYLE

En cuanto entramos en la furgoneta, arranco. Yo al volante, Mia escondida en la parte de atrás. Ni siquiera pongo el GPS, lo único que quiero es largarme a toda prisa de este lugar. Avanzo por una calle y otra y otra hasta llegar a la salida del pueblo. Me paro en un *stop*. A ambos lados la carretera es ancha y está rodeada de campo.

—Eh —le digo a Mia, que sigue escondida atrás—. ¿Estás bien?

—Sí, claro, todo bien —me dice asomando la cabeza entre los asientos.

No sé por qué se empeña en mentirme cuando se ve a la legua que no es verdad. Está tan débil que asusta. Las sombras moradas bajo sus ojos y el tono azulado de su piel no saben de mentiras. Además, le cuesta respirar, aunque esté acostumbrada a disimularlo.

Coloca su mano sobre mi asiento dispuesta a pasar delante, cuando veo por la izquierda una furgoneta azul que se acerca. ¡Es de la poli!

—¡Mia, no!

Se agacha deprisa. Lo único que logro hacer es tragar saliva mientras la furgoneta gira a la izquierda y pasa a nuestro lado lentamente. Todo me parece ralentizado como una escena que no termina de avanzar. Me miran, les miro y me acojono. Al pasar junto a mi puerta, se paran. Supongo que observarlos fijamente en plan pirado no ha sido una idea genial.

—¿Todo bien? —me dicen a través de la ventanilla bajada.

Asiento fingiendo una sonrisa tranquila. Ellos también asienten, aunque un poco moscas, y se van. Casi sin atreverme aún a respirar, pongo el pie en el acelerador y poco a poco giro a la derecha. Avanzo por la carretera en total silencio durante unos metros.

—¿Ya? —susurra Mia impaciente.

Después de mirar como unas diez veces por todos los espejos retrovisores y asegurarme al dos mil por ciento de que no hay policías a la vista, le respondo.

—Todo despejado.

Mia pasa delante y se sienta sin quitarme ojo. Por un breve instante, solo nos miramos con una gravedad que nos es nueva. Mia se aclara la garganta y me dice muy seria:

—Bueno, supongo que ahora tendremos que añadir una cláusula nueva a tu contrato que incluya este tipo de… cosas, ¿no crees?

La seriedad en mi rostro desaparece de golpe y estallo en una carcajada incontrolable. Mia sonríe con una ceja levantada y poco a poco ella también rompe a reír. Nos partimos en una risa nerviosa, en una risa que libera, en una risa llena de lágrimas contenidas. No quiero separarme de ella, ni que muera, ni vivir con este miedo constante de que le pase algo. Cuando la risa se evapora, la tristeza se instala entre nosotros, una de esas que pesan. Hasta el aire parece más denso. Mia mira por la ventanilla, ocultándome su rostro.

—Llévanos lejos —me dice—, muy lejos de aquí.

No respondo, no puedo hacerlo, necesito parar, cogerla en mis brazos y decirle que todo va a ir bien. Además, esta tristeza es de las que cansan, de las que te golpean hasta dejarte exhausto, la conozco bien. Así que cuando veo un cartel de madera que pone: HOTEL RURAL LOS TEJOS y una flecha indicando una salida a la izquierda, no dudo ni un instante en girar el volante.

—Eh, ¿qué haces? —exclama, y en su tono percibo una nota de angustia.

—En serio, Mia, estoy hecho polvo. —Para hacerlo más creíble incluso resoplo—. No estoy acostumbrado a este tipo de cosas… —Y hago que ese «cosas» suene a algo realmente terrible.

Mia niega con la cabeza sin dejar de mirar por la ventanilla y, muy seria, me advierte:

—Nunca te presentes a un concurso de mentirosos, lo haces de pena.

Al menos no insiste. Siguiendo los carteles del hotel me meto en una estrecha carretera sin asfaltar rodeada de árboles. Los campos están repletos de amapolas, flores blancas y amarillas y algunos rebaños de cabras. Podría pasarme días dibujando este lugar. Pero sobre todo podría pasarme días dibujando la cara de Mia en este instante. Es la cara iluminada de una chica cuyos sueños más bonitos parecen deslizarse ante sus ojos.

Según avanzamos se encoge en su asiento, como si este lugar, este momento e incluso esta vida, le quedasen demasiado grandes, como si de algún modo no le correspondiese ya vivirlo. No sé por qué, pero tengo un extraño presentimiento, un presentimiento de que me oculta algo y eso me quema por dentro, me consume y sobre todo me cabrea.

No tardamos en llegar al hotel. Es increíble, todo de piedra y madera, parece salido de un escenario de la Edad Media. La recepción está en un salón con una chimenea, tan grande que hasta tiene dos bancos a los lados para que la gente se pueda calentar. A mi padre le fliparía. Mia lo mira todo fascinada, como en un sueño que no termina.

—Buenas tardes —me dice la recepcionista saliendo hacia el mostrador.

—Hola —saludo—, ¿tiene alguna habitación para esta noche?

—Por supuesto —contesta tras teclear en su ordenador—. ¿Quieren una habitación con dos camas o una suite matrimonial?

Suite, grito por dentro. Por fuera miro a Mia esperando que conteste por los dos. No lo hace. Está tan ensimismada que ni lo oye.

—En realidad… —le digo a mi pesar— preferimos dos habitaciones individuales, por favor.

Mientras le doy la tarjeta de mi padre, el vacío que siento en la boca del estómago crece más y más, y lo peor es que no entiendo por qué. Ya hemos visitado a todas las madres de su lista y ahora no nos queda otra opción que regresar a Alabama, pero ¿por qué no habla de ello? ¿Por qué no me habla de su operación o del viaje o de qué pasará mañana? Si no me ocultase algo hace rato sé que estaría hablando de todo ello sin parar.

MIA

Es la habitación más bonita que he visto en toda mi vida y además es solo para mí. Y aun así, no puedo evitar sentir un pinchazo en el estómago al pensar que ahora podría estar con Kyle, y en una suite nada menos. Un calor extraño y excitante recorre mi cuerpo. Debería hablar con las monjas del convento, seguro que me hacen santa por haber logrado resistirme a la tentación. Hacerme la sorda no ha sido fácil, sobre todo cuando mi cuerpo ardía ante la sola idea de pasar una noche con él. Vale, rebusco en mi repertorio mental un tema mejor en el que enfocar mis pensamientos. El tema «mi madre» no es una opción, así que me centro en la habitación.

La cama es enorme y hay un balcón que da a un río. Entro en el cuarto de baño. Madre mía, tiene una bañera de esas que echan chorritos. Tardo un rato en entender cómo se cierra el tapón y cuando lo hago abro el grifo del agua caliente. Me siento como Julia Roberts en *Pretty Woman*, solo que con otra profesión, claro. Mi cuerpo me grita que me tumbe de inmediato. Me siento extraña, como si flotase, como si no estuviese del todo en mi cuerpo. El miedo me produce un escalofrío. Aún no quiero morir. Cierro un poco el grifo para que se llene lentamente. Cenaremos en una hora y antes del baño quiero descansar un poco.

En la habitación, saco el bote de pastillas de la mochila. ¡Solo me quedan dos! Vale, tengo que tranquilizarme. Me las tomo y me tumbo en la mullida cama. Hace calor, pero mi cuerpo entero tirita. Me cubro con la suave colcha. El miedo es tan grande, tan opresivo, que me dan ganas de llorar, como si fuese una niña pequeña. Me niego. Cojo el móvil y abro mi galería en busca de fotos de Kyle. En una, sus ojos grises me miran desde la pantalla mientras sujeta mi helado multicolor. Me sonríe, sí es a mí a quien sonríe, soy yo la que le hace sonreír. Mi mente malvada me dice «pero no por mucho tiempo», destrozando de un golpe toda mi alegría. El cuerpo me pesa demasiado para levantarme, el alma me pesa demasiado para seguir adelante. Tengo que cerrar el grifo, pero mis párpados pesan demasiado, no consigo mantener los ojos abiertos, no consigo levantarme. Socorro.

KYLE

La habitación no está mal, lo que me parece rematadamente mal es que Mia no esté conmigo. Dejo caer la mochila al suelo y me desplomo sobre la cama. Hemos quedado en una hora. ¿Cómo se supone que voy a soportar la espera? Tenía muy mal aspecto. Si le pasase algo… No, no puede pasarle nada, es demasiado injusto para ser posible. El espacio azulado se filtra a través de la ventana abierta que da al balcón. Las copas de los chopos bailan con el viento como si me hablasen, como si quisiesen decirme algo. Sigo cabreado con Dios, pero le pido, le ruego, incluso le suplico, que no la deje morir.

Cojo el móvil y abro la página de su fotoblog. Buscando entre las imágenes, me detengo en las pocas en las que aparece ella. Sin esperarlo, caigo en un selfi suyo con Noah. Mi corazón empieza a derramar su lava ardiente a través de mis ojos. Noah parece feliz. No había vuelto a ver su cara desde aquel día.

—Lo siento, tío —le digo con voz resquebrajada.

Sigue sonriendo, como si me dijese que sí, que me perdona y que lo entiende.

—Te echo de menos, tío, echo de menos poder hablar contigo, echarnos unas risas como antes… —Los ríos de lava que caen por mis ojos casi no me dejan ver la pantalla—. Tío, no sé qué hacer con Mia. No quiero que se muera. La quiero, ¿sabes? Nunca había sentido algo así. Daría mi vida por que se salvara, daría mi vida para que tú regresaras.

Un pájaro con las alas azuladas se posa en la barandilla de mi balcón. Me mira. Me quedo muy quieto. Canturrea algo bonito antes de echar a volar. Sigo su vuelo y observo el cielo. Me parece que brilla más. Mierda, yo no creo en estas cosas, pero le doy las gracias a lo que sea que me esté escuchando. Vuelvo a mirar la cara de Noah.

—No sé si puedes hacer algo desde allí arriba, pero, por favor, cuida de ella, ¿vale?

MIA

Mis párpados se abren uno a uno, lentamente, como persianas a las que les cuesta levantarse. En cuanto siento la suavidad de la colcha doy las gracias por seguir viva. Me siento mejor, más aquí, aunque todavía un poco dormida. Miro afuera por la ventana abierta y, en cuanto empiezo a admirar el oscuro firmamento estrellado, me doy cuenta. ¡Oh, Dios mío, se ha hecho de noche! Cojo el móvil para mirar la hora y lo que veo son doce llamadas perdidas de Kyle y veinte mensajes sin contestar. Abro el último. Es un selfi de él en un restaurante y aún era de día. Debajo pone: «Te espero abajo, en el restaurante». Madre mía, madre mía.

Me pongo de pie tan rápido como puedo y, antes de salir de la habitación, me acuerdo de la bañera. No quiero ni imaginarme la que se debe de haber montado. Me apresuro al cuarto de baño. La bañera está llena y el grifo cerrado. Buff, menos mal, deben de tener un sistema de seguridad.

Cojo mi mochila y salgo tan deprisa como me es posible.

KYLE

Me he comido todas las uñas de las dos manos y eso es algo que no había hecho en toda mi vida. Después de llamar a su puerta, llamarla por Telegram y dejarle no sé cuántos mensajes, he entrado en su habitación. Dormía profundamente. Su respiración era tan débil que he tenido que tocarla para asegurarme de que todo iba bien. No he podido evitar quedarme un rato a su lado, pero al final me he ido; si me hubiese pillado allí mirándola como un pirado no sé de qué habría sido capaz.

Pero de eso hace ya dos horas, dos horas en las que me he planteado todos los «y si» habidos y por haber: ¿Y si en lugar de estar dormida se ha desmayado? ¿Y si se muere por no llevarla a un médico? ¿Y si no se despierta nunca más? ¿Y si muere en la operación? ¿Y si no siente nada por mí? Esto de los «y si» debe de ser contagioso, en serio.

Durante la última media hora he conseguido dibujar, bueno, dibujarla a ella, ya que no logro pensar en otra cosa. El restaurante hace rato que ha cerrado, pero me han dicho que podía quedarme aquí en la terraza el tiempo que quiera. Está montada bajo unos árboles a la orilla de un río. Cuando estoy terminando mi dibujo, oigo unos pasos que se acercan. Es ella, tiene que ser ella. Cuando la veo aparecer entre los árboles, con su vestido corto y su chaqueta amarilla, casi lloro de alivio. Me estoy convirtiendo en el tío más llorón del planeta. Y aunque me fastidie, le doy las gracias a lo que sea que haya por ahí arriba. Siento la presencia de Noah, como si nos mirara, como si nos sonriera. Se me pone la piel de gallina.

—Lo siento —me dice al acercarse—, lo siento muchísimo, me he quedado dormida y...

—Lo sé.

Se para de golpe y, con aire de confusión, retoma el paso más despacio.

—Te he visto —le aclaro.

—¿Qué pasa, que ahora te dedicas a hacer viajes astrales o algo?

—Oye, pues la verdad es que hubiese sido muy práctico, la próxima lo intento. No, en serio, no contestabas, estaba preocupado, así que pedí la llave en recepción y... Bueno, básicamente te salvé de morir ahogada.

Sus ojos se abren mucho y hasta se ruboriza.

—Vaya... —me dice con un tono decepcionado—. Esperaba más de un artista, no sé, algo más creativo, como escalar por el balcón, enviar un dron o algo así, pero... En fin, gracias.

Logra hacerme reír.

—¿Tienes hambre? —le pregunto, y le muestro el plato de pescado con patatas fritas que le he guardado.

—No mucha, gracias.

Vaya, no está bien. Aun así, se sienta y pilla una patata frita.

—Escucha —le digo por fin—. Sobre el viaje de mañana... He estado pensando y creo que antes de ir al aeropuerto deberíamos pasar por una comisaría y contarlo todo.

—¿Al aeropuerto? —dice dejando la patata—. ¡No! ¡No me puedo ir todavía! Tengo que seguir buscando.

—¿El qué? Ya has encontrado a todas las mujeres de la lista.

—Sí, pero quizá me haya equivocado con el rango de edades o...

La frustración se apodera de cada una de mis neuronas y hace que mis palabras suenen más duras de lo que quisiera.

—¡No hablas en serio!

—Solo serán unos días más.

—No, Mia, tienes que volver. Necesitas esa jodida operación. Esto no es un juego.

—Lo sé… Pero no puedo tirar la toalla, aún no. Estamos muy cerca, lo presiento.

Empiezo a desesperarme.

—No puedes seguir arriesgando tu vida para encontrar a una mujer que ni siquiera sabes si quiere ser encontrada. Has hecho lo que has podido, Mia. —Mis palabras la hieren, lo veo en su barbilla que tiembla. Lo siento, pero…

—No, no… —me interrumpe—. Tienes razón, supongo. En realidad… —Mia niega con la cabeza gacha. Cuando levanta la mirada, sus ojos están llenos de enfado e impotencia—. Solo quiero que me mire a la cara y me diga por qué no se quedó conmigo; cómo pudo abandonarme y olvidarse de que existo.

—Quizá lo hizo porque era lo mejor para ti —le digo, casi sin pensar—. Quizá pensó que estarías mejor con otras personas. ¿A quién le importa?

—A mí me importa, Kyle. —Sus ojos se quiebran por el dolor—. No lo entiendes.

—No, Mia, ¡eres tú la que no lo entiendes! Hay mucha gente que no está hecha para ser madre, ¿vale? Y no puede ser que te importe más saber qué narices pasó que tu propia vida y la de todos a los que nos destrozarías si te mueres antes de tiempo, mierda.

Me mira alterada, parece que no le salen las palabras.

—Solo necesito unos días más…

Me levanto, impotente, cabreado y tan desesperado que le suelto:

—Quizá si dejases de obsesionarte con encontrar a una mujer que no ha hecho sino traerte a este mundo, empezarías a prestar atención a las personas que sí te queremos.

No era así como planeaba decírselo. Al menos ya no podrá seguir fingiendo que no lo sabe. Parece enmudecer.

—Necesito refrescarme —le digo y me largo hacia el río.

MIA

Aún estoy tratando de encajar sus palabras cuando Kyle se quita la camiseta y se zambulle en el agua. Han sido como cañonazos de una realidad que no quiero escuchar, ni mirar, ni que exista. ¿Ha dicho que me quiere? ¿Era eso lo que quería decir? «Mia, por favor, deja de soñar». Mi mente malvada vuelve a escupirme su veneno.

Le observo un rato, pero no parece asomar a la superficie. En cuanto sale, vuelve a sumergirse. Su mochila está en la silla. Sobre la mesa, su cuaderno de dibujo. Miro a Kyle, miro a su cuaderno y lo abro por una página que oculta un lápiz.

La impactante belleza del dibujo me humedece los ojos. Es de aquel día, en el tejado de Moon Chaser. Me está abrazando, con las estrellas fugaces y el firmamento entero como únicos testigos de nuestro... De nuestro ¿qué? ¿Qué hay entre nosotros? Veo una frase escrita a lápiz debajo. «Si lloras por haber perdido el sol, las lágrimas te impedirán ver las estrellas. Tagore».

Lo leo tres veces más. Cada palabra me impacta, se graba en mi mente con el fuego de su intención. Busco en el agua la única estrella de todo mi firmamento. Se ha parado, de espaldas, en la otra orilla. Todo en mí, cada átomo, cada partícula, cada sentido, me pide que vaya a su lado. Me descalzo y camino hacia él por el puente de madera a la izquierda sin poder dejar de mirarle ni un instante. Se vuelve hacia la mesa y al no verme me busca, intranquilo. En cuanto me encuentra, se calma. Me espera, mirándome fijamente mientras camino a su lado. Al llegar junto a él, estoy temblando. Quiero hablarle, explicarle cómo me siento, decirle lo mucho que me ha conmovido su dibujo, sus palabras, pero no puedo. Me siento en la orilla y meto los pies en el agua.

—Está fría —es lo único que alcanzo a decir.

Kyle se pone delante de mí. Sus ojos como un río enfurecido me hacen incontables preguntas.

—Seguramente esté equivocada… —le digo—. Pero necesito llegar hasta el final, Kyle. Por favor, te lo suplico, solo dame tres días más.

Me mira serio, inmutable. Finjo rascarme entre los hombros y, cruzando los dedos tras mi espalda, miento vilmente:

—Si no la encuentro, volveré a casa y me operaré. Te lo prometo.

Mentirle me provoca náuseas.

Asiente antes de advertirme:

—Tres días, Mia. Ni uno más.

—Kyle… —Mis labios le han llamado solos.

Me mira expectante y en sus enormes pupilas se refleja la luna entera. Lucho por no seguir, por no hacer lo que voy a hacer ni decir lo que voy a decir. Pero sé de antemano que es una batalla perdida.

—En tu firmamento… —le pregunto—, ¿hay muchas estrellas?

No se lo esperaba. Sus ojos, en los que brillan emociones entremezcladas, lo delatan.

—Bueno —dice acercándose aún más—, en mi firmamento hay una estrella que brilla mucho más que las demás.

Me mira, le miro, el cielo entero nos envuelve en su manto nocturno.

—Si algo fuese mal… —empiezo.

Kyle me tapa los labios con sus dedos, pero con toda la suavidad del mundo, se lo aparto. Tengo que decírselo, quiero que lo sepa.

—Si algo fuese mal, Kyle, te esperaré en Venus.

Me mira intensamente, mientras su barbilla lucha contra el terremoto que la sacude. Me rodea la cintura con los brazos. Le rodeo su cintura con las piernas. Mirándome a los ojos se va acercando más y más. Como imanes que se atraen, mis labios buscan los suyos. Los suyos, sedientos, alcanzan los míos y por un instante no hacemos nada, solo sentir su suavidad cálida y ardiente. El deseo aumenta como un tsunami que sube y sube hasta llevárselo todo por delante. Mi cuerpo vibra en un deseo que nunca antes he sentido. Abre los labios y acaricia los míos. Me derrito en el agua del río. Me besa y le beso y así nos fundimos en un largo beso que dura hasta la eternidad.

MIA

3 de abril

Muy muy temprano por la mañana.

No puedo dormir, así que he decidido escribirte unas líneas, aunque si te soy sincera, no estoy muy segura de que me apetezca hacerlo. Por un instante he dudado si escribirte o bajar a la recepción y arrojar todos mis diarios a la chimenea. Aún no sé por qué no lo he hecho. Supongo que porque hoy es uno de esos días en los que necesito una madre con la que poder hablar, una que me aconseje, que me escuche y comprenda, que me diga que todo está bien, y aunque seguramente solo seas una ilusión de mi mente, al menos me alivia creer que no lo eres.

No debí besarle, nunca debí hacerlo. Sí, mamá, resulta que la protagonista de Pretty Woman era una santa a mi lado. ¿Cómo he podido hacerle esto al chico más bueno que puede existir?

Después de besarnos durante más de una hora, al ver que tenía frío, ha querido acompañarme a mi habitación. Quería entrar, lo he visto. Yo quería que entrase, oh, mamá, cuánto lo deseaba. Nunca he querido algo con tanta intensidad, pero no he podido, no puedo. Toda esta situación se está volviendo extremadamente peligrosa. Me hace dudar, me hace desear cosas que no debo desear, que no son para mí. Hay veces que hasta me sorprendo teniendo miedo, ¿te imaginas? A estas alturas empieza a asustarme morir. No morir en plan morir, sino morir en plan desaparecer de la vida de Kyle y que él desaparezca de la mía. Pero ya es demasiado tarde y la decisión está tomada hace mucho tiempo, no quiero seguir, no puedo más.

Soy una auténtica idiota, pero ¿sabes qué? Que si no te hubieras ido nada de esto estaría ocurriendo. Si me hubieses buscado, si te hubiese importado, quizá ahora podría dejar que otra persona me importara de verdad.

Cierro mi diario con tanta fuerza que lo tiro al suelo. Tumbo mi fatigado cuerpo en la cama, pero Kyle está aún muy presente en mi piel, su olor, su tacto, su todo. Y así me paso la noche, añorándole, dando vueltas, derramando lágrimas que ya hace años agotaron su caudal.

KYLE

Me he pasado la primera mitad de la noche dando vueltas y más vueltas en la cama y la segunda corriendo bajo la noche estrellada y dibujando a Mia sin parar. La echaba de menos, mucho, demasiado. Antes del amanecer y después de hacerme unos cuantos largos en la piscina, les he enviado un mensaje a mis padres. He estado a punto de contarles lo de Mia, lo de su enfermedad y todo, pero no lo he hecho. A veces siento que si no lo hablo con alguien, que si no comparto mi angustia, voy a estallar.

En cuanto han abierto el buffet del desayuno he pillado una buena mesa junto al río. Mia ha bajado un poco después, aunque no tengo muy claro si es ella o un clon que la ha suplantado. Esta Mia me rehúye y se comporta como si anoche no hubiera existido, como si nuestros besos no hubieran dejado la menor traza en su memoria. Y yo que me moría por besarla de nuevo esta mañana. Al llegar solo me ha saludado con la mano en plan colegas, sin dignarse mirarme, y desde entonces está sentada buscando nuevas madres en su teléfono.

—Vale —me dice, totalmente en su rollo—, he ampliado un poco el rango de edades y me salen cinco posibles candidatas más.

Si me mirase vería lo poco que me interesa su rollo buscamadres en este momento.

—Si nos damos prisa... —continúa inmersa en Mialand.

—¿Café? —pregunta una camarera, ofreciéndonos una jarra.

Mia levanta la vista y al hacerlo se topa con mis ojos, claramente por error, pues no tarda ni un segundo en desviarlos hacia la camarera. Yo no dejo de mirarla, fijamente, cabreado.

—Sí, por favor —responde y se pone a leer el nombre de la camarera bordado en su bolsillo. Supongo que forma parte de la estrategia «evitar a Kyle a toda costa». En cuanto la mujer ha terminado de servir, Mia cambia al modo «señorita ultraeducada» y le dice—: Muchísimas gracias, María.

—Victoria —aclara la empleada mientras se gira para servirme mi café.

Mia la mira con la ceja ligeramente levantada y el labio torcido, como hace cada vez que le molesta no entender algo, e incluso cabreado, me encanta.

—Mi nombre es Victoria —le dice—. En España, muchas personas tenemos dos nombres, pero en realidad solo usamos uno.

—Oh, vaya, en ese caso, muchas gracias, Victoria.

Victoria… Claro, ¿cómo no lo había pensado antes? Mis pensamientos me absorben mientras la mujer se aleja y oigo a Mia como si sus palabras me llegasen de muy lejos.

—Como te decía, creo que podríamos visitarlas a todas antes del viernes.

Mi cerebro, ajeno a su rollo materno imposible, termina de procesar la nueva información.

—¿Y si esta vez los «y si» sirvieran para algo? —le pregunto, creyendo hablar para mí mismo.

Logro que me mire, aunque sea con ese gesto irritante del que escucha algo absurdo. Vale, saco un boli de mi mochila y escribo el nombre de la camarera sobre una servilleta de papel: «María Victoria Ruiz Suárez». Se lo enseño. Mia mira la servilleta, pero parece que esta mañana su neurona ha perdido su esplendor.

—¿Y si…? —me dice, un pelín irritada—. ¿Y si me explicas de una vez de qué estás hablando?

—Vale, ahora sabemos que algunas personas en España tienen dos nombres y dos apellidos, ¿verdad?

Mia asiente.

—Vale, ¿y cómo crees que aparecería ese nombre en un documento oficial americano?

Mia se encoge de hombros, pero sus ojillos me dicen que he despertado su interés.

—Observa —le digo. Tacho «Victoria» y «Ruiz» y leo—: María Suárez. Mia, ¿y si todo este tiempo has estado buscando a la persona equivocada?

Y de nuevo es Mia, mi Mia, la que me mira, con los ojos llenos de una esperanza inocente, casi infantil, y me pregunta:

—¿Tú crees?

—Déjame ver tu certificado de nacimiento.

Lo saca muy deprisa de su mochila y lo desdobla sobre la mesa. Después rodea su mochila con los brazos como si quisiese protegerla de este mundo. Veo escrito: «María A. Astilleros».

—«A.» —digo, y mi cabeza asiente por sí sola.

—Pero hay cientos de nombres que empiezan por A. Podría tardar años en encontrarla.

—¿Y si…? —le digo y escribo: «María Amelia _____ Astilleros».

Enmudece con una emoción que parece asustarla y se hace más pequeña en la silla.

—¿De verdad crees que…? —me pregunta con una vocecita.

Asiento. Quizás su madre sí la quería después de todo, quizá le dio su nombre, o tal vez se lo pusieron en el orfanato, ¿quién sabe? Se muerde el labio y, al borde de las lágrimas, vuelve a buscar en su teléfono. No puedo evitar observarla. Está preciosa. Es preciosa. Sus ojeras se han suavizado y su tez ha recuperado parte de ese brillo que parece hecho de polvo de estrellas. Incluso así, haciendo esfuerzos por evitar llorar, se la ve mucho mejor.

—Vale —me dice acelerada—, he encontrado ocho mujeres que se llaman Amelia Astilleros en España. Pero tres días es realmente muy poco. Necesito planificar la ruta rápidamente. Tenemos que salir de inmediato. Venga, venga, vamos a desayunar ya. Bueno, no, come tú, yo no tengo tiempo, he de buscar la más cercana de las ocho.

Antes de que se atragante con su acelere lingüístico, me levanto para pillar algo de comer.

—¿Qué te traigo?

—Nada —me dice sin dejar de mirar la pantalla—. Bueno, lo que sea.

Hay tres mesas con manteles blancos colocadas en forma de U. Voy directo a la que tiene los panes, los bollos y ese tipo de cosas. Mientras espero a que un hombre y una mujer, una pareja de verdad, se corten unas rebanadas de pan delante de mí, me fijo en uno de esos estantes lleno de folletos turísticos a un lado. Uno me llama especialmente la atención. Lo cojo. Es un folleto de una excursión a una cueva con una Virgen dentro. No puede ser. ¡Es la Virgen del colgante de Mia! Pillo un folleto, tres bollos y regreso a la mesa a toda prisa.

—Mira. —Se lo enseño al llegar a su lado—. Es idéntica a la de tu colgante.

Mia coge el folleto y lo mira con mucho menos interés del que me esperaba.

—¿De dónde lo has sacado? —le pregunto, señalando su fino cuello.

Mi pregunta borra su alegría. Lo coge entre sus dedos y, mirándolo con aire melancólico, me dice:

—Lo llevaba cuando me dejaron en St. Jerome. Supongo que me lo puso mi madre. Me he pasado años tratando de descifrar su significado, tratando de entender por qué me lo puso, por qué me lo dio; me inventaba historias creyéndome que quizá era una pista, una señal que me había dejado para que pudiese encontrarla, pero —lo suelta como quien suelta un sueño y se encoge de hombros—, supongo que ya he madurado, bueno, al menos un poco.

—Nuestra Señora de Covadonga —digo leyendo el folleto.

—Sí, he consultado todo lo que existe sobre ella en internet. Está en el norte de España, en un lugar llamado Asturias. Como te puedes imaginar, es el primer sitio en el que busqué, pero allí no había ninguna mujer con su nombre… —De repente todo el polvo de sus estrellas se ilumina al unísono—. Aunque ahora…, quizá… ¡Oh, Kyle, eres el mejor!

Mia busca en su móvil. Su sonrisa baña mi corazón.

—¡Oh, Dios mío, Kyle! Mira, hay una: María Amelia Nieto Astilleros. Tiene que ser ella.

Se levanta tan deprisa que hace tambalearse la mesa.

—¡Vamos!

Me río y con un gesto le pido que se siente.

—Tu chófer necesita carbohidratos. Dame unos minutos, ¿vale?

Se vuelve a sentar, sí, pero no deja de mirarme fijamente. Y lo de zamparme un bollo delante de una Mia que ni parpadea no me convence demasiado.

—Vaaale —le digo—, desayunaré en la furgoneta.

¿Qué es un desayuno perdido al lado de su sonrisa encontrada?

KYLE

Al final no ha comido nada, el bollo sigue intacto sobre su regazo. En cuanto nos hemos subido a la furgoneta, ha reclinado el asiento y, después de escribir un rato en su diario, se ha puesto a mirar por la ventanilla, su mirada mucho más allá de lo que alcanzan a ver mis simples ojos. No ha dicho ni una palabra, ni siquiera ha hecho fotos. Pagaría millones por saber lo que pasa por su cabeza, por que compartiese aunque sea una parcela de su doloroso mundo conmigo.

Inspira profundamente y, estirándose entre los asientos, coge algo de la parte de atrás. Es la mantita roja. El termómetro marca veintisiete grados Celsius, que deben de ser como ochenta de los nuestros, y aun así se cubre completamente con ella. De nada sirve que le pregunte cómo se siente o qué le pasa, pues su respuesta siempre es la misma: falsa.

—Eh... —la llamo sin saber aun qué quiero decirle.

En cuanto se vuelve hacia mí y veo sus ojos cansados bajo unos párpados que parecen pesar toneladas, las palabras deciden salir por su cuenta de mis labios:

—Todavía nos quedan cinco horas hasta llegar a Asturias, ¿por qué no duermes un poco? —le sugiero. Su única respuesta es un ligero movimiento de cabeza hacia los lados—. Si veo algo realmente interesante, te despertaré. Te lo prometo.

Me mira fijamente a los ojos sin decir nada, sin moverse lo

más mínimo, sin parpadear. No sé si está pensando, me está estudiando o simplemente está muy lejos de aquí.

—¿Segura que no quieres echarte atrás?

No responde, solo me mira la mano derecha, pone la suya encima, me vuelve a mirar y, apoyándose en el respaldo de su asiento, cierra los ojos. El simple contacto con su piel ya me reconforta, como un bálsamo que cicatrizase un millón de heridas a la vez. Entrelazo mis dedos con los suyos con sumo cuidado. Se deja hacer, incluso me aprieta un poco la mano y siento que me dice que sí, que está aquí, que va a volver, que quizá solo tengo que esperar.

Vale, conducir con una mano me asusta más de lo que puedo expresar, pero soltar la suya y dejarla caer es algo que no haría ni aunque me encontrase en la boca del abismo. De modo que durante horas conduzco así, guardando su fragilidad en mi mano, sintiendo que me confía esa parte en ella que puede hacerse pedazos con un mero soplido. Casi la puedo oír diciéndome: «No me falles, no me dejes caer». Jamás, Mia.

Lo que va cayendo radicalmente es la temperatura. Acabamos de pasar por un largo túnel y, al salir al exterior, un cartel verde nos anuncia que hemos llegado a Asturias. El paisaje no puede ser más alucinante: altas montañas cubiertas de vegetación y restos de nieve, lagos y un cielo lleno de espesas nubes en todos los tonos del gris. Mia tiene que ver todo esto, le va a encantar, además se lo prometí. Decelero un poco y me giro hacia ella. Sigue dormida en la misma posición desde las nueve de la mañana, y de eso ya hace unas dos horas.

—Mia… —susurro.

No parece oírme.

—Eh —le digo apretándole suavemente la mano.

Ningún atisbo de respuesta. Tiro un poco de ella. Nada. Un poco más. Nada en absoluto.

—Mia —digo, rayando el grito—. ¡Mia, ¿qué te pasa?!

Freno tan rápido como puedo, paro la furgoneta en el arcén y me abalanzo sobre ella.

—¡Mia! —suplico, desesperado—. ¡Mia, háblame!

No lo hace. Le sujeto la cara con ambas manos, la muevo, le hablo, pero no hay ni la más mínima reacción. Está quieta, muy quieta, demasiado.

Dios, ¡no! Aplasto el acelerador y, rezando, me la llevo adonde puedan curarla.

KYLE

Tenía que haberla obligado a ir al médico, tenía que habérselo contado todo a mis padres, tenía que haber... Ni siquiera sé qué cojones tenía que haber hecho, pero está claro que algo distinto, algo mejor, algo bueno. Mierda, mierda, mierda, ha sido mi mantra en las tres horas que llevo en esta sala de espera sin paredes. He cogido el teléfono como veinte veces para llamar a mis padres, pero no he podido. Le prometí que no lo haría. Y en este lugar nadie me cuenta nada aparte de «aún no podemos decirle nada», «no hablo inglés» o «la doctora se pondrá en contacto con usted cuando sepamos algo».

La angustia me corroe, me erosiona, me desespera. ¿Es que nadie lo ve? ¿Es que nadie va a ayudarme a poner fin a esta mierda? Parece que no, así que vuelvo al ataque y camino directo a la recepción.

—¿Qué coño le están haciendo? —les escupo.

—Por favor, señor, siéntese —me dice una de las enfermeras por vigésima vez esta mañana.

Dios, alguien tiene que poder decirme algo. Me giro hacia un tipo de unos cincuenta años con aire suficiente y bata blanca que avanza por el pasillo.

—Disculpe, ¿habla inglés?

El tipo niega con la cabeza sin pararse, incluso acelera el paso. ¿Para qué coño viste una bata blanca si no le interesa ayudar a la gente? Capullo. Vale, me vuelvo a sentar en la silla. Al hacerlo la mochila de Mia se engancha con el respaldo y se cae al suelo. Casi me echo a llorar, como si al tirar su mochila la estuviera tirando a ella, como si le estuviera fallando. Esta espera me está volviendo tarado. Recojo la mochila y, al hacerlo, por la cremallera entreabierta, veo un sobre de tamaño mediano. Lo saco y miro en su interior casi por inercia, por hacer cualquier cosa, por enfocar mi atención en algo que no sea mi miedo a que esté sufriendo, a que se sienta sola, mi miedo a perderla. Dentro está su pasaporte y los billetes de avión. Los miro por el simple deseo de leer su nombre, aunque sea uno falso. Lo que veo me hiere como un cuchillo de doble filo. Mi billete es de ida y vuelta, pero el suyo no. El suyo es un billete de ida. ¿Qué significa esto?

—¿Kyle?

Levanto la mirada de sopetón. Es una médica, con su bata blanca y esa cosa para auscultar colgada en el cuello.

—Tu amiga, Mirian, me ha pedido que hable contigo.

Me pongo de pie de un salto mientras mi corazón palpita a dos mil por hora.

—¿Está bien? —disparo.

—Se encuentra estable. Acaban de sacarla de la UCI.

Vale, pero su gesto no es el de alguien que viene a darme una buena noticia.

—Pero… —añade por fin. Temo lo que sigue—. Podía haber muerto. Su corazón está muy débil. Entiendo que su religión le prohíba operarse el corazón, ya me ha explicado que los amish lo ven como el «alma del cuerpo», pero es esencial que lo haga. Si no… morirá.

—Lo sé. —Joder que si lo sé—. ¿Cuánto tiempo cree que podrá aguantar?

Niega con la cabeza y me observa bien antes de contestar, como si supiera que su respuesta puede hacerme pedazos.

—Un mes, una semana, unas horas… —La desesperación grita en mis entrañas—. No lo sabemos.

—¿Puedo verla? Necesito verla, por favor, tengo que intentar convencerla.

—Sí, claro. —Mira la hora en su reloj de muñeca—. En dos minutos empieza el horario de visitas. Te acompañaré a su habitación.

Camino al lado de la mujer por largos pasillo que se me hacen eternos, con la cabeza embotada como si un enjambre de abejas danzase en su interior. Todo me parece irreal, confuso, cruel, como una película mal contada.

MIA

Sé que no me queda mucho tiempo, mi corazón me lo dice a cada latido, a cada respiración estrangulada y dolorosa. Esta mañana en la furgoneta, sin la ayuda de mis pastillas, no podía ni hablarle; sentía que me iba, que me desintegraba, hasta me costaba entender lo que sus labios me decían. Pensé que si dormía un poco lograría aguantar el viaje hasta la casa de mi madre, pero me equivoqué. Sentir su mano me dio fuerzas para seguir, pero no suficientes para no terminar de nuevo en la fría cama de un hospital con la sola compañía de estas máquinas cuyos pitidos tanto he llegado a odiar.

Me siento extraña, como si caminase entre dos paredes que se van cerrando y por mucho que corriese no encontrase una salida. No soporto la idea de morir y no volver a ver a Kyle, pero tampoco puedo seguir adelante. La angustia se apodera de cada pedacito de mi interior. Lo único que tengo claro es que he de salir de esta habitación como sea. ¿Dónde está Kyle? Ya hace un rato desde que le pedí a la médica que hablara con él. Quizá no le haya encontrado o él se haya cansado de esperar o esté harto de mis problemas. Cuando el torbellino de la parte más malvada de mi mente está a punto de enviarme al país de la desesperación, la puerta se abre suavemente. Es él. Su sonrisa, aunque forzada, le da un baño de color a toda la sala.

—Eh... —me dice y, tras cerrar la puerta, se sienta a mi lado

como el que arrastra un peso demasiado grande a sus espaldas—,
¿cómo vas?

—Tienes que ayudarme, Kyle —le suplico en un susurro—.
Tienes que sacarme de aquí.

—Tranquila —me dice y me coge la mano—, todo está bien.

—No, qué va. —¿Es que no lo ve?—. Si me quedo aquí me
van a encontrar, van a averiguar quién soy, y…

Me corta como si no hubiera entendido o querido entender
nada de lo que le he dicho.

—Tranquila, Mia, esta gente sabe lo que hace. Comprendo
que no es como lo habías planeado, pero ya no puedes seguir
retrasándolo. Me han dicho que te pueden operar mañana mismo, y en lo que respecta a tu madre…

—¡No! —grito a mi pesar—. Por favor, Kyle, no puedes
hacerme esto, me lo prometiste. —La desesperación brota de
mis labios—. De verdad que volveré mañana y me operaré. Lo
juro.

—¡Mierda, Mia! —me dice levantándose de sopetón, y las
mandíbulas le palpitan delatando un cabreo que no entiendo.
Se aleja dos pasos de mí, como si le provocara repulsión. Me
desintegro. Niega con la cabeza antes de preguntarme—: ¿Cuán-
tas veces me has mentido ya?

Todo se vuelve en blanco y negro. Se saca algo de un bolsillo,
da dos pasos y lo arroja sobre mi cama. ¡Es mi billete de avión!
Me encojo deseando que las sábanas me hagan desaparecer.

—No pensabas operarte, ¿verdad? Después de encontrar a tu
madre pensabas dejarte morir como una…

Se come las siguientes palabras, después niega con la cabeza
girada a un lado. Dios, haz que me mire, por favor, haz que me
mire. Lo hace, pero solo para decirme:

—Y pensar que te admiraba por no temer a la muerte, cuando en realidad… no eres más que una cobarde.

—¡No, Kyle!

—Ah, ¿no? Dime que no es verdad; dime que te ibas a operar.

Me quedo muda.

—Mierda, Mia. Prefieres morir a arriesgarte a estar viva, prefieres dejar a la gente que te quiere en la estacada que arriesgarte a... ¿A qué, Mia? ¿A que alguien te quiera? ¿O a querer tú?

—Para, Kyle, por favor.

—No te importo una mierda, ni yo ni nadie... Solo piensas en tu propio ombligo.

—¡Para! —suplico.

—Ni siquiera esa madre por la que has organizado todo este rollo te importa una mierda, solo la buscas para... —Sus ojos me retan—. ¿Para qué la buscas, Mia?

—¡Tú no lo entiendes! —grito desesperada.

—¡Pues explícamelo! —exige, y su voz está aún más cargada de esa impotencia que desespera.

Miles de respuestas, todas incoherentes, se reúnen en mi mente. No consigo pensar con claridad.

—Yo... —balbuceo—. No quiero que me abran el corazón.

—¿Por qué no, Mia? —Me mira con un desprecio que me rompe—. ¿Tienes miedo de que no haya nada dentro?

Sus palabras explotan de golpe en mi espacio más profundo. Camina hacia la puerta. No, no puede irse. Se para y de espaldas me mira por encima del hombro. Sus ojos vidriosos me hablan de un dolor de los que despedazan. Me hiere el alma. No entiendo nada. Parece que me va a decir algo, ruego por que lo haga, por que borre todo este momento y reescriba uno nuevo, pero no lo hace. Solo agacha la cabeza un momento de lado y sale cerrando la puerta a sus espaldas.

No, no, no, no. No puedo dejar de mirar la puerta, como si pudiera volver a hacerle aparecer mágicamente, pero no funciona.

—Kyle… —digo, sabiendo que no me oirá—. Kyle, no es verdad, tú sí me importas, muchísimo. Tú has hecho tambalearse mi mundo entero… Solo necesito tiempo, necesito saber que no te vas a marchar. Kyle, vuelve. Kyle, Kyle…

KYLE

Me largo a toda leche y camino con un único objetivo: alejarme lo máximo posible del maldito hospital. Al final, termino dando vueltas alrededor del edificio. Por muy cabreado que esté, Mia es mi imán, y mientras viva no podré separarme de ella. Mierda. Le doy una patada a una lata de refresco y su pegajoso contenido naranja se derrama en mis deportivas. Genial.

A un lado hay un parque de esos para niños, con columpios y demás. Voy hacia allí y me siento en el banco más solitario. Miro al cielo cubierto con tal rabia que siento que podría desencadenar una tormenta. ¿Por qué?, le pregunto a Dios. ¿Por qué? ¿Por qué? ¿Por qué? Con cada nuevo «¿por qué?», curiosamente mi rabia se va deshaciendo y la tristeza ocupa lentamente su lugar, hasta que la náusea de la culpa me sacude. ¿He sido yo quien acaba de gritarle a la chica que quiero, recién salida de la UCI, cuando puede morir en cualquier momento? Soy un auténtico cabrón.

El timbre de mi móvil me impide hundirme en mi mierda. Lo dejo sonar tres veces antes de sacarlo de la mochila. Es Josh. Veo su foto en la pantalla de mi móvil, una de antes del accidente. Un relámpago, en compañía de su acojonante amigo el trueno, resquebraja el cielo en dos y a mí me provoca una sacudida, como si el rayo mismo hubiera atravesado todas mis células. Y así, de repente, sin saber cómo ni por qué, siento que me desdoblo. Mi cuerpo sigue sentado en el banco y tal, pero yo vuelvo a aquella noche, a aquel coche, a toda la mierda de aquel día.

Yo conduzco. Josh va a mi lado. Hace frío y la calzada está mojada. Estamos llegando a la curva. Intento hacer que el Kyle de ese día frene, pero no soy dueño de su cuerpo, lo único que puedo hacer es observar por sus ojos.

Josh, hasta arriba de alcohol, me pone el móvil delante de la cara. Se ríe.

—Tío, no —le digo—, estoy conduciendo.

Intento apartarle la mano, pero él insiste. Solo nos separan unos metros de la curva.

—No, tienes que ver esto... —me dice.

Se pone delante para obligarme a mirar lo que me quiere enseñar. ¡No logro ver la carretera!

—¡Aparta! —le grito, empujándole con todas mis fuerzas.

Se ríe. Cuando logro quitármelo de encima, veo a un anciano que está cruzando. ¡Le vamos a atropellar! Doy un fuerte volantazo a la izquierda. Mis ojos se desvían para encontrarse con los de Noah. Su coche aparece desde el otro lado de la curva.

—¡¡¡Nooo!!! —grito mientras aplasto el freno.

Pero el suelo está mojado y los frenos no parecen funcionar. ¡Vamos a chocar! Noah me mira con ojos confusos y aterrados. Estiro el brazo para proteger a Josh, pero no logro evitar que mi coche se empotre contra el de Noah, no puedo evitar que sus ojos, nublados de terror, se apaguen cuando el metal atraviesa su carne. No puedo evitar que la vida escape de su cuerpo. No puedo hacer nada. Grito, pero ni siquiera me oigo. Después, todo está negro; hay ruidos, sirenas, gritos, llantos, llamadas, dolor y vacío, un enorme vacío que me envuelve y me acompaña hasta que vuelvo a ver la luz en aquella cama de hospital, la cama a la que me tuvieron que atar «por mi propio bien».

Como si me hubiese caído desde muy alto, regreso a mi cuerpo aún sentado en el banco. Mi cara está húmeda y no es solo por la lluvia que empieza a caer. Miro la pantalla del móvil y, como si alguien moviese mis dedos, marco el número de Josh. Mientras espero su respuesta, respiro el olor a tierra mojada, el aire fresco, miro al cielo y todo parece distinto, más limpio, menos cruel... o quizá no.

—Eh, tío... —Es la voz de Josh.

No logro articular ninguna palabra.

—¿Kyle? ¿Estás ahí?

Poco a poco mis labios consiguen despegarse.

—Sí, estoy aquí, Josh... —De nuevo el silencio lucha por ganarme la batalla, pero no lo hace y le digo—: Me está volviendo todo...

El silencio es total y, por primera vez en mucho tiempo, en mi mente también reina la calma. Al otro lado de la línea oigo unos llantos desconsolados. Son de Josh.

—Lo siento... —gime—. Lo siento muchísimo... No encontraba el valor para contártelo, tío. —Su llanto desgarrado me rompe en dos—. Fui yo, fue por mi culpa. Estaba totalmente borracho. Te enseñé ese maldito mensaje... Era un mensaje estúpido, Kyle. Un chiste de mi hermano. ¿Puedes creértelo? ¡Noah está muerto por un maldito chiste!

Gotas saladas nublan mis ojos.

—Nunca me voy a perdonar —dice con un odio que me recuerda al mío—. Solo quiero desaparecer y poner un fin a esta pesadilla. Me merezco quedarme en una silla de ruedas, soy un mierda, Kyle.

Inspiro profundamente en un intento de recuperar el habla.

—¿Sabes qué? —dice mi voz rota—. Noah no querría que te sintieses así, y... —Las palabras de Mia galopan hasta mi boca. Mia, siempre Mia—. Dios tampoco querría que te castigases. Ahora lo sé. Estoy seguro.

—Kyle —susurra—, viene mi madre, tengo que colgar.

—Llámame, ¿vale?

—Lo haré.

Cuelga. Guardo el móvil y cuando vuelvo a llenar mis pulmones de aire fresco, veo a una niña pequeña que me está mirando. En su naricita lleva un pequeño tubo para respirar y no tiene pelo. No debe de tener más de tres años. Sus ojos brillantes parecen reír. Se agacha, cogiendo una florecilla del suelo, me la da. Sonrío entre mis lágrimas y en sus pequeños ojos veo los de Mia. Se despide con la mano y se va a jugar con los otros niños. Una mujer joven me mira desde otro banco. Debe de ser su madre. Compartimos una sonrisa triste. Veo a Mia, antes, en su cama del hospital, suplicándome que la saque de allí, y me doy cuenta de que no es menos frágil que esa niña. En estos meses he aprendido lo que es sufrir hasta la desesperación, he conocido el dolor, y aun así no logro imaginarme por lo que Mia debe de haber pasado. ¿Y si es demasiado frágil, o demasiado delicada, o incluso demasiado buena para vivir en este mundo? Si es verdad todo lo que cuenta de Venus y allí va a ser feliz por fin, ¿cómo podría retenerla? Por mucho que me duela, ¿quién soy yo para pedirle que se quede? Mierda, ojalá hubiera heredado un gen más egoísta.

Quiero verla, tranquilizarla, que sienta que no está sola. Y si de verdad es lo que quiere, la acompañaré y haré que sus últimos días en este planeta sean tan increíbles que ni siquiera la muerte los pueda borrar de su memoria. Me levanto y, aunque estoy conforme con mi decisión, todo mi cuerpo tirita mientras camino hacia el hospital. Mi cara sigue bañada por los ríos silenciosos de mis ojos.

MIA

¿Por qué no vuelve? ¿Por qué no me llama? ¿Hay algo más cruel que una espera? Quedarme en esta cama esperando a que regrese sin una SIM con la que poder llamarle es peor que la peor de las pesadillas. Así que, estoy decidida: saldré a buscarle. En cuanto las enfermeras terminan por fin con su ritual saca-sangre-toma-tensión-toma-pastilla y me dejan sola, empiezo a despegarme el esparadrapo que sujeta la vía intravenosa contra mi brazo. Antes de que pueda terminar, tres golpes secos resuenan contra la puerta. ¡Kyle! Tiene que ser él.

—Adelante —disparo, con la mirada clavada en la puerta que se abre.

La melena rizada y pelirroja de la médico que me atendió en la UCI es lo primero que veo. Lo segundo mis informes en su mano. Mi decepción no se quiere esconder.

—¿Tienes algún problema con la vía? —dice señalando mi fallida Operación Esparadrapo—. Si te molesta puedo llamar a una enfermera y…

—No, gracias. —Mis palabras brotan con una nota más borde de lo que pretendo—. Solo me picaba.

—En unos minutos termino mi turno, y… Bueno, quería asegurarme de que estás bien.

—Muy bien, gracias —respondo sin mirarla, y mi tono dice: «Quiero que te vayas».

No parece captarlo.

—¿Dónde están tus padres, Miriam? ¿Están aquí en Oviedo, contigo?

—No. —«¿De verdad te importa?»—. Están en casa en… Virginia.

—Lo siento, pero ayúdame a entender. —Su cara entera revela su indignación—. ¿Tus padres no quieren que te operes por tu religión, pero te dejan hacer este viaje en tu estado?

—Se lo supliqué. —Trato de inventarme algo creíble—. No quería morirme sin haber hecho mi sueño realidad.

—Que es…

—Ver el mundo.

—Entiendo. —Está claro que no lo hace, ni un poquito. Mira mis informes y añade—: Nos faltan algunos datos para tu ficha: pasaporte, dirección…

—Sí, es que no tengo mis cosas aquí conmigo. Pero puedo traerlas mañana y…

—No, Mia —me dice con el ceño fruncido de frustración—. No parece que entiendas la gravedad de tu situación. Tenemos que dejarte ingresada esta noche.

—¡Nadie puede obligarme! —Ha logrado que me enfade.

—No, por favor, tranquilízate, no te conviene alterarte así. Por supuesto que nadie va obligarte y además entiendo que tu religión te prohíbe operarte, pero… —Niega con la cabeza con una impotencia que le arruga la frente—. Aún eres una niña, Miriam, tienes toda la vida por delante. ¿Qué Dios querría que murieras sin al menos haber intentado curarte?

¿Por qué se mete en lo que no le importa? El enfado me provoca una náusea que invita al desprecio a hablar por mis labios.

—¿Y qué Dios querría que me quedara en un mundo donde todos, sin excepción, terminan sufriendo?

Me mira por unos instantes, desbordada de compasión. Sus

grandes ojos verdes me transmiten algo bueno, algo que no sé definir, algo que, a pesar de mi enfado, me gusta.

—Vaya —me dice por fin—, son palabras duras para una chica de tu edad. Pero en parte te entiendo. Hace años, yo también pensaba así. —¿En serio? No la creo—. Pero entonces conocí a un paciente, un hombre mayor que cambió por completo mi forma de ver la vida y…

Señala el borde de mi cama y me pregunta:

—¿Puedo?

Mi mente grita que no, pero mi cabeza asiente. Algo en mí necesita seguir escuchando su voz, me tranquiliza. Se sienta a mi lado. Toda ella huele a una dulce mezcla de jazmín y violetas que me encanta. Mi primera madre de acogida las cultivaba en su jardín.

—Llegó al hospital con un ataque al corazón —continúa—. Era el tercero en un año y no pudimos hacer nada para salvarlo. Bueno, eso creímos, porque al cabo de unos minutos, su corazón comenzó a latir de nuevo. Cuando logró recuperarse me contó que había visto toda su vida como en una película y que, al hacerlo, se había dado cuenta de que todo el sufrimiento que había causado y que todo lo que él había sufrido había sido absurdo y totalmente innecesario. Se había dado cuenta de que el sufrimiento lo causa la falta de amor. «El que ama nunca sufre», me dijo, «solo sufre quien espera que los demás le den el amor que no siente».

Sus palabras me suenan a verdades ya conocidas, aunque hace tiempo olvidadas, a verdades que estaban guardadas en alguna parte de mi alma y que, por alguna razón, me tranquilizan, me dicen: «Todo está bien». La amable médica vuelve a ponerme el esparadrapo y al hacerlo, su mirada se desvía hacia las palabras de la gitana aún tatuadas en mi piel.

—Así es —dice—. Tantos años estudiando Medicina para darme cuenta de que no existe cirugía capaz de curar un corazón roto. Sí, solo el amor puede hacerlo, el amor que uno ofrece, no el que espera recibir.

La observo en silencio un breve instante. Hasta hace un minuto, hubiese dado cualquier cosa por haber podido tener esta conversación con mi madre, por haber podido llorar en sus brazos hoy y pedirle consejo, por que me tranquilizase, por que me dijese qué hacer, pero eso ya no ocurrirá, y la verdad es que empieza a no importarme. Esta mujer, una mujer cualquiera que ni siquiera me conoce, me está ofreciendo su cariño porque sí, porque quiere, y eso me hace querer llorar, pero no de tristeza.

Reteniendo las lágrimas le pregunto:

—¿Tiene usted hijos?

Mis palabras la incomodan un poco, aunque trate de esconderlo. Niega con la cabeza.

—Bueno —le digo—, pero suponiendo que los tuviera y fuera una hija suya la que necesitase una operación, ¿qué le diría? ¿De verdad la animaría a operarse?

—Por supuesto, le diría que luchase, siempre.

—¿Aunque tengan que abrirle el pecho puede que para nada y aunque la recuperación sea lenta y muy dolorosa?

—Esta vida tiene tantas cosas buenas que ofrecernos si aprendemos a verlas que… unos días de dolor no son nada comparados con un futuro en el que tendrá la oportunidad de sentirse feliz.

Sus palabras resuenan en mi interior como un dulce eco que se hace eco a sí mismo. No termino de creérmelas, pero no importa, suenan a miel y canela. Me hacen pensar en Kyle y en estos días a su lado.

—Si decido hacerlo… —me oigo decir, como si no fuese yo la que hablase—, ¿me promete ser usted quien me opere?

La satisfacción se dibuja en sus finos labios.

—Por supuesto.

Me retira un mechón de pelo y, al colocármelo detrás de la

oreja, su tacto cálido me provoca un ligero escalofrío, pero también un cosquilleo agradable, algo nuevo para mí. Si la hubiese conocido cualquier otro día, le hubiera suplicado que se quedase, que me hablase de cosas, pero hoy no puedo.

—Intenta descansar, Miriam —me recomienda mientras se levanta—. Vendré a verte en cuanto empiece mi turno, a las ocho, y comenzaremos a prepararlo todo.

Mientras camina hacia la puerta empiezo a procesar lo que ha pasado. ¿He dicho que sí? ¿De verdad he aceptado operarme? Madre mía. Nunca había tenido tanto miedo. Tiemblo y la dichosa máquina empieza a pitar más fuerte. ¡Basta! Me niego a seguir así, asustada. La médica me interroga con la mirada. Respiro hondo y el pitido se suaviza. Asiente con una sonrisa y apunta algo en mis informes. Mientras lo hace, miro el cielo a través de la ventana. Ya está anocheciendo en la que podría ser mi última noche y lo único que quiero es pasarla con Kyle. La búsqueda de mi madre se desmorona como un castillo de naipes, como algo irreal que nunca hubiese existido. Siento que ha sido absurdo todo, toda mi vida lo ha sido. Frustrada por un sol que no quería brillar para mí, he dejado de lado todas las estrellas bellas.

La médica retoma su marcha, pero antes de salir, se gira hacia mí con aire nostálgico.

—Buenas noches, cariño, trata de descansar.

Se va, y con ella se lleva la angustia de toda una vida, se lleva mi confusión, mi locura, y de repente solo puedo pensar en mi estrella más brillante: Kyle. ¿Dónde está?

Me quito el esparadrapo y los electrodos que me conectan a las máquinas e intento levantarme, muy despacio. Creo que mi ropa está en el armario.

KYLE

Tras preparar una pequeña sorpresa para Mia, entro en el hospital y me topo, junto a la puerta, con cuatro policías que hablan con un tipo con bata blanca. Oigo el nombre de Mia. Sin tener la más remota idea de cómo voy a sacarla de este lugar, me meto en un ascensor y aporreo el botón de la sexta planta. Lo único que sé es que tengo que llegar a ella antes de que lo hagan ellos. Cuando las puertas están terminando de cerrarse, el tipo de la bata blanca señala hacia mí, o más bien hacia los ascensores que suben.

Durante el ascenso, que no parece acabar nunca, intento trazar un plan. La habitación de Mia está justo al final del pasillo, en la parte más alejada de los ascensores, con lo que no tendremos tiempo de llegar a ellos sin ser vistos. Tendré que esconderla, pero ¿cómo?, ¿dónde? Vaya, debería haber visto más pelis de rescates y cosas de esas. En cuanto el ascensor se para, me deslizo entre las puertas que se separan y lo que veo me hace pedazos. Mia está ahí, sola y agotada, caminando a duras penas por el largo pasillo. Me sonríe, y sus labios tiemblan de fragilidad.

—Eh… —digo mientras corro a su lado—, ¿qué haces aquí?

—Buscarte —responde. Su voz, tan débil que apenas es audible, me rompe en dos—. Kyle, yo…

—Chisss. —La sujeto por debajo de los hombros y señalo los ascensores—: Están subiendo.

Sus ojos aterrados se clavan en las puertas metálicas; el ruido del motor anuncia su llegada. Miramos en todas direcciones en busca de un lugar donde esconderla, pero en este pasillo solo hay habitaciones, seguramente llenas de gente. La puerta del ascensor empieza a abrirse. Mia me suplica con la mirada. Vale, no hay otra opción. Atravesamos la puerta más cercana y la cierro mientras escaneo con la mirada el interior de la habitación. En una cama, una anciana conectada a varias máquinas parece dormir. La otra cama está vacía. A los lados, una ventana que no se puede abrir, la puerta de un baño y una silla de ruedas. Mia me suplica sin palabras que le cuente lo que pasa.

—Me he encontrado con cuatro polis abajo —susurro—. Hablaban de ti. No tendremos mucho tiempo, ¿vale? En cuanto se metan en tu habitación tendremos que correr hacia los ascensores.

Mia asiente con un intento de mueca traviesa.

—Correr es mi fuerte, ya lo sabes.

Vale, mi neurona está un poco saturada. Oímos pasos y voces que se acercan al otro lado de la puerta. Nos miramos en completo silencio. Sus ojos suplican que les dejen descansar; los míos, poder seguir viéndola toda una vida. La anciana parece murmurar algo en sueños. Los pasos se alejan por el pasillo. En cuanto dejamos de oírlos, abro la puerta despacio y me asomo. No hay ni un alma. Cojo a Mia en brazos, salgo al pasillo y corro al ascensor. Entramos sin ser vistos, o eso creo. Mia presiona el botón de bajada. Cojo aire y lo dejo salir de golpe. Mia, agotada pero sonriente, apoya la cabeza en mi hombro. Parece distinta, no sé, como más calmada.

—Gracias por no dejarme tirada.

—Eh, nunca lo haría, ¿me oyes?

No sé si me ha oído, porque cierra los ojos antes de responder. Lo único que escucho mientras descendemos es su débil y entrecortada respiración.

Cuando el ascensor se detiene en la planta baja, me aseguro de que no haya policías fuera y, sin saber muy bien qué hacer, avanzo hacia la salida con paso firme. La gente nos mira, pero sus gestos son más de compasión que de sospecha. No dejo de caminar, sin volver la mirada atrás ni un segundo. Atravieso la puerta y ya en la calle avanzo por la acera que me lleva a Moon Chaser. Mi corazón bate contra mi pecho. Estoy llevando a mi chica hacia una muerte segura, hacia un suicidio consentido, y me odio por ello. Pero es lo que ella desea y la quiero demasiado para negárselo. La impotencia hace una fiesta a mi costa. Dejo a Mia en su asiento, después entro yo y me largo a toda prisa del hospital, en el que dejo, abandonadas, mis últimas esperanzas.

KYLE

El oscuro cielo ahora limpio de nubes y cargado de estrellas es el único testigo de nuestra huida, o eso espero. Hace media hora que hemos salido del hospital y, de momento, no parece que nadie nos haya seguido. Mia ha estado todo este rato recostada de lado en su asiento, con sus brillantes ojos de miel clavados en mí y una sonrisa plácida dibujada en sus labios. Nunca la había visto así, tan en paz, tan… diría que feliz. A diferencia del huracán que me arrasa por dentro, ella sí parece sentirse a gusto con su decisión.

—Kyle —empieza, con la voz aún demasiado débil—, yo…

—Chisss —le digo—. Trata de descansar, aún nos queda más de media hora de viaje.

—¿Adónde me estás llevando?

No puede hablar en serio. La miro para asegurarme de que no está delirando o algo. Pero su mirada extrañada parece sincera.

—A casa de tu madre, claro.

—No, por favor, no lo hagas.

¿Y esto de qué va ahora? Decelero un poco y la miro.

—Ya he perdido demasiado tiempo esperando ver el sol —me dice, cogiéndome la mano. Posa sus labios en ella antes de seguir—: Quiero pasar esta noche con la estrella más brillante de mi firmamento. —Antes de que mi cerebro pueda terminar de procesar sus maravillosas palabras, añade—: Tengo que estar en el hospital a las ocho de la mañana. Voy a operarme, Kyle, pero ahora, llévame a algún lugar bonito, ¿vale?

Sus palabras iluminan mis tinieblas, mi espacio, mi vida, la oscuridad de la noche e incluso los agujeros negros del espacio. Acerco su mano a mis labios y la beso con todo el cariño que envuelve este universo o más.

MIA

Cada minuto que pasa me siento mejor, no sé, más tranquila, más en paz. Ni siquiera sé adónde me lleva, pero me da igual, estoy con él y eso me basta. Creo que es la primera vez en toda mi vida que me siento así. Hasta ahora siempre he tenido esa inquietante sensación de que había algo que no estaba haciendo bien, de que me estaba equivocando, incluso me sentía culpable. No sé si es por lo de la operación, por estar con Kyle o por haber conocido a esa médica, pero la sensación se ha esfumado por completo, y me encanta.

Llevamos unos minutos ascendiendo por una carretera llena de curvas y, aun así, desafiando al mareo y la náusea, sigo recostada de lado mirándole solo a él. Parece feliz, aunque la palidez de su rostro y el temblor de sus manos delatan que él también está muerto de miedo. Yo lo estoy, pero solo en los breves instantes en que mi mente se desvía hacia los dos temas que le tengo prohibidos: separarme de Kyle mañana y la operación. Miro un instante por la ventanilla. Venus acompaña a una luna menguante que brilla poderosa en un cielo plagado de estrellas. Los árboles frondosos crean muros infranqueables sobre un suelo cubierto de un manto tan verde que ni la noche alcanza a esconder. Por momentos no sé si sueño, estoy despierta o es el sueño quien me sueña a mí.

Kyle se gira y, al encontrar mis ojos, me regala su sonrisa, esa sonrisa responsable de que quiera quedarme en este planeta sin brillo que vaga perdido en la oscuridad.

—Oye, ¿has visto eso? —me dice señalando a mi derecha.

Me giro y veo uno de esos carteles marrones que indica los lugares de interés turístico. Sus letras me anuncian una sorpresa inesperada: SANTUARIO DE LA VIRGEN DE COVADONGA. Acaricio instintivamente mi colgante mientras me giro hacia Kyle, mis ojos rebosantes de agradecimiento.

—Por si las cosas no funcionaban entre tu madre y tú —me dice ligeramente ruborizado—, este era mi plan B, traerte a este lugar.

—Oh, Kyle. —Exploto de emoción—. Gracias. Siempre he querido venir a este sitio.

—Gracias a ti, Mia, si no te hubiera conocido, yo tampoco hubiera venido. Y, en serio, es una auténtica pasada.

Me hace sonreír por dentro, por fuera, por todas partes.

—Eh, ¿has visto eso? —me dice señalando la cima de la montaña.

En lo alto, como si flotase en una nube, nos recibe majestuosa la basílica de la Virgen, y sus dos torres parecen hacer cosquillas a la barriga del cielo. En fotos ya era bonito, pero en vivo ni siquiera parece real, como si hubiese traspasado las dimensiones hacia un mundo más hermoso. Bajo la ventanilla y respiro el aliento fresco de la noche. Huele a bosque y a agua y a todas las cosas vivas. Kyle aparca junto a la entrada de la cueva que tantas veces visité en sueños cuando era una niña.

—Vale, ya hemos llegado —anuncia en cuanto echa el freno de mano—. Ahora, solo necesito que te estés aquí quietecita unos minutos. ¿Crees que podrás hacerlo?

—¿Por quién me tomas? —bromeo.

—Vale —dice en un tono que casi suena a orden y sale deprisa.

Inspiro el silencio vivo de la noche. Los árboles, el espacio, incluso el asfalto, parecen más vivos sin el tumulto del día. Oigo a Kyle atrás, como si estuviese sacando o metiendo cosas por la puerta lateral.

—No vale mirar —me grita desde algún lado.

Me río por dentro, pero supongo que tiene razón. Antes la curiosidad me hubiera podido, pero esta noche no, esta noche me basta con admirar la belleza que me rodea. Me gustaría que todo el mundo pudiese ver cosas tan bellas. ¡Mi cámara! Casi me había olvidado de ella. La saco deprisa de la mochila y hago fotos de todo lo que pueden captar mis ojos. Y cuando voy a pedirle a Kyle que las publique mañana en «Fecha de caducidad», llega frente a mi puerta con la sonrisa pícara de quien trama algo y me abre la puerta al estilo «perfecto caballero».

—Toma, cógelas. —Me da dos monedas de un euro—. Luego las vamos a necesitar.

Está claro que se lo ha leído todo sobre este lugar. Le rodeo el cuello mientras me coge una vez más en sus brazos, pilares del único hogar que quiero habitar.

—Aprovecha —bromea—, esta noche es la última que te voy a permitir hacer el vago así, ¿me oyes? La próxima vez tendrás que caminar a mi lado. O, pensándolo mejor —finge estar pensando con una mueca de lo más cómica—, creo que la próxima vez deberías ser tú la que me llevase a mí en brazos.

Daría lo que fuese por que sea verdad, bueno, excepto lo de llevarle en brazos, claro. Le miro y, aunque nuestros labios sonríen, nuestros ojos comparten el mismo miedo que no nos permitimos pronunciar. Apoyo la cabeza en su hombro y lo observo todo sin decir nada. Él tampoco lo hace. El silencio del lugar es demasiado imponente para atrevernos a molestarlo. Avanzamos por un pasillo de piedra que penetra en las tripas mismas de la montaña. La roca que nos envuelve me habla de batallas, de amor, de penas y sobre todo de la locura humana. El pasillo desemboca en una cueva. A un lado, contra la roca, está la estatua de esa

Virgen que, en mi cuello, me ha hecho compañía cada día de mi vida. Al otro, una apertura en la roca bordeada por una barandilla parece abrirse hacia el mismísimo cielo. Kyle me lleva junto a la barandilla y, con una elegancia que me hace sentir una princesa, me deja en un banco de madera. Después, lo mira todo con la fascinación de un artista.

—No sé qué tendrá que ver este lugar con tu nacimiento, y eso —me dice—, pero hay algo aquí que no sé..., algo que te pega total. Es muy tú, ya sabes, muy élfico.

No, no sé a qué se refiere con eso de «élfico», pero si me vuelve a regalar otro piropo así de alucinante en esta noche, creo que me voy a desmayar de piropitis aguda. Las ganas de verlo todo son más fuertes que el agotamiento que me quiere vencer, así que agarro la barandilla con ambas manos e impulsándome me pongo de pie.

—Oye, oye, ¿qué haces? —dice pasándome el brazo por debajo de los hombros—. ¿Seguro que estás bien?

No respondo, ni siquiera le miro, solo le abrazo yo también y le estrecho contra mí. Me besa una vez haciendo revivir todas mis células y juntos nos asomamos por la barandilla de hierro. Bajo nuestros pies, chorros de agua que surgen directamente de la roca caen como finas cascadas hasta un estanque natural mucho más abajo.

—La fuente de los siete caños —susurro—. Siempre he soñado con este lugar.

—No me extrañaría que este lugar también hubiera soñado contigo.

Le miro, aún sorprendida de que tan bellas palabras puedan brotar de una boca. No digo nada, no puedo, solo le doy una de las monedas y miro la cara de un rey en un lado de la que conservo en la mano.

—¿Preparada? —dice estirando el brazo por encima de la barandilla.

¿Cómo no estarlo? Solo existe un deseo posible para el que, como yo, ya lo tiene todo: que esta felicidad dure para siempre.

Nuestras miradas se acarician, después Kyle mira al cielo con la grandeza de quien habla con las estrellas, me mira con los ojos bañados de esperanza, y juntos dejamos que nuestras monedas vuelen libres hacia su húmedo destino.

Kyle me estrecha contra su cuerpo y con una de esas sonrisas que hace que me tiemblen las rodillas, me dice:

—No creas que mi plan B termina aquí.

KYLE

Solo espero que su deseo haya sido el mismo que el mío: que salga con vida de esa mesa de operaciones. Mientras la llevo de vuelta a la furgoneta, casi no logro pensar en otra cosa; aporrea mi mente una y otra vez como un tambor que anuncia una guerra inminente. Le he pedido que cierre los ojos, no quiero que vea lo que le he preparado, pero sobre todo quiero poder observarla sin que se dé cuenta. La luz de la luna solo acentúa ese halo etéreo, como de otro mundo, que emana de toda su piel. ¡Dios!, me pararía a dibujarla aquí mismo, aunque, pensándolo mejor, se me ocurren otras muchas cosas por las que pararme con ella si no estuviese tan débil.

No ha sido fácil prepararlo todo sin que se diese cuenta; sobre todo lo de las tartas. Tuve que ir a tres pastelerías hasta encontrar dieciocho tartaletas de colores distintos. Una chica especial necesita una sorpresa especial. Dios, no puedo esperar a ver su cara cuando las vea.

—Atención —le digo llegando junto a Moon Chaser—, ahora te voy a dejar en una silla, ¿de acuerdo? Pero sobre todo, nada de abrir los ojos.

Los aprieta mucho, como si temiese abrirlos sin querer. La siento en la silla que he colocado antes a unos pasos de la mesa con las tartaletas.

—¿Qué estás tramando? —me pregunta.

—Shhh…

Planto una vela encima de cada tartaleta a la velocidad del rayo.

—¿Puedo abrirlos ya?

—Shhh —repito mientras empiezo a encenderlas—. Las cosas buenas les ocurren a los que saben esperar.

Mia olisquea en mi dirección con el ceño algo fruncido.

—Huele a quemado.

—Calla…

Última vela encendida. Le cojo la mano y, tirando suavemente de ella, hago que se ponga de pie. La llevo delante de la mesa.

—Vale —disparo—, ya puedes abrirlos.

Lo hace e, inmediatamente, algo se oscurece en su semblante. Contempla las tartaletas entre confusa y asustada. Me mira.

—¿Qué… qué es todo esto?

Le cojo las dos manos mientras mis ojos se concentran en tranquilizarla.

—Mia, todo esto es que quiero que soples una vela por cada cumpleaños que hayas tenido, pero esta vez con alguien que sí se alegra de que hayas nacido.

Mis palabras son dardos de un amor que hacen diana en su dolor más profundo. Lágrimas silenciosas brotan de sus ojos. Me duele verla llorar, sus lágrimas llaman a las mías, pero no las dejo aparecer en mi rostro.

—Gracias —me dice—, es lo más bonito que alguien ha hecho por nadie jamás.

—No, Mia, lo más bonito que nadie ha hecho es traerte a ti a este planeta, permitirme conocerte, permitirme pasar estos días con la persona más increíble que ha existido jamás. Y ahora, si no quieres que terminemos comiendo tarta con cera, creo que deberías soplar tus velas.

Se ríe entre lágrimas y asiente con la cabeza gacha. Al levantarla, algo en su gesto me grita «socorro».

—Kyle…, esto es… Eres… Yo… —Las palabras se enredan con sus lágrimas.

La abrazo por la espalda y con la barbilla apoyada en el hueco de su hombro, le susurro:

—Venga, Mia, tú puedes hacerlo, juntos podemos lograr cualquier cosa que nos propongamos.

«Incluso desafiar a la muerte, espero». Inspira, el aire entra con dificultad en sus pulmones, y soplando débilmente consigue apagar hasta la última vela.

—¡Bien hecho!

Me pongo delante de ella. Mis pupilas desean penetrar en las suyas y, en uno de esos tonos que parecen salir de la parte más luminosa de mi parte más poderosa, le digo:

—Felices cumpleaños, Mia, gracias por existir.

—Tonto. —Me golpea el pecho con el puño—. Al final me has hecho llorar.

—Dicen que es bueno para limpiar el lagrimal —bromeo—, lo aprendí en clase de Biología.

Sus lágrimas no le impiden reírse. Dios, si alguien me llega a decir que se podía querer a alguien así, le hubiese sugerido que fuese a ver a un loquero.

Vale, creo que la fase dos de mi plan «Una noche inolvidable para Mia» ha concluido con éxito. Y para dar por iniciada oficialmente la tercera fase, pongo en mi móvil esa canción con la que me torturaba los primeros días en el camino, esa que llamó «mi canción favorita del mundo mundial».

—Mis dotes de bailarín no han sido testadas aún —le digo al ofrecerle mi mano—, pero si te atreves a concederme este baile, estaré encantado de pisarte los pies.

Riendo me coge la mano. La coloco sobre mi hombro y, rodeándola con mis brazos, intento que se sienta querida, intento que sea ese abrazo que todo el mundo anhela, ese por el que merece la pena estar vivo. Con sus manos recorre mi espalda mientras nos movemos al ritmo de esa canción que estará para siempre grabada en mi memoria. Estamos tan cerca, tan juntos, que ya no sé dónde empieza su cuerpo ni dónde termina el mío. Somos dos seres que comparten un solo cuerpo, dos cuerpos que comparten una sola mirada. Me aparto un poco, necesito volver a ver su rostro. Sus ojos buscan los míos; mis labios buscan los suyos. Nos besamos y, de repente, siento que tirita, su cuerpo entero se ve sacudido por un terremoto de fragilidad.

—Estás temblando… ¿Tienes frío?

Niega con la cabeza con un gesto que se parece mucho al enfado. Vale, tiene que haber algo que no he pillado. Me golpea el pecho con el puño.

—No tengo frío, Kyle, tengo miedo. Todo esto es por ti. Has puesto mi vida patas arriba. —Su grito apagado roza la desesperación—. Por primera vez en toda mi vida no quiero morir, Kyle, no quiero perderme esto.

Sus ojos, muy abiertos, me suplican que les calme. Por dentro soy un río de lágrimas agridulces, por fuera le sujeto la cara con las manos y le digo lo que nunca he dicho antes:

—Te quiero, Mia.

Se permite llorar esas lágrimas que tantos años ha retenido y después pronuncia palabras que suenan a sueño:

—Oh, Kyle, yo también te quiero.

Nos besamos una y otra vez mientras nadamos en un lago repleto de deseo y ternura.

MIA

Si existiese un concurso de noches maravillosas, esta se llevaría el primer premio. Después de escuchar las palabras más bonitas saliendo de su boca, me ha llevado a una cama improvisada bajo el manto estrellado de la noche. Lo tenía todo preparado: el colchón, las mantas, incluso había sacado un par de cojines. Ahora estamos tumbados, él boca arriba y yo de lado disfrutando de la almohada cálida de su hombro. Rodeándome con su brazo, no deja de mirar las estrellas, con las que parece tener la más importante de las conversaciones. Oh, Dios mío, es tan tan, que no puedo evitar deslizar la mano por su pecho.

—Eh —me dice, y sus labios esbozan una tranquila sonrisa—. ¿Qué haces despierta? Necesitas descansar.

Vale, cierro los ojos con fuerza y le pido a mi mente que me deje dormir, pero es hora punta en mi cabeza. En poco tiempo, cuando me lleven a la sala de operaciones, tendré que separarme de él, quizá para siempre, y la sola idea de desperdiciar ni un solo momento durmiendo se me hace insoportable. Necesito volver a besarle, volver a sentir el calor y la suavidad de sus labios, su todo mirando mi todo. Además, ¿y si es mi última oportunidad? ¿Y si no puedo volver a hacerlo jamás? Creo que incluso si muriera volvería a morirme una y otra vez hasta encontrarme con él en otro mundo más gentil. Mi mente empieza a torturarme, pero esta vez no se lo voy a permitir, no esta noche. Apoyándome en su pecho me incorporo un poco.

—¡Ahh! —Por mis labios se expresa el dolor más extremo.

—¡Mia! —La desesperación grita por sus labios—. ¿Qué te pasa, Mia? ¡Háblame!

Nunca antes había sentido algo así, me abre la carne en dos, me paraliza. Todo da vueltas y más vueltas a mi alrededor. Intento respirar, pero el aire se niega a entrar. ¡Socorro!

—¡¡Mia!!

Su grito desbloquea mis doloridos pulmones y, en cuanto consigo que un hilito de aire penetre, le llamo:

—Kyle…

Le veo mover los labios, pero no me llega ningún sonido. Intento mantener los ojos abiertos, pero se empeñan en cerrarse. ¡No! No puedo dejar que lo hagan. ¡Kyle! ¡Kyle! ¡Kyle!

No sé qué ha pasado, pero de repente estamos en la furgoneta y Kyle conduce muy deprisa. Me mira y sus ojos vomitan un miedo aún más intenso que mi dolor. Debo de haber perdido el conocimiento. Tiene mi mano cogida. Intento hablar, pero no consigo separar los labios. Le aprieto la mano como puedo.

—Mia… —suplica—, por favor, por favor, aguanta.

Me dejo caer contra su hombro. No muevo los ojos, pero se diría que el cielo entero desciende delante de ellos. Venus, brillando más que nunca, me atrae como un imán. ¡No! No la quiero mirar, pero no puedo dejar de hacerlo. Me parece más grande, más cercana, me parece que me espera. Oh, Dios mío, he rezado tantas veces por poder irme con ella, por dejar este envoltorio físico, que quizá ahora ya sea demasiado tarde.

Mis párpados pesan como el acero, quieren cerrarse, siento que para siempre. ¡No! No quiero irme. Me aferro a la mano de Kyle y hago un esfuerzo titánico por mantenerme despierta.

—Mia, aguanta, por favor. —Su voz es toda una súplica—. Te quiero.

KYLE

Dos enfermeros se la llevan a toda leche por el pasillo. Corro tras ellos. Quiero despedirme de Mia, decirle que todo irá bien, que la esperaré pase lo que pase, pero no me dejan acercarme. Me mira, sus ojitos asustados me suplican que no la deje. Grito con todas mis fuerzas, pero ni siquiera me oigo. Todo es una masa de voces, pitidos y un silencio que me nubla los sentidos.

La van a meter por una puerta doble. ¡No, aún no! Corro más, pero uno de los enfermeros me bloquea el paso.

—¡Por favor, señor! —Su voz deformada parece salir del inframundo—. ¡Ya le he dicho que no puede pasar!

¡Cabrón! La angustia me ciega. Levanto el brazo dispuesto a asestarle un puñetazo, cuando una voz más amable me detiene.

—¿Kyle?

Es la médica de ayer. Llega corriendo y me baja el brazo. Sus ojos están hundidos en la tristeza.

—Todo está bien, cariño. Intenta descansar —me dice entrando por la misma puerta por la que se han llevado a Mia—. Yo misma iré a buscarte cuando hayamos terminado.

Me quedo allí pasmado, impotente, inútil, durante mucho mucho tiempo. Todo se apaga, el mundo se apaga, esto no puede estar ocurriendo.

MIA

Me duele, me duele mucho. Mi cuerpo entero tirita, tanto que temo que mis dientes se rompan. ¿Qué está pasando? ¿Dónde está Kyle? ¿Por qué no le han dejado pasar? Los enfermeros están hablando de mí, han dicho mi nombre, el de verdad, y han hablado del parte y de la policía. Oigo unos pasos. Los dos hombres se giran hacia la puerta y hablan con alguien. Es esa mujer, la médica de ayer. ¿Dónde está Kyle? Ella se acerca y me coge la mano. Me acaricia la frente, sus ojos nublados por una pena que llena la sala.

—Amelia —murmura—. Vamos a pasar por esto juntas. Tienes que seguir luchando, ¿me oyes? No voy a separarme de tu lado hasta que vuelvas a abrir los ojos.

Me suena tan dulce… Su rostro se apaga, todo se apaga, ya no veo nada más que el vacío de una nada oscura.

—¡Deprisa, la estamos perdiendo! —es lo último que mis oídos alcanzan a escuchar.

Dejo de temblar y, de repente, todo está en paz. Ya no oigo las máquinas ni las voces, nada; todo se vuelve silencioso y tranquilo. No me duele nada, ni siquiera siento mi cuerpo. Me elevo, no sé cómo, pero poco a poco empiezo a volar.

KYLE

Aún no sé cómo he logrado convencer a mis piernas para que me lleven hasta el aparcamiento. En cuanto llego junto a Tuc Tuc, apoyo la espalda contra la puerta y me desplomo sobre el suelo. Las estrellas cabronas siguen brillando en lo alto. ¿Cómo pueden? Venus, ahí estás.

—¡No puedes llevártela! —le grito con rabia—. ¡No puedes!

Mis pulmones y cada parte de mí se llenan de una rabia que hiere y grito, grito mi desesperación a ese espacio que quiere llevársela. Cuando el agotamiento me puede, ya no sé qué hacer, pero tengo que hacer algo. La operación puede durar horas y esperar sin hacer nada es insoportable. Cojo el móvil y marco.

—Mamá... —Mi llanto se libera desesperado—. Papá...

Se lo cuento todo hasta el menor detalle y me escuchan y me apoyan, y poco a poco voy recuperando la razón. Después llamo a Josh y hablamos largo y tendido, como los colegas que éramos antes. Y cuando me quedo sin batería, el sol ya ha salido. Lo miro y saludo a Noah. Le pido, le suplico, que si le pasa algo a Mia cuide de ella, que la acompañe adonde cojones se supone que vayamos.

Algunas personas cambian tu vida para siempre.
Algunas personas te inspiran para ser mejor persona.
Algunas personas no son invisibles.

Kyle Freeman

KYLE

Todo el mundo te cuenta ese rollo de que el tiempo lo cura todo y de que al final todo se termina pasando… No es verdad. Ya han pasado ochenta y siete días desde que entró en aquella sala de operaciones y cada día, cada puñetero día la echo más de menos. El verano ya ha empezado y, aunque el calor invita a salir, me paso la mayor parte del tiempo en casa, releyendo sus diarios.

El último de ellos, el tercero, estaba sin terminar, así que me he tomado la libertad de rellenar yo las hojas en blanco en su lugar. Ella las escribía para una madre que no conocía, yo las escribo para ella.

25 de abril

Ya han pasado veinte días y te echo tanto de menos que no logro ni dormir. Esta mañana me he levantado muy temprano, mis padres todavía dormían cuando he salido. He ido al cementerio. Sí, no es mi lugar favorito, pero aún no había ido a ver a Noah desde el accidente. Sí, ya sé, tú me dirías que Noah ya no está allí y que es absurdo hablarle a una tumba, y sé que es verdad, pero tenía que hacerlo, por él, por sus padres. Se lo debía. Se lo he vuelto a contar todo, lo tuyo, nuestro viaje, todo. Y ahora sé que me escucha, que me entiende.

Esta noche, al ver el cielo estrellado, me he preguntado dónde estarás, cómo pasarás tus días y si te gustará tu nuevo hogar.

5 de mayo

Me he pasado toda la noche en blanco, no solo porque te echaba de menos a rabiar, sino porque hoy era el día que llevaba tanto tiempo posponiendo. Sé que te parecería un idiota, o peor aún, un capullo, por no haber ido a ver a los padres de Noah desde el accidente. Pero no podía. A mediodía he recogido a Josh. Hemos ido en su coche. El mío no está adaptado para su silla de ruedas. En el último momento se ha acojonado y no quería ni salir, pero he logrado tranquilizarle. No ha sido fácil. Los padres de Noah estaban muy dolidos, pero han terminado diciéndonos que no nos guardaban rencor. Les tomará un tiempo, pero creo que acabarán perdonándonos. Antes nos llevábamos bien. Creo que nosotros también terminaremos perdonándonos a nosotros mismos.

Me siento como si me hubiese quitado una gran losa de encima. ¿Y sabes qué? Pues que tenías razón. Nos han dicho lo que tú me dijiste aquel día en el techo de Moon Chaser, que Noah nos quería mucho y no hubiese querido que nos sintiésemos mal.

No sé si te lo he dicho, pero por si acaso: lo que siento por ti es como una bola de nieve que va creciendo más cada día.

28 de mayo

Hoy he ido a recoger a Becca, como cada domingo desde que volví de España. A veces pasamos el día con mis padres y otras veces me la llevo por ahí. No ha salido mucho del pueblo. Mis padres la adoran y yo también. Me ha contado un montón de cosas de ti que me han hecho sonreír. Oh, Dios, si me llegan a decir que iba a querer a alguien así...

Esta tarde, al llevarla de vuelta, me he encontrado con la señora Rothwell. Me ha preguntado por ti, y no sé por qué, pero se lo he contado todo: lo que pasó, por qué lo hiciste y aunque las emociones no parecen ser su fuerte, creo que lo ha entendido, hasta se le humedecieron los ojos un poco. Por cierto, Becca dice que te echa de menos hasta la Luna y más allá. Yo te echo de menos hasta Titán (luna de Saturno y casa de los Avenger que se supone que está tetralejos) y más allá.

10 de junio

Me he levantado echándote tanto de menos que sentía que me iba a explotar el pecho, así que te busqué, pero claro, no te encontré. Te busqué en las cascadas, allí donde nos conocimos. Fui en el mismo autobús que aquel día, ¿y sabes qué? Pues que conducía el mismo tipo. No me ha reconocido. No me extraña, a veces ni yo me reconozco.

Me senté justo allí, en esa roca en la que casi te pierdo antes de encontrarte, y me acordé de aquel Kyle, el que, ciego a la grandeza de la vida, estaba dispuesto a acabar con todo. Casi me parece otra persona, como alguien de otra vida. Ese Kyle no sabía aún que hay estrellas capaces de eclipsar cualquier sol, que hay estrellas cuyo brillo no se extingue ni una vez muertas, que hay estrellas que brillan para siempre, estén donde estén. Me he quedado allí hasta que el sol se ha escondido y las estrellas han alumbrado la oscuridad. Y allí estaba ella, brillante, preciosa, esperándote, esperándonos; allí estaba Venus.

25 de junio

¡No te lo vas a creer! Hoy Josh ha empezado a sentir una pierna, solo un poquito, pero el médico ha dicho que es muy buena señal. ¡Creen que podrá volver a caminar! ¡Cuánto me hubiera gustado que estuvieras aquí conmigo! Mia. Mia. Mia.

1 de julio

Hice lo que me pediste y cada día publico un post en tu fotoblog. Con todas las fotos que hiciste de nuestro viaje tengo para más de dos años. ¿Y sabes qué? «Fecha de caducidad» está teniendo un montón de visitas. Solo ayer hubo más de cien comentarios.

Nunca fuiste invisible, Mia, y nunca lo serás, ni para mí ni para nadie.

3 de julio

Mis padres acaban de volver después de unos merecidos días de vacaciones los dos solos. Tuve que insistir durante semanas para que lo hicieran. Mañana me los llevo al aeropuerto. Sí, como lo oyes, se han empeñado. Por cierto, Becca nunca ha estado en uno, así que me la llevo a ella también.

4 de julio

Ya he metido la dirección en el GPS como veinte veces, quiero estar seguro de que llegaré a tiempo. Aún faltan como cuatro horas, pero no importa, es que tengo unas cosillas que preparar en el aeropuerto.

KYLE

Estoy volando y volando en un cielo increíblemente espacioso. Las nubes son suaves y algodonosas y Venus sigue ahí, como siempre, a mi lado.

—¿Qué va a tomar la señorita, carne o pescado?

—Ni carne ni pescado, gracias, soy vegetariana.

—Lo siento mucho, pero los platos especiales han de ser solicitados con al menos…

—Sí, veinticuatro horas de antelación, lo sé. Tomaré pescado entonces, al menos los peces han podido nadar en libertad antes de…

Ana, mi médica española, sentada a mi lado, rompe a reír a carcajadas…

—Bien dicho.

Al final la azafata se va sin dejarme nada, pero no importa, porque Ana ha traído toneladas de comida sana en su maletita de viaje. Nunca ha estado en Estados Unidos, así que ha decidido acompañarme y de paso quedarse unos días en Alabama.

Al final conocí a mi madre biológica. Vino a verme uno de los últimos días cuando estaba recuperándome en casa de Ana y… No sé, supongo que he entendido que el cariño no tiene nada que ver con la sangre. Simplemente, no conectamos. Con Ana, en cambio, ha sido una conexión inmediata, como amor a primera vista. No me ha dejado sola ni un segundo desde la operación.

Tener a un adulto preocupándose por mí no es exactamente como me lo había imaginado, tiene sus lados buenos, muchísimos lados buenos, pero también los tiene malos. Resulta que Ana es un poco mandona. No me ha dejado volar ni recibir visitas durante casi tres meses. Tres meses interminables sin ver a Kyle. Ni siquiera me dejaba hablar con él por teléfono con la excusa tonta de que soy muy emocional y que mi corazón tenía que cicatrizar bien. Pero bueno, la quiero de todos modos, y no poder ver a Kyle creo que me ha hecho madurar. Cada día que he pasado separada de él, he recordado algo, un detalle, algo que hace o que dice, su forma de hablar, de dormir, de todo, y me ha hecho quererle aún más. Sé que somos jóvenes y que quizá sea un poco pronto para pensar en «toda una vida», pero creo que hemos vivido suficientes cosas juntos como para que nuestros «te quiero» sean de esos que duran para siempre.

—Mira —me dice Ana señalando hacia tierra—, ya estamos llegando.

Oh, Dios mío, el corazón me da saltitos de alegría en el pecho.

KYLE

Al final se han empeñado en acompañarme todos, y cuando digo todos me refiero a todos sin excepción: mis padres, Josh, Judith, Becca, los padres de Noah y hasta mis abuelos, que han venido de Arizona para pasar unos días con nosotros. Supongo que la culpa es mía, les he hablado tanto de Mia que ahora se mueren por conocerla. Hasta han preparado una gran fiesta para recibirla a ella y a Ana esta noche en casa, con guirnaldas y todo.

Hoy hace noventa y cuatro días desde que la vi por última vez (noventa y cuatro días, tres horas y veinticinco minutos para ser exactos). Bueno, al menos he conseguido que me esperen en la cafetería, que ya es algo.

KYLE

Ya en el aeropuerto, mi corazón late a toda velocidad, y esta vez no es porque tenga ningún defecto, esta vez es por Kyle y solo por él. Ana se ha quedado esperando nuestras maletas, pero yo ya no podía aguantar más. Estoy avanzando por el pasillo que lleva a la terminal. Creo que nunca había caminado tan rápido. Voy adelantando a todo el mundo. Antes de salir, miro a través de la puerta que se abre y se cierra para ver si le localizo. Nada. La atravieso y al salir me quedo clavada en el sitio. El lugar está lleno de gente esperando, pero nadie esperándome a mí.

Quizá aún no haya llegado, o se haya equivocado de puerta, o haya ido al baño, o se haya olvidado por completo. Sea lo que sea, no puedo evitar sentirme superdecepcionada. Me dejo llevar por el rebaño de gente que sale y cuando estoy a punto de volver a meterme a buscar a Ana, un cartel pegado en la pared de enfrente me devuelve la sonrisa. Es un dibujo y pone: «Sigue a Venus». Miro en todas direcciones y veo otros dibujos pegados en distintos lugares: una maceta, una silla, una puerta. Todos son de estrellas y sus flechas me indican un camino. Son dibujos de Kyle, los reconocería en cualquier parte. Los sigo: hay uno, y otro, y otro más, hasta que el último me lleva ante una gran ventana de cristal que da al aparcamiento. Al mirar veo aparcada una furgoneta igualita a Moon Chaser, solo que aún más colorida y extravagante.

—Me preguntaba si te vendrías conmigo este verano a dar la vuelta al estado de Alabama.

Me giro de golpe. Ahí está Kyle, más alucinantemente guapo que nunca.

—¿Qué me dices? —me suelta como si nos hubiésemos visto hace cinco minutos—. Podríamos vivir de lo que saque vendiendo mis dibujos.

No puedo evitarlo, doy un grito de alegría y me lanzo a sus brazos. Me besa, nos besamos y, de repente, todo en mi mundo es absolutamente perfecto.

MIA

15 de agosto

No sé por qué sigo escribiendo este diario cuando ya no hay nadie que vaya a leerlo. Supongo que me hace sentir segura, no sé, protegida. Y también porque, aunque suene absurdo y quizá lo sea, de algún modo siento que las estrellas mismas bajan de noche para leerlo y, después, trasmitir con sus rayos al mundo lo que cuentan mis páginas, la esperanza de que sí, de que existe alguien en algún sitio que se alegra de que todos hayamos nacido.

Tendré que seguir después, porque Kyle se está acercando y, por su cara de pillo, creo que no tiene la más mínima intención de quedarse quietecito mientras sigo escribiendo. Y, ¿la verdad? Me encanta. Ayer regresamos de nuestro viaje por Alabama y ahora estamos de pícnic en el bosque con sus padres, Ana y Becca. Acabamos de terminar de comer. El viaje ha sido increíblemente increíble. Bueno, pero luego sigo escribiendo, que ya está llegando.

He tenido que quitarle el boli a Mia, se ha olvidado de escribir que lo mejor del viaje ha sido la compañía. Ah, y que me ha tenido dibujando cada día para poder subsistir.

Oh, Kyle, no te pega lo de mentir tan vilmente, al final han pagado todo el viaje tus padres.

Bueno, venga, hablemos solo de las cosas importantes. Veo que aún no has contado nada, y eso que han pasado un montón de cosas desde la última vez que escribiste.

¿Y tú cómo sabes eso?

¿Has olvidado quién es tu más fiel lector?

Bueno, en fin —no se lo digo, pero aún ahora hace que me sonroje—, como decía, hoy, para celebrar nuestro regreso, nos han organizado un pícnic en familia y Ana, que solo pensaba quedarse unos días, nos ha dicho que va a comprarse una casa y que se mudará a Alabama. Estoy en las nubes. Además, le ha cogido mucho cariño a Becca, tanto que está pensando en adoptarla. De repente, tengo algo que se parece a una familia.

Y un novio, no te olvides.

A ese novio le acabo de besar.

Tú sigue besándome, que yo termino de contarlo. Hace como una semana, a Ana le ofrecieron un puesto en el Jack Hughston Memorial.

Sí, está feliz.

Bueno, y ahora lo sentimos muchísimo, pero tengo que llevarme a esta señorita a un sitio privado y silencioso donde pueda besarla sin tener tres pares de ojos de padres encima.

KYLE

Estos meses han sido los más duros y también los más increíbles de mi vida. A veces pienso que el universo lo conjugó todo para que Mia y yo nos encontráramos. No, no solo lo pienso, sé que es así. Noah, mi hermano, mi colega, está en un buen sitio, Mia me lo ha contado. En cuanto entró en aquella sala de operaciones todo se complicó y la dieron por muerta. Un minuto después su corazón decidió latir de nuevo. Supongo que hay cosas que superan nuestro entendimiento, pero al menos ahora sé que hay «cosas», seres, o lo que sea, que nunca nos dejan tirados, ni siquiera cuando nuestra mierda nos ciega tanto que rechazamos de lleno su ayuda.

Mia me ha contado que al dejar de latir su corazón se fue a un sitio bonito, una montaña llena de árboles que brillaban, y que allí se encontró con Noah. Había otra gente, aunque no conocía a nadie más. Noah le dijo que estaba bien, que la muerte no existe y que solo es la continuación de nuestro camino. Al principio mi mente se negó a aceptarlo, pero mi corazón enseguida supo que era verdad. Noah le dijo que se iba a quedar un tiempo allí y que luego decidiría hacia dónde seguir. Se me pone la piel de gallina. Por descabellado que parezca, ahora sé que una mano de otro mundo ha movido las piezas para que todo sucediese tal como lo hizo, para que Mia y yo nos pudiéramos encontrar.

—Daría lo que fuese por saber lo que pasa por tu mente —me dice Mia.

Llevamos un rato así, observando el espacio en silencio, yo sentado con la espalda contra el tronco de un gran roble, Mia tumbada con la cabeza en mi regazo.

—Pues si todo sale como he planeado —le digo, mirando la hora en mi reloj—, lo sabrás enseguida.

—¿De qué estás hablando?

Son exactamente las tres de la tarde, la hora acordada, y ya empezamos a oír los ladridos a lo lejos. He tenido que ensayar esta escena con Becca unas veinte veces hasta que he logrado que lo recordara. El cachorro de labrador que he adoptado llega corriendo, se abalanza sobre nosotros y nos lame por todas partes. Mia se ríe; está encantada.

—Oh, Dios mío, qué monada —dice, haciéndole cosquillas detrás de las orejas.

—Vale, hagamos las presentaciones oficiales. —Me dirijo al perrito y le digo—: Venus, esta es Mia. Mia, Venus.

—¿Venus? —me pregunta con esa inocencia que podría iluminar firmamentos.

—Si Mia no puede ir a Venus —explico, encogiéndome de hombros—, supongo que Venus tendrá que venir a Mia.

Mientras Venus juguetea a nuestro alrededor, Mia se sienta en mis piernas, su cara frente a la mía, y rodeándome el cuello con los brazos me dice:

—¿Te he dicho que te quiero?

Finjo hacer un gran esfuerzo por recordarlo.

—Vale, Kyle Freeman, pues escucha bien lo que te voy a decir y no lo olvides nunca. —Su voz baja y se vuelve aún más suave—. Te quiero hasta Venus y más allá.

—Y ahora escucha tú, Mia Faith, y no lo olvides jamás. —La beso—. Yo te quiero —la vuelvo a besar—, te quiero —sigo besándola—, y te querré hasta que los eones se hagan eternos.

La luz que emana de sus ojos se funde con la de los míos y nos besamos, nos besamos como si no hubiera un mañana, como si no existiera un pasado, como si este instante fuera el único que tenemos y tendremos jamás. Y es ahora, con mis labios contra los suyos, cuando sé que nunca, jamás, dejaré de quererla.

Recuerda: siempre hay alguien, en algún lugar,
que sí se alegra de que hayas nacido.

AGRADECIMIENTOS

El día que empecé a escribir mi primer libro tenía cuatro años. La frustración que sentí al no saber cómo acabarlo me llevó a aparcar mi sueño durante mucho mucho tiempo. Supongo que aún necesitaba madurar un poco.

Han pasado muchos años desde aquel primer intento. Años en los que he conocido a gente maravillosa, cuyas palabras, actos, inspiración, cariño y amistad han hecho posible que las palabras «escritora» y «guionista» estén junto a mi nombre en mi tarjeta de visita y sobre todo han ayudado a que este libro sea hoy una realidad.

¿Por quién empezar? ¿Por mi hija, para evitar que se ponga celosa? ¿Por mi familia de corazón? ¿Por mi maravillosa agente literaria? Supongo que el agradecimiento no tiene orden ni tamaño, así que dedico mis primeras palabras a todos aquellos a los que pueda estar olvidando. En el fondo, nunca os olvido.

Gracias a mi agente Mandy Hubbard y su equipo de Emerald City, por confiar en mi manuscrito desde un principio sin importarles que su temática no fuese «tendencia». Mandy, gracias por tu generosidad, tu sensibilidad y por mostrarme tu confianza plena en que *Te esperaré en Venus* iba a encontrar editorial.

A mi editora en Delacorte, Kelsey Horton, cuya sensibilidad, pasión y comentarios me ayudaron a mejorar esta novela.

A Christian Villano, mi traductor, editor y compañía en este viaje creativo. Por su infinita paciencia y comprensión cuando le enviaba cientos de comentarios, preguntas y notas. Por su amor por el lenguaje y esa forma que tiene de ordenar las palabras para que formen mucho más que meras frases.

A mi hija Sarah, mi más ferviente fan (y crítica), cuyos comportamientos hiperbólicos me recuerdan, cada día, la montaña rusa emocional de la adolescencia… de la que algunos nunca llegamos a salir del todo. Gracias por tu particular forma de decirme las cosas, sin ningún tipo de filtro.

A mi hijo Jasón, por enseñarme que en el amor no hay reglas ni condiciones, que el perdón lo puede todo y que a veces, solo a veces, lo único que podemos hacer es esperar con el corazón lleno.

A mis padres, cuyos errores me hicieron conocer el sufrimiento permitiéndome así comprender el dolor de los demás y transmitir historias profundas, maduras y llenas de esperanza. Gracias.

A mis hermanas del alma, Ana María y Marie Pierre, por su incondicional apoyo, en todo, con todo y siempre.

A Brian Pitt, por haber querido llevar la ternura de Mia y Kyle a la pantalla y por haber luchado ferozmente para que la versión cinematográfica de esta historia se hiciera realidad.

Siempre estaré agradecida a todos aquellos que de forma anónima han compartido conmigo el indescriptible sufrimiento de saberse responsables de la muerte de alguien y de sus, nunca fáciles, caminos de vuelta hacia el perdón. Como alguien me enseñó hace tiempo: la culpa es contraria al amor.

Gracias también a los libros bellos y esperanzadores, cuyos personajes nos muestran que el amor sí existe y que la vida es bonita para quien escoge verlo. Sin vosotros, yo ya no estaría aquí.

A Mia y a Kyle, por susurrarme al oído sus penas, sus anhelos, miedos y alegrías.

A Anne, la estrella más brillante de mi universo. Gracias por mostrarme que los helados de todos los colores son los más interesantes. Sin tu amor y tu apoyo incondicional, ni esta historia ni ninguna hubiese sido posible. Gracias por ayudarme a hacer brillar mi luz y la de mis personajes.

Gracias por existir.

Te esperaré en Venus de Victoria Vinuesa
se terminó de imprimir en octubre de 2023
en los talleres de
Impresora Tauro, S.A. de C.V.
Av. Año de Juárez 343, col. Granjas San Antonio,
Ciudad de México